강
남
몽

백화점이

무너지다

마흔두살의 박선녀는 그날 아침부터 속이 부글부글 끓었는데 화가 치밀어서이기도 했고 갑작스런 설사로 장도 불편했기 때문이다. 그야말로 가슴과 내장이 동시에 팽창하고 있었다. 그날은 박선녀 자신은 물론이고 그녀를 둘러싼 모든 사람들의 운명이 마른하늘의 날벼락처럼 요동을 치면서 바뀐 바로 그날이었던 것이다.

남산 영감은 요즘 들어 통 내왕도 없더니 아마 출근한 직후였을 텐데 불쑥 전화만 걸려왔다. 그녀가 화장실에 앉아서 애를 쓰고 있는데 마침 요란한 벨소리가 울렸다. 비데로 세척도 못하고 어기적거리며 거실로 나와서 수화기를 들었더니 역시나 매가리 하나 없는 목소리가 흘러나왔다.

— 머 하느라구 전화두 못 받구 그래?

— 웅, 좀 바빠서요. 나는 무슨 당신 전화나 기다리는 사람인 가?

— 둘째 말야, 생일이라네. 그러니깐 저녁에 밥이라두 같이 먹구 선물이라두……

그 대목에서부터 박선녀의 신경질이 명치끝에서 솟구쳐올라 왔다.

— 어느 둘째 말요? 내 생일은 언제인지나 알구 있어요? 우리 진희 생일은요?

그녀의 자동소총 같은 질문에 한참이나 대꾸가 없더니 여전히 맥빠진 목소리가 들려왔다.

— 하여튼 간에, 알아서 하도록……

겉으로는 그의 음성이 시종 차분했지만, 하도록……에서 이어지지 않고 전화가 끊기는 것으로 보아 영감도 화가 치밀었다는 걸 알 수 있었다. 수화기를 내려놓는 사이가 느껴지지 않았으니 아마 손가락 끝으로 먼저 끊고 내려놓았을 것이다.

— 여보…… 여보세요, 여보세요?

그녀는 몇번 중얼거려보다가 수화기를 내동댕이쳐버렸다. 언제나 입을 조그맣게 병아리 똥구녕처럼 모으고 눈은 공연히 또록또록 크게 뜨고 뾰로통하게 정색을 하고서야 자기를 대하는, 영감네 둘째며느리의 얼굴을 떠올리는 것만으로도 박선녀는 진저리가 쳐질 정도였다.

지금은 호칭이 회장님으로 통일되었지만 그녀가 영감을 처음 만났을 때에는 몇가지가 더 있었다. 장군님과 이사장님 그리고 차장님이라든가 박사님이라고 부르는 사람도 있었다. 박선녀에게는 어느 자리에서 상대가 무슨 호칭을 쓰는가에 따라서 영감이 어느 시절에 알던 부류인가를 눈치채는 것이 별로 어렵지 않았다.

그녀 자신이 지어 부르는 남산 영감이라는 호칭은 그가 남산 북쪽 기슭의 오래된 일본식 집에 살기 때문이었다. 해방되고 일본 사람들이 모두 쫓겨간 뒤에 적산(敵産) 처리과정에서 영감은 몇채의 집을 잡아두었고 그중 향나무와 편백나무 울타리가 둘러싼 정원이 넓은 집에 아직도 살고 있었다. 세상에나 그게 언제적 일인가. 그사이에 전쟁이 일어났고 한 차례의 혁명, 또 그다음의 군사쿠데타, 그러고 나서도 두 명의 장군이 번갈아 독재를 하는 시대가 있었건만 그는 내내 같은 동네 같은 집에서 살아온 것이다.

물론 박선녀는 남산집 근처에 얼씬도 하지 않았지만 영감과 그의 자식들에게 이야기를 들어서 그 집에 얽힌 사연을 훤히 꿰고 있었다. 쿠데타가 일어난 뒤에는 안방만 빼놓고 다다미가 깔린 방들을 모두 온돌로 고쳤고 아이들 방과 응접실에 있던 연탄난로를 치웠다. 그러다가 강남 개발이 시작되던 무렵에 기역자로 된 목조가옥의 한쪽을 헐어내고 본채를 벽돌로 지었고 외국인 아파트가 세워지던 때에는 집 전체를 밀어내고 이층 슬래브

두르고 지나치다가 알은체를 했다.

― 오늘은 일찍 납시었네. 언니 밥 먹었어요?

― 새벽부터 속이 안 좋더니 이제 좀 나아졌어. 같이 먹어요.

공사장은 제 업소에 가면 왕마담이라 불리는 대형 룸쌀롱의 업주이지만 실제 전주(錢主)는 뒤에 따로 있었다. 전속금만 억대라는 공마담은 자기가 선발한 쭉쭉 빠진 모델이며 탤런트급 호스티스를 십여명 이상 데리고 옮겨다닌다는데 최고급 고객명단만 백여명이나 치부책에 적혀 있다고 그랬다. 그녀는 어디선가 어렴풋하게 박선녀의 전력을 들었기 때문에 처음 만날 때부터 호기심이 가득한 눈빛으로 싹싹하게 인사하며 친밀감을 나타냈다. 물론 박선녀가 제 입으로 자기도 거기 출신이라고 밝힌 적은 없지만 유한층 여자들이 드나드는 곳이나 고급 유흥가의 여자들이 기웃거리는 곳은 그게 그 물이라 이를테면 명품숍이나 유명 의상실 디자이너라든가 미용실의 헤어디자이너들 입방아를 통해서 서로의 전력이 드러나게 마련이었다.

공마담과 박선녀가 늘 모이는 그들만의 전용실로 들어가니 온돌방에 보료가 깔려 있고 가운데에 교자상이 놓였는데 문회장과 오여사가 네 활개를 펴고 늘어져 있다가 고개만 쳐들고 웃으면서 그들을 반겼다. 문회장은 피둥피둥한 살집이 출렁거리는 사말오초의 여자였다. 사십대 말에서 오십대 초반의 여자가 늦바람이 들면 물불을 가리지 않는 건 물론이요 칼 물고 벼랑에서 뛰어내리라 해도 마다하지 않는다는데, 그녀의 요즈음 고민은 가수 조 아무개가 합석해서 술 한번 마셔준 뒤로는 그녀를 슬슬 피한다는 데 있었다. 문회장은 겉으로는 재래시장의 점포나 지킬 것처럼 털털해 보이지만 수백억대를 이리저리 굴리는 막강한 사채업자였다.

그녀와 엇갈려서 보료에 누운 오여사는 남편이 상공부 공무원으로 퇴직했는데 지금은 이 일대와 지방에까지 엄청난 땅을 가진 부동산 알부자였다. 남편은 자그마한 사무실을 내놓고 소일거리로 연립주택이나 지어서 분양하고 있지만 큰 덩치의 물건들은 오여사가 직접 나서서 주물렀다. 가운을 젖힌 채로 아랫도리만 대충 감싸고 누워 있는 문회장의 가슴을 톡톡 건드리며 공마담이 한마디했다.

— 아이구, 아까워라. 이렇게 이쁜 걸 누구한테 줄라구 그 정성을 들였을까?

문회장의 몸집으로 보아도 그렇고 이 자세로 누워 있으면 유방은 자연스럽게 펑퍼짐하니 철퍼덕 떨어진 쇠똥이나 주저앉은 밀가루반죽 모양이 되어 있을 터인데 나이에 맞지 않게 봉긋하니 솟아올라 있는 게 아닌가.

— 그냥 놔둬라이. 억울하면 자네두 손 좀 보라구.

— 글쎄, 나는 요기 눈밑에 다크써클이 징그러운데…… 지방도 좀 빼고 싶고.

— 나두 다리에서 한뭉텡이 빼야 해. 근데 박여사 재는 주름두 하나 없구 조렇게 빤빤하구 탱탱하냐. 너 주사 맞았지?

문회장이 박선녀의 얼굴을 빤히 올려다보며 말했고 오여사도
한마디했다.

— 미스 리가 그러는데 일본서 그거 들어왔다구 마싸지 받으
라든데.

— 그게 무슨 소리야?

박선녀가 어리둥절한 표정으로 되묻자 공마담이 말했다.

— 그 왜 있잖아 언니, 특제 태반크림이라나 뭐라나.

문회장이 그제야 옷깃을 여미며 일어나 앉았다.

— 오늘 자네들 마싸지는 내가 한턱 쓴다.

— 아유, 배고파. 먼저 밥부터 먹구 나서 하든지 말든지……
점심은 내가 살게.

박선녀의 말에 우선 점심을 주문하기로 하고 벨을 눌러서 아
줌마를 불러 일렀다.

— 그거 있잖아, 가정식으루……

— 미역국 백반이요?

— 그래, 그거 말야.

문회장이 끼여들었다.

— 떡갈비 한 접시 추가하구, 어제 맡겨둔 거 가져와요. 절반
쯤 남았을 텐데?

— 예예, 로열 쌀루트…… 잔이랑 가져올게요.

아줌마들 둘이 쟁반에 음식을 담아다 교자상에 차려주었고
어제 먹던 위스키와 잔도 늘어놓았다. 박선녀는 집에서 혼자 끼

적대며 냉장고에서 차갑게 식은 밑반찬으로 끼니를 때우는 게 지겨워 여기서 점심을 먹는 날이 많았다. 공마담이 미역국을 그릇째로 들어 후루룩 마시고는 말했다.

— 아, 시원해. 이 집 미역국은 전국에서 최골 거야.

문회장은 위스키를 각자의 잔에 따라주며 공마담을 힐끗 쳐다봤다.

— 애두 안 낳은 년이 미역국만 밝히냐?

— 해장해야지.

— 앤 어제 손님 물이 좋았나부다. 왕마담두 술을 하나?

박선녀가 술잔을 치켜들어 보이자 모두들 잔을 모아 위하여, 하고는 챙 부딪치고 쭈욱 마셨다. 문회장이 다시 한잔씩 따랐고 오여사가 자기 잔을 상에다 엎어놓으며 사양했다.

— 미안, 오후에 고속도로 나갈 일이 있어서.

— 기사 안 데려왔어요? 머 마싸지 받고 한숨 자구 나면 깰 텐데 뭘 그래요?

공마담이 해장이 당긴다는 듯 연거푸 두 잔째를 비우며 말했고 박선녀가 캐물었다.

— 어디 이쁜 땅 보러 나가요?

— 아니 그냥…… 몇달째 애를 먹이는 물건이 있는데 잘하면 계약할 거 같아서.

오여사가 못 이기는 체 털어놓자 문회장이 말했다.

— 당신이 그렇게 얘기하면 나두 한 다리 껴야겠는데.

— 맞아, 오여사님이 누구야. 말죽거리의 신화를 창조한 큰손 아니겠어? 나두 걸어볼까나.

박선녀가 문회장에 맞장구를 쳐주는데 공마담은 심드렁했다.

— 그거 또 장기로 묻어두는 거 아닌가. 난 여유자금이 없어서 못하겠네.

— 알아서들 하세요. 용인 부근인데 머 도시계획에 도로가 뚫리는 땅이라나? 아직 소문이 안 났거든. 우리집 양반 말루는 육개월이면 쇼부가 난다든데. 하긴 두 덩어리라니까 한쪽은 내가 양보할게.

문회장과 박선녀가 거의 동시에 말했다.

— 나 그 물건에 질렸어.

— 나두 질렀다. 내일 같이 보러 가지.

문회장과 선녀가 내일 땅 보러 가기로 약속을 정하고 나니 식사가 끝났다. 그녀들은 마싸지실로 몰려갔고 오후까지 늘어져 있다가 각자 흩어졌다. 박선녀는 공마담과 함께 미용실에 들렀다가 영감네 둘째며느리 생일선물 생각이 나서 명품숍을 둘러보기로 했다. 외제 사치품의 수입허가가 나지 않은 때라 거의가 보따리 물건이거나 일본 홍콩을 거쳐온 밀수품이었다. 얼마 전에 정장 한 벌을 산 숍에 가서 공마담은 백만원이 넘는 란제리를 샀고 박선녀는 역시 옷보다는 다른 물건이 좋겠다며 두리번거리는데 주인여자가 다가와서 속삭였다.

— 사모님 나오셨어요? 마침 잘 오셨네. 럭셔리한 핸드백이

좀 들어왔는데요, 아무나 주기가 너무 아까워서요.

주인여자가 선녀의 손을 잡아 매장 뒤편으로 이끌어들이고는 박스를 내려서 물건을 보여주었다. 박선녀는 금속장식이 씸플하게 붙은 루이뷔똥 핸드백과 캐주얼하게 뵈는 샤넬 백을 집어들었다. 샤넬은 자기가 갖고 루이뷔똥은 둘째며느리에게 선물할 생각이었다.

— 무슨 백을 두 개나 사요, 하난 나 줄라구?

공마담이 농을 던지자 선녀는 픽 웃고 나서 말했다.

— 그래, 그 손지갑 맘에 들면 내가 사주께.

— 어머, 좋지롱!

혀를 쏙 내밀며 공마담이 갈색 까르띠에 손지갑을 집어들었다. 젊은이들 몇달 월급만큼을 카드로 쓰고 큼직한 쇼핑백을 들고 거리로 나서니 시간은 벌써 네시 반이었다.

— 언니, 오늘 귀가시간이 너무 이르네. 우리 가게 놀러 가시든지.

— 아냐, 저녁약속이 있어. 아직 시간이 있는데 말동무나 해주다 가든지. 목마에 가서 시원한 거 한잔하구 가.

박선녀는 까페 '목마'에 들어서자 집으로 전화를 걸어보았다. 진희가 피아노학원 거쳐서 미술학원 갔다가 돌아올 무렵이었고 성남댁이 과외선생으로 오는 여대생과 교대할 시간이었기 때문이다. 집안일을 확인하고 나서 그녀는 영감네 둘째며느리에게 전화를 걸어서 오늘 저녁이나 같이 먹자고 일러두었다. 바쁘실 텐데 굳이 그러지 않아도 괜찮다고, 정 그러시면 가게로 오십사고, 뭘 먹고 싶으냐고, 아무거나라고, 하여튼 여섯시쯤에 들르겠다고…… 장황한 전화가 끝났다.

마음속으로는 꼭 삼십분만 앉았다 일어서리라 했는데 공마담의 요즈음 고민을 들어주느라고 한 시간이나 앉아 있었다. 박선녀가 목마에서 나와 공마담과 헤어진 시각이 다섯시 반쯤이었다. 그녀는 주차장에서 차를 뽑아 대성백화점 방향으로 돌렸다. 큰길로 슬슬 내려가는데 이미 러시아워가 시작되었는지 신호등이 바뀌어도 차가 밀려서 꿈쩍도 하질 않았다.

목요일 오전 아홉시 반쯤에 백화점 오층 식당가의 비빔밥집 여주인은 내부 기둥이 한뼘쯤 금이 가고 천장이 뒤틀려서 내려앉은 것을 발견했다. 이미 지난해부터 같은 층의 남쪽 천장 가녘에서 균열이 발견되기 시작했었다. 당시에 취해진 조치는 최고층에 있는 상품과 상점을 지하로 옮기는 것뿐이었다.

식당 주인이 관리실에 알리자 직원이 올라와서 살피고 곧 조치를 취하겠다며 돌아갔다. 그 집과 맞붙은 우동집의 천장에서는 물이 쏟아져내렸고 냉면집 천장도 내려앉고 있었다. 관리직원들은 이들 식당 앞에 출입금지 테이프를 쳤다.

오전 열한시쯤 현장을 찾은 설계감리회사 측 관리자들이 건물이 붕괴할 우려가 있다고 진단했다.

정오경에는 옥상 쿨링타워의 가동이 중단되었다.

오후 한시에 오층 식당가를 다시 찾은 백화점 간부들은 금이 간 기둥의 밑바닥을 뜯어냈다. 가로 육십 쎈티미터, 세로 백이십 쎈티미터 크기의 바닥 타일 세 개를 떼어낸 관리직원들은 철골 구조물에 금이 간 사실을 확인할 수 있었다.

오후 두시에 백화점 삼층 임원회의실에서 김회장 주재로 대책회의가 열렸다. 회장의 맏아들인 김사장과 전무, 영업전무, 시설이사, 건설 쪽의 관리전무, 상무이사 등이 참석했다. 그들 거의가 회장의 자식이거나 친인척들이었다. 모두 긴장한 표정이었는데 오전부터 일어난 몇가지 상황이 심상치 않았기 때문이다. 식당가의 천장 균열뿐만 아니라 건물 사오층 부근에서 간헐적으로 또렷하게 들려오는 뚜두둑 드르륵 하는 둔탁한 소리와 몇분 동안 지속되는 진동을 직원들도 느끼고 있었다. 식당가의 영업이 전면 중지되었고 가스공급도 중단되었다. 긴급 보수공사가 결정되었다. 그러나 보수를 하기 위해서 영업을 중지하느냐 아니면 강행하느냐를 놓고 토론이 시작되었다. 이미 오층은 폐쇄됐고 사층의 가구와 귀금속 매장도 철수시킨 터였다. 삼층도 철수해야 한다는 의견이 오고갔고 시설부장은 백화점 문을 닫고 보수해야 한다는 의견을 내놓았다. 그러나 회의에서 영업을 완전히 중지해야 한다는 의견을 개진한 중역은 없었다.

오후 세시쯤에 건설사 현장소장과 구조기술자 등이 도착하여 옥상을 조사했다. 네시에 다시 한번 긴급 대책회의가 열렸다. 김회장 주재로 백화점과 건설사 쪽 간부 아홉 명과 현장소장 기술

교대로 와서 큰 사고나 저지르지 않도록 지켜보는 정도로 환자 바라지를 했다. 집안이 그 지경이라 한창 감수성 예민한 사춘기에 박선녀는 더구나 주말에는 꼼짝도 못하고 아버지 식사를 떠먹이고 머리를 감기거나 목욕도 시켜주어야 했다.

— 자아, 아 해요.

목이 메지 않도록 국이나 물에 만 밥을 한 숟가락 적당히 떠서 박씨의 입언저리에 갖다대며 선녀가 말하면 그는 곧잘 받아먹었다. 그렇지만 어떤 때에는 도리질을 치고 숟가락을 손으로 쳐내면서 투정을 부리는 것이었다.

— 싫어, 많이 줘, 이년아.

선녀는 참을성 있게 방 안에 흩어진 밥알을 걸레로 훔쳐내고 다시 한 숟가락 그득히 퍼서 들이밀었다. 그러면 역시 입 주변과 턱으로 국물이며 밥이 흘러내리게 마련이었다. 수건을 펼쳐서 입 주변을 닦아줄라치면 그는 갑자기 입에 든 것들을 퉤퉤 뱉어내며 소반을 엎어버렸다. 어느날은 저도 모르게 "에이, 씨팔" 하는 소리가 나올 정도였다. 그 병자 수발을 어찌 다 말로 할 수가 있으랴.

박선녀는 다른 애들처럼 학교 공부를 제대로 할 수 없는데다 어머니의 권유와 압력이 있어서 여상에 진학했는데, 어머니의 의견은 운좋게 연줄이 닿아 은행에 들어간다면 동생들 학비 바라지는 말고라도 시집갈 준비를 스스로 할 수 있지 않겠느냐는 것이었다. 선녀는 친가를 닮아서 키가 크고 늘씬한데다 살결도

맑고 하얬다. 여고생이 되면서는 먼발치에서도 광채가 나는 것 같다는 농담을 듣곤 했다. 어머니도 주변 사람들이 그런 농을 하는 게 싫지 않은 눈치였다.

대개 여상에서는 체육선생이나 운동부 코치들이 열성을 내게 마련인데 학교 방침도 그렇지만 졸업 후 취업에 유리했고, 인문고에 비해서 미미한 학교의 명성을 알리는 데도 효과적이었기 때문이다. 키 크고 쭉 빠진 박선녀를 운동부 코치들이 놓칠 리가 없어 제각기 상급생이나 주장을 시켜 입반을 제안해왔다. 농구부, 배구부, 배드민턴부, 수영부 정도가 실적이 좋은 편이었는데 그중에는 수영부가 좀 떨어지는 편이었다가 두 해 전에 교내 수영장이 개설되면서 활기를 띠고 있었다.

— 야, 나 좀 보자.

하교하려고 교문을 막 나서는 참인데 상급생이 선녀를 불러 세웠다. 불량학생은 아닌데도 이마를 살짝 덮은 애교머리에 치맛단을 한뼘이나 짧게 올려입은 걸로 보아 교과서나 파는 축은 아닌 게 뻔했다.

— 왜 그러는데요?

멈추어선 채로 선녀가 묻자 상급생은 앞장서 걸으며 말했다.

— 따라와, 할 얘기가 있으니까……

하긴 지금 집으로 부리나케 돌아가봤자 아버지 돌보던 아줌마를 식당에 보내고 간병 교대근무에 들어가야 할 판이어서 선녀는 못 이기는 척 그녀를 따라갔다. 상급생이 선녀를 끌고 간

곳은 강당 겸 체육관에 연이어 지은 수영장이었다. 길이는 오십 미터 규격이지만 레인이 다섯 줄이라 폭은 좀 좁은 풀이 있고 좌우에 계단식 자리가 있었다. 물이 찰랑찰랑 채워진 풀에서 선수들이 물장구를 치며 레인을 차고 나가는 중이었다. 상급생은 선녀를 코치 앞으로 데리고 갔고 운동모자에 소매 없는 검정 러닝셔츠 차림의 그가 호루라기를 불거나 외치고 섰다가 그녀를 돌아보고 반색했다.

— 응, 잘 왔다. 너 일학년 맞지? 수영할 줄 알아?

— 아뇨, 잘 못하는데요.

— 인마, 잘하구 못하구가 아니라…… 물에 뜰 수는 있나?

— 네, 그러구 좀 가요.

말하면서 선녀는 아차, 하고 후회했다. 아니나다를까 코치가 들고 있던 지휘봉인가 매인가를 들어 쇠파이프 난간을 힘껏 내리치며 외쳤다.

— 좋았어! 넌 오늘부터 수영반이다.

— 저는 저어…… 집안사정이 있어서……

— 야, 주장, 잘 설명해주고 낼부터 연습 참가시켜.

코치선생은 더이상 들으려고도 하지 않고 레인을 따라 뛰어가며 연습중인 선수들을 독려했다.

— 그렇지, 팍팍 긁어. 터닝, 힘껏 차고!

역시 코치의 눈썰미가 족집게였는지 박선녀는 수영부에 들어간 뒤 반년 만에 어느 신문사 주최의 전국수영대회에서 자유형

부문 준우승을 했다. 처음에는 적극 반대하던 어머니도 장학금도 주고 졸업하면 취업도 해결된다는 말에 대회 당일에는 도시락을 싸들고 경기참관을 했다. 드디어 아버지 간병으로부터 완전히 해방된 것이었다. 박선녀는 이듬해에는 전국대회에서 우승을 먹었고 삼학년이 되었을 때에는 애초부터 팔등신 미녀의 조건을 갖춘데다 수영으로 단련까지 해서 그야말로 쭉쭉빵빵 꽃이 피었다.

일찍이 여상 삼학년에 박선녀의 팔자가 바뀌게 되었다고 했지만 그게 무슨 복권이라도 당첨되어 하루아침에 부자가 되었다거나 무슨 고시에 수석합격했다든가 그런 일은 아니다. 여자 팔자란 어떤 남자를 만나느냐에 달렸다고 뒤웅박 팔자라고까지 세상에서 얘기들 하는데, 여기서는 다만 나이 지긋한 어르신들이 보기에 고이 자라서 평범한 사내 만나 알콩달콩 아들딸 낳고 별탈없이 살아가는 길에서 삐끗 어긋나게 되었다는 말이라고나 할까.

고삼 이학기가 끝나가는 어느 늦가을 주말에 박선녀는 보통 때처럼 식당에 나가 어머니 일을 돕고 있었다. 어머니는 주방에서 아줌마들과 국밥이며 찬을 장만하여 내고 홀에서는 젊은 아줌마 둘과 선녀가 음식을 손님 식탁에 차리는 일을 했다. 선녀는 계산대까지 맡았기 때문에 몇번이나 홀과 입구를 오락가락해야 했다.

특히 토요일 점심때에는 차량의 왕래가 많아서 국도변의 소머리국밥집은 거의 시골 대갓집 잔치를 치르는 듯했다. 누구든 앉았다 하면 물을 것도 없이 으레 국밥을 사람 머릿수대로 날라다주면 되었고 간혹 수육을 시키는 이라도 있으면 거기에 소주와 잔을 챙겨 내가면 되는 일이었다. 식당이 그렇게 큰 건 아니지만 중형짜리는 되는데도 좌석이 꽉 차고 나면 입구에서부터 문밖으로 제법 긴 줄이 늘어서게 마련이었다. 젊은 남자 셋이 줄에 서서 느긋하게 기다리지 못하고 선녀가 손님들을 따라 계산대로 다가갈 때마다 자주 재촉하는 말을 던지곤 했다.

— 아가씨, 저 자리 식사 다 끝났는데 뭘 우물대는 거야?

— 아, 네 잠시만요……

— 이래가지구 장사하겠어? 얼른 자리 비워달라구 그래야지.

박선녀가 돌아서는데 뒤통수에서 그들의 말이 들려왔다.

— 야아, 미인인걸. 탤런트 뺨치겠어.

— 정말 잘 빠졌다.

그들이 자리를 차지하고 앉은 뒤에 음식을 갖다주러 다가갔더니 계속 말을 걸어오는 거였다.

— 아가씨, 몇살이야?

— 학생인가?

박선녀는 식당일을 도울 때마다 그런 일을 자주 겪어서 아예 입을 다물고 접시를 내려놓기만 했다. 특히 술손님들에게는 눈도 마주치지 말고 대꾸하지 않는 게 상책이라는 어머니의 주의를 수도 없이 들은 터였다. 벙어린가, 아냐, 아까 말했어, 어쩌고

하면서 그들은 옆자리에서 시중을 들어주는 그녀의 동작을 일제히 돌아보았다. 선녀가 한참을 정신없이 오락가락하다가 계산대로 다시 달려가는데 그 녀석들이었다.

— 섭섭했어. 바쁜 줄 알지만 말이야.

하얀 점퍼가 돈을 내면서 거스름을 챙기고는 그 지갑에서 명함 한 장을 꺼내어 내밀었다.

— 연락해요. 하이틴 모델을 찾구 있는데, 아가씨 같은 사람이 정말 필요하다구.

박선녀는 그때에는 아무 생각 없이 명함을 받아 계산대 아래 서랍의 거래처 명함 쌓아놓는 칸에 아무렇게나 던져두었던 것이다.

앞뒤 아귀가 맞느라고 그랬는지 그 다음주인가 졸업 전에 취업사정이 있었는데, 일반 학생들은 성적순으로 학교 추천을 받아 대기업, 중소기업, 관공서에 임시직으로 취업이 되어 나갔고 운동선수들도 직장 추천이 있었다. 대개는 운동부를 가지고 있는 해당 업체나 관공서에서 의뢰가 오게 마련이었다. 다른 운동부는 수상경력이 있는 선수들이 잘도 팔려나가는데 수영부만 올해도 소식이 없었다. 딱 두 군데, 다른 도의 소도시 시청팀이 하나요, 또 하나는 어느 기업이었지만 그것도 육개월을 대기해보라는 것이 고작이었다.

선녀가 낙담해 있는데 어머니가 일 끝내고 돌아와 누군가 식당으로 전화를 걸어서 이름도 모르는 아가씨를 찾더라고 그랬

— 아직 젊으신 거 같은디…… 사장님이라니 놀랐소.

홍양태의 말에 박선녀도 한마디했다.

— 뵙기에 사장님도 그러신데요?

옆에 앉았던 짧은 머리의 사내가 슬그머니 일어나더니 눈짓으로 손상무를 불러내갔고 룸에는 두 사람만 남았다. 홍사장이 말했다.

— 거그서 들어온다는 업소 부근부터가 우리 구역인디, 앞으로 다들 발전하기를 바라지요. 조건은 알고 있지라?

홍사장은 전라도 억양이 있는 말로 그렇게 시작했고 박선녀도 이미 손을 통하여 의견이 오고갔기 때문에 사업에 관해서는 별로 더 할말이 없는 터였다.

— 네, 모두 괜찮습니다만…… 직원들은 제가 데리고 있던 사람들을 그대로 썼으면 합니다. 단골손님 문제도 있고 해서요. 다만 관리직원은 사장님께서 천거를 하시면 좋겠습니다.

— 아아, 걱정 마쇼.

홍사장이 손을 쳐들어 휘저어 보였다.

— 관리직이야 아그들 많응게 힘 존 놈으루 멫놈 보내면 되고오, 그보다는 술이 문제여. 우리 구역에서는 한군데 도매를 받거든.

박선녀는 곧 알아들었다. 홍사장의 말은 물장사의 기본인 물을 대주겠다는 얘기였고, 그것이 배타적 독점권임을 미리 알리고 다짐받으려는 것이었다.

— 어느 주종이나 모두요?

— 아니 긍께, 국산은 말고 양주 말요이.

박선녀는 고개를 끄덕였다.

— 함께하기로 결정했는데 의논이 잘될 줄로 압니다.

홍사장이 술상을 탁 치며 말했다.

— 말이 참 시언시언해서 좋소.

박선녀가 초인종을 누르고 웨이터와 호스티스 아이들을 불러 술자리를 마련했다. 손상무와 짧은 머리도 따라와서 자리에 앉자 홍사장이 부하에게 일렀다.

— 아그들도 한잔씩 줘야제?

— 아닙니다 형님.

— 어야 괘안해.

— 그러면 안에 있는 애들만 먹도록 하고 집 밖에 애들은 세워 둘랍니다 형님.

— 어, 그건 그려.

깎은 듯이 잘생기고 세련된 차림의 도시내기로 보이는 홍사장의 말투가 어쩐지 구수해서 박선녀는 자꾸만 웃음이 나왔다.

홍양태가 시몽엘 다녀가고 며칠 뒤에 계약서에 날인했는데, 양측은 주류 일괄매입 문제에서 약간의 이견이 있었다. 박선녀는 북창동 시절의 경험으로도 미리 알고 있던 문제였다. 유흥가의 주류도매는 대개 구역을 장악한 조직에서 차지하는 게 관례였는데 거의가 내놓고 혼합주나 가짜를 제조해서 납품했다. 혼합주는 진짜 양주에 곡물주정을 타서 만들고 가짜는 아예 희석한 주정에 향료와 색소를 넣어서 비슷하게 만들어낸다. 술집에서는 처음은 진짜로 내고 그다음 순배에 폭탄주니 회오리주니 하는 용으로 혼합주를 내며 손님들이 만취한 뒤에는 가짜를 내오는 것이다.

박선녀는 혼합주까지는 아침에 골치가 아픈 정도니까 괜찮다 하더라도 가짜는 제조처를 믿을 수 없는 상태에서 너무 위험하다고 생각했다. 그래서 그녀가 내놓은 조건은 혼합주까지만 받되 업소 측도 위험부담을 안고 가니까 이익의 절반을 가져가는 것이었다. 홍양태 측에는 전체 영업수익의 이십 퍼쎈트 지분에다 주류 판매이익의 절반이 가는 셈이니 그것만으로도 충분하리라 생각했던 것이다. 그리고 두 명의 관리이사까지 고용해주는 조건이 아니던가.

홍사장 대신 그 짧은 머리가 자기네 측이 먼저 날인한 계약서를 들고 시몽으로 찾아와서 박선녀의 날인을 받아갔다. 계약을 마치고 일어나기 전에 그가 기다란 입을 주욱 찢으며 억지로 웃어 보였다.

— 그나저나 기가 쎕디다? 우리 큰형님이 배포가 크셔서 어영부영 넘어가는구먼. 우리 같으면 싸악 쓸어버릴 건디.

박선녀는 마시고 있던 커피잔을 그대로 받침접시에 쏟으면서 일어났다.

— 야아, 너 머라구 그랬어? 싹 쓸어버린다구?

짧은 머리는 조금 놀랐는지 엉거주춤한 자세로 박선녀를 올려다보았다. 박선녀가 빈 커피잔을 홀 바닥에 내동댕이치면서 외쳤다.

— 나 계약 안해. 느이 사장 불러, 당장 불러!

— 사장님, 참으시죠.

곁에 앉았던 손상무가 박선녀의 팔을 잡아앉히며 말했고 그녀는 거세게 뿌리치며 소리쳤다.

— 당신 뭐하는 거야? 이 사람들 깡패야 뭐야. 홍사장에게 전화해 당장!

짧은 머리가 안색이 변해서 우물쭈물하며 중얼거렸다.

— 저 머시여…… 그랑께 말이 좀 헛나갔소안? 그만 가볼라요.

— 너 사과 안해?

박선녀가 손가락으로 그의 면상을 똑바로 가리키며 외치자 그는 머리를 긁적이더니 씩 웃었다.

— 아따 한성질 있구만이라. 미안하요……

짧은 머리가 뒤도 돌아보지 않고 달아났다. 손상무가 깨어진 컵조각을 집어올리면서 말했다.

— 잘하셨습니다.

박선녀도 손을 바라보며 한쪽 눈을 찡긋 감아 보였다.

— 기선제압을 해야 되잖아?

나이트클럽 '블루라이트'는 처음엔 장사가 그저 그랬다. 물장사가 다 그렇지만 밤 열시는 준비중인 초저녁이고 열한시가 영

— 사장마담 어디 갔냐?

— 오늘 안 나왔습니다.

— 가시나 운 좋네.

그는 명함 한 장을 꺼내더니 꿇어앉힌 관리이사의 머리를 향하여 탁 튕겼다. 명함이 정확하게 그의 무릎 앞에 떨어졌다. 인솔자가 지배인을 돌아보고 말했다.

— 연락해.

그가 일직선으로 걸어나가자 사내들도 썰물처럼 투닥투다닥 빠져나갔다.

소식을 듣고 선녀가 부랴부랴 클럽으로 찾아갔더니 총지배인은 임시휴업 팻말을 내붙이고 아이들을 시켜 청소중이었다. 유리파편이며 참혹하게 부서진 실내장식들을 둘러보면서 선녀는 속이 부들부들 떨려서 뭐라고 물을 말도 생각나지 않았다. 그녀가 아무에게나 말했다.

— 나 냉수 한잔 줘요.

그녀가 냉수를 꿀꺽이며 마시는 것을 지켜본 손지배인이 의자를 끌어다 마주앉으며 말했다.

— 면목없습니다.

— 이게 어떻게 된 일이에요? 관리이사들은……

— 소문 못 들으셨습니까?

— 무슨 소문?

— 이 바닥의 주인이 바뀐 모양입니다.

— 뭐라구, 그게 무슨 소리예요? 홍사장에게 얼른 연락해요.

손은 더이상 아무 말 없이 명함을 내밀었다.

— 연락하랍니다.

박선녀는 잠깐 한 호흡을 참고 생각을 정리했다.

— 잠깐…… 우리 안에 들어가서 얘기 좀 합시다.

경리실에 들어가 앉자 박선녀가 묻기도 전에 손지배인이 먼저 얘기를 꺼냈다.

— 저도 어젠가 그제 얼핏 들었습니다. 홍양태 사장이 구속되었다는 겁니다.

— 그럼 나한테 진작 말해줬어야죠.

— 저도 관리 쪽에서 지나가는 말처럼 쑥덕거리는 걸 듣고는 사실을 알아보려던 참이었어요.

박선녀는 대번에 사태를 파악했다. 홍의 계보에서 누군가 딛고 올라섰거나 아니면 다른 쪽에서 치고 들어온 게 분명했다. 연락하라는 이 버젓한 명함은 재계약을 암시하거나 최소한 시간을 줄 테니 의논하러 오라는 뜻이었다.

그날밤 선녀는 엎치락뒤치락하며 잠을 못 이루고 여러 생각에 잠겼다. 차라리 이번 기회에 때려치울까. 그러면 보증금의 배가 되는 권리금은 한푼도 건지지 못한다. 한창 잘나갈 때 임자 만나 팔아넘기는 게 상책인데 주먹 하나로 이름뿐인 동업자는 어떻게 할 것인가. 동업 재계약을 한다 쳐도 지난번 계약의 당사자와 분명한 파기를 하지 않는 한 나중에 불리해질지도 모른다.

그러나 홍사장이 실제 자금으로 투자를 한 것은 없지 않은가. 속
담에 무꾸리에 맛들이면 도깨비가 연이어 몰려든다는 말도 있
는데. 이번에 자를 수 있으면 잘라야지. 깡패보다 센 게 뭐야. 경
찰, 검찰, 정치인…… 되뇌며 헤아려보다가 선녀는 벌떡 일어나
앉았다. 그래, 거긴 너무 노골적이고 직접적이야. 그렇지, 음지
의 일은 음지에 맡기도록 하자. 그녀는 경대 서랍에서 수첩을 꺼
내어 뒤적였다. 아, 여기 있구나!

날이 밝자마자 박선녀는 당장에 전화를 걸었고 약속을 받아
냈다.

— 아이, 실장님 오랜만이에요. 무슨 일이냐구요? 아니 별일
은 없구요, 그냥 제가 술 한잔 대접해드리구 싶어서요. 그럼 저
녁 함께 드시는 건 어떠세요? 물론 단둘이서죠.

윤무혁 실장은 남산에서 근무하는 중정 수사관이었는데 박선
녀는 조회장의 소개로 북창동 시절부터 알고 있었다. 그가 무도
를 수련해온데다 건달들도 모조리 꿰고 있어서 사무실 생활보
다는 밤세계가 더욱 어울린다는 소리를 얼핏 들은 적이 있었다.
박선녀는 그날 저녁 호텔 일식집에서 윤실장을 만나 나이트클
럽을 내던 저간의 얘기며 홍사장과의 동업조건에 대해서도 자
세히 말했고 어제저녁의 소동에 대해서도 얘기해주었다.

— 홍양태 그 녀석 된통 당한 모양이군. 아마 여러 바퀴 돌아
야 할걸.

윤실장은 홍사장이 여러 해 옥살이를 해야 할 거라고 말했다.

— 다른 파가 치고 들어오는 모양인데 내가 조정을 좀 해줄
까?
— 제발요…… 저는 이참에 싹 털어버렸으면 좋겠어요.
— 털다니……
— 아무래두 나이트클럽은 신경이 많이 쓰여서, 권리금 받고
넘길까 하구요.
— 그럴수록 이번 놈들 정리를 잘해야겠지. 호텔 측도 의견이
있을 테니까 먼저 그쪽 의사를 타진하구 물갈이하려는 놈들에
게 조건을 제시해야지. 하여튼 내가 그쪽 보스를 한번 데려다 물
어보겠다구.
맨입이 어디 있겠나 싶어 박선녀는 준비한 봉투를 탁자 위로
살짝 밀어냈다.
— 어라, 이건 뭐야?
— 귀찮은 일 해주시는데…… 거마비나 하시라구요.
— 거마비라……
윤실장은 계면쩍게 웃으면서 봉투를 아주 자연스럽게 안주머
니에 흘려넣었다.
다음날 박선녀가 호텔 전무에게 의견을 물었더니 그들은 같
은 조건에 누가 들어와서 영업을 하더라도 반대하지 않겠지만,
그동안 나이트클럽을 활성화시켜준 선녀가 몇년 더 할 생각이
라면 전세금도 올리지 않겠다고 했다. 그들은 이미 새로운 세력
을 받아들인 듯한 태도였다. 휴업을 하고 닷새쯤 지난 뒤에 윤무

혁에게서 전화가 왔다.

— 아, 내가 만나봤는데 말이지, 거 잘 알던 꼬마야. 그새 많이 컸두만. 선수들이니까 대번에 알지. 지난번과 같은 조건이라면 자기네두 괜찮대. 그래서 내가 주류도매는 위법이니까 절대루 허용 못하겠다구 그랬지. 그냥 이십 프로에 관리하는 아이들 몇 명 받아주면 된다구. 아, 뭐라구? 손을 떼겠다구? 그럼 같은 조건으루 임자를 찾아서 털구 나오면 되잖나? 내가 소개해줘? 아, 그래 알아보지.

윤실장의 도움으로 권리금 고스란히 받고 나이트클럽을 정리한 것은 그로부터 한 달 뒤였다. 손해는커녕 클럽 전세금에 보탠 융자금도 모두 갚았고 업소도 새로 둘이나 냈으니 돈은 번 셈이었다. 왁자지껄한 룸쌀롱보다는 단골손님을 골라서 받을 수 있는 은근하고 점잖은 룸까페가 새로 생겨나던 무렵이라 박선녀는 손지배인에게 대형 룸쌀롱을 맡기고 자기는 룸까페에 나가 있었다.

팔삼년이던가, 어느날 윤실장이 점잖은 손님들을 모시고 나타났는데 그 자리에서 선녀는 김회장과 인사를 하게 되었다. 그때 김진은 머리가 벗어지기 시작했고 이미 환갑을 넘긴 때였는데, 짙은 감색 골프 티셔츠에 체크무늬 재킷을 입은 모양새가 사업하는 사람 같지 않고 그럴듯해 보였다.

며칠이나 되었을까. 잠결에 부르릉거리며 들리던 포클레인의 작업 소음도 어느새 멈추고 눈앞은 아직도 캄캄한 암흑인데 머리 위에서 물방울이 끊임없이 떨어져내렸다. 선녀는 머리를 그쪽으로 쳐들고 입을 벌렸다. 녹물인지 혀끝이 아리고 떫었다. 그녀는 물을 머금었다가 고개를 옆으로 돌려 입가로 흘려보냈다. 조금 전이었는지 아니면 며칠 전이었는지 언젠가 근처에 사람이 있었다는 기억이 나서 불러보았다.

— 거기요…… 거기 아직 있어요?

겹겹이 쌓인 콘크리트 덩어리와 철근 사이로 희미한 목소리가 흘러나왔다.

— 네, 여기 있어요. 괜찮으세요?

— 오른팔을 뭘루 맞은 거 같은데 감각이 없어요.

— 저는 다리 하나가 끼였는데 아까 간신히 빼냈어요. 부러지진 않았나봐요.

한참이나 말이 없다가 문득 선녀가 물었다.

— 이름이 뭐예요?

— 임정아요. 여기 지하매장에서 근무했어요.

— 나는 진희 엄마예요. 장보러 나왔다가…… 우리가 좀 잤나요?

— 몰라요. 제 위쪽에 있던 분은 어제부터 대답이 없어요. 돌아가셨는지……

선녀는 임정아의 말이 흘러나오는 방향으로 돌아누워서 계속 말을 걸었다.

— 아마 건물 잔해를 치우려면 시간이 걸릴 거야. 그때까지 서로 용기를 잃지 말아요.

— 아이스크림이 먹구 싶어요.

— 그래, 먹는 거 생각하면 훨씬 나아져요. 나는 냉면 생각하구 있었어.

— 아이들 울음소리며 여자들이 고함치는 소리가 들렸는데 지금은 모두 조용해졌어요. 우리만 남았나봐요.

— 임정아 씨 집이 어디야?

— 성남이요. 엄마가 걱정하실 텐데……

— 괜찮아, 우린 살아서 나갈 수 있어요.

— 우리 근처에는 아무도 오지 않아요.

— 거긴 움직일 만해요?

— 위로는요 고갤 숙이고 일어나 앉을 만하구요, 누워서 옆으로 한두 번씩 구를 만은 해요. 거기는요?

— 여긴 거기보다 좁은 거 같애. 위엔 한팔 길이가 조금 못되고, 옆으론 한쪽에 씨멘트가 밀려들어와 있어서……

— 지금 무슨 냄새 안 나세요?

— 뭐라구요? 아, 무슨 냄새가 나는데…… 기름냄새 같은데……

— 뭐가 타나봐요.

박선녀는 고개를 좌우로 돌려가면서 냄새를 맡았다. 분명히 연기가 스며올라오고 있었다. 고무 타는 것 같은 매캐한 냄새와 비닐이 타는 듯한 냄새도 났다. 저쪽에서 임양이 기침을 몇번 하더니 말했다.

— 지하주차장에서 차가 타는 거 같아요.

— 거기 물 흘러내렸지? 옷에다 축여서 코를 막구 있어요.

선녀도 자기가 말한 그대로 행동했다. 물에 적신 블라우스 자락을 코와 입에 대고 숨을 조금씩만 쉬었다. 이제는 두 사람 다 각자 살길을 찾느라고 서로 말을 건네지 않았다. 어둠속이라 확인할 수는 없지만 주변 공기가 훨씬 시원해진 것으로 보아 새벽임을 짐작할 수 있었다. 빨리 날이 밝아서 구조작업하는 사람들이 저곳에 물을 뿌려줘야 할 텐데. 선녀는 젖은 옷자락을 얼굴에 덮고 누워서 별로 무서워하지도 않고 차츰 말짱해지는 자신에게 놀랐다. 내가 여기 갇힌 걸 영감은 알까 몰라.

— 열일곱이요.

— 너이 원래 봉천 살았댄?

— 예, 통화에 살다가 몇년 전에 이사왔어요.

그는 건빵을 먹고 오차를 후루루 불면서 마시는 진이를 물끄러미 바라보았다. 갑자기 상등병이 안색이 달라지더니 벌떡 일어나 고함을 지르며 경례를 붙였다. 중위 계급장을 붙인 장교가 들어섰다. 그는 사무실 안을 둘러보더니 대번에 상등병의 구두에 광이 나는 걸 발견했다.

— 호오, 군화가 보기 좋군.

— 옛, 닦으시겠습니까?

— 그래, 좀 닦아봐라.

장교가 발을 한쪽씩 내밀자 그가 쭈그리고 앉아 군화를 벗겨냈다. 조선인 상등병이 눈짓을 하며 진이에게 군화를 내밀었다. 진이는 얼른 받아들고 내무실로 사라졌고 장교가 물었다.

— 저 아이는 뭐야?

— 예, 통화에 살다가 이사왔답니다. 다리 건너 잡화가게 아이입니다.

— 통화? 거긴 불령선비(不逞鮮匪) 지역 아닌가?

— 그래서 얘기를 시켜보고 있었습니다. 사환질이라도 시키고 용돈을 좀 주면서 습련을 시키면…… 국어와 중국어도 잘합니다.

헌병장교는 대번에 알아들었다.

— 좋아, 그건 좋은 생각인데…… 애비가 어떤 자인지 한번 사찰해야겠지.

— 옛, 알겠습니다.

— 자네가 맡아서 잘 키워보지그래.

진이가 장교의 군화를 닦아가지고 사무실로 돌아오니 상등병은 묵묵히 앉아 있고 장교가 돈을 꺼내어 내밀었다.

— 수고했다. 이거 받아라.

진이는 평생 그 순간을 잊지 못했다. 그것은 난생처음 보는 십원짜리 돈이었다. 그는 차마 호주머니에 넣지도 못하고 두 손에 돈을 얹은 채 그냥 고개를 떨구고 들여다보기만 했다.

— 너 내일부터 여기 와서 청소도 하고 군화도 닦고 심부름도 해다오. 이건 월급을 미리 주는 것이니까.

쌀 한 가마에 이십원 할 때였으니 청소년에게는 큰돈이었다. 그는 곧장 집으로 달려가서 어머니에게 자랑했고 이튿날 아침 어머니는 무명 학생복을 잘 다려서 아들에게 입혔다. 물론 얼마 안 가서 누런 일본군복을 줄여서 입게 되었다.

일본은 초창기부터 분열과 이이제이(以夷制夷)의 술책으로 밀정을 이용해서 독립군을 잡거나 저희끼리 싸우게 만들어 효과적인 탄압을 유지할 수 있었다. 밀정 역할을 주로 하는 헌병 보조원과 순사보의 인원에, 헌병과 순사가 직책으로 밀정을 하는 정식 정탐을 합하면 일만칠백여명이었고 여기에 헌병과 순사 일인당 개인 밀정 두 명씩을 추가하면 그 수는 조선과 만주에 이만 명이 넘었다.

고용 밀정은 월급이나 상여금을 받고 밀정질을 하는 직업적 정보원으로 기관에 고용된 밀정과 헌병 순사 개인이 사용(私用)하는 개인 밀정으로 구분되었다. 그리고 특정 사건이나 정보를 위해서 필요한 기간만큼만 밀정질을 하는 임시 밀정이 있었다. 협박과 위협에 못 이겨서 승낙하는 경우도 있지만 대개는 상여금을 탐내서 자원하는 경우가 많았다. 또 일종의 밀고자도 있었는데 이해관계와 원한 또는 약점이 잡혀서 배신이나 밀고를 하게 되는 준밀정이었다.

그 조선인 상등병은 김진의 인생에서 가장 중요한 사람이라 할 수 있다. 그에게 큰 영향을 주었고 그후 수십년이나 동행하게 되었기 때문이다. 선악을 따지기 전에 세상살이의 이치로 본다면 김진은 그에게서 배웠으나 나중에는 그를 뛰어넘었다. 상등병의 이름은 김창수, 고향이 평안북도 신의주이고 나이는 김진보다 다섯 살이 위였다. 나중에 합류하게 되는 김진 또래의 이희철과 더불어 그들 세 사람은 모두 어느 쪽에 붙는 것이 생존에 유리한가를 청년시절부터 피나게 수련해온 셈이었다.

김창수 역시 가난한 집안에 태어나 보통학교를 졸업하고 농업학교에 두어 해 다니다가 일본인 공장에 취직했고 주인의 눈에 들어 만주 단동역의 직원으로 천거받았다. 직원이라지만 조선인 청소년이 버젓하게 역원 제복을 입고 표를 끊어주거나 차장 노릇을 한 게 아니라면 사환 비슷한 일을 했을 것이다. 김창수가 어떻게 해서 관동군 헌병대 군속이 되었는가는 그가 자세히 말하지 않아서 알 수 없으나 김진은 대강 짐작할 수 있었다.

단동이 어디인가. 수많은 조선 사람이 만주로 드나드는 관문 같은 곳이고 신의주에서 압록강 철교를 건너자마자 닿는 곳이다. 수많은 장사꾼들과 고향을 떠나 먹고살기 위해서 신천지 만주를 찾아가는 조선인 가운데는 불온분자도 숨어 있고 반대로 국내 공작을 위해서 만주에서 조선으로 들어오는 독립단들도 많았다. 단동이야말로 이들 통로 가운데 급소와도 같은 곳이었다. 신의주 출신인데다 조선인인 김창수는 역내의 헌병 분견소를 드나들면서 차내의 승객 임검에 대단한 조력꾼이 되었던 것이다. 헌병조가 검문하러 승차하기 전에 김창수가 먼저 객차의 끝에서부터 앞으로 천천히 걸어나가면서 승객들을 훑어보면 그의 눈에 들어오는 사람이 있었다.

— 난 이전부터 불온분자를 알아보는 육감이 있대서. 거저 찍어두구 말 시케보문 날래 알아채지.

어쩐지 그것은 김진도 이미 갖고 있는 느낌이었다. 뭐랄까, 독립단이나 주의자들은 어딘지 선생 같은 인상이거나 인텔리의 냄새가 난다. 아니면 잘생겼든 평범하든 표정이 있으며 주위의 군상들과 달리 눈에 빛이 있다. 또는 순진하달까, 어리석다고나 할까, 모욕이나 천한 말에 쉽게 동요한다. 김창수는 헌병 보조원이 되어 신경으로 옮겼다가 몇년 만에 헌병교습소에 입교해 과정을 마치고 관동군 헌병이 되었던 것이다.

김진이 김창수에게 발탁되어 봉천 헌병대의 사환이 된 뒤 한해가 지나서 특무기관 차출이 들어왔고 김창수는 군복을 벗고 정탐근무에 들어갔다. 관동군 특무기관은 정보교육을 받은 일본인 장교 하사관들과 헌병 순사들 중에서 우수한 자들을 뽑아 요원을 보충했는데 그들 밑에도 수명의 개인 밀정들이 있었다.

김진은 여전히 헌병대에서 사환을 하고 있었는데 어느날 얼씬도 않던 김창수가 나타나 행정청사 맞은편에 있는 대륙공사 건물로 데리고 갔다. 김창수는 사무실이 들여다보이는 복도 한쪽에 김진을 세워놓고는 어깨에 손을 짚고 속삭였다.

— 책상 앞에 올레줄레 앉은 새끼들 보이지? 저 새끼들 중에 낯익은 년석 없네?

김진은 중국 옷이나 농민 복장의 후줄근한 남자들이 모두 처음 보는 사람들이라 알 수 없었지만 머리를 박박 깎고 국민복을 입은 청년을 유심히 바라보았다. 그가 두리번거리지 않고 등을 꼿꼿하게 펴고 무표정하게 정면을 바라보고 앉은 것이 눈에 띄었기 때문이다. 김진이 그 남자를 지목하자 김창수가 빙긋 웃었다.

— 저 새낀 짱꼴란데…… 어디 한번 털어볼까?

며칠 뒤에 김창수가 김진을 불러 양복 차림의 일본인 상사에게 데려갔다. 그는 특무기관의 정보장교였는데 별로 물어보지도 않고 김진을 보조원으로 취직시켜주었다. 나중에 알았지만 그가 지목한 남자는 항일연군 중국 측 정위였다고 한다.

1939년 김진이 특무대 보조원이 되던 해에 관동군은 이십만 병력을 동원하여 만주 대토벌작전에 들어갔다. 그 일년 전에 북방특무기관이 관동군 정보부 관할로 개편되었다. 특히 훈춘과 봉천 기관은 대소 첩보 및 독립군 공작이 주요 임무였다. 조선인 항일유격대의 근거지가 되는 조선 부락에 대한 초토화작전과 유격대 소탕을 주임무로 하는 간도특설대라는 철석부대(鐵石部隊)가 편성된 것도 그 무렵이었다. 이들이 출동하기 전에 특무대의 첩자들이 정찰과 정보수집 또는 회유공작에 나서는 것은 당연한 일이었다.

김창수와 김진이 봉천에서 간도지방으로 파견된 것은 만주 대토벌작전이 관동군 전체가 동원된 작전으로 그들도 통합된 정보부 산하에 소속되어 있었기 때문이다. 이는 천여명에 이르는 조선인 만주군관과 밀정들이 서로를 파악하고 일종의 인맥을 형성하는 계기가 되었고 김진도 자신의 인생에서 하나의 행운을 만나게 되었다.

만주의 항일군이 궤멸된 뒤 일부는 중국 연안 쪽의 팔로군에 흡수되어 조선의용군을 이루지만 동북항일연군의 일부 생존부대는 소련령 연해주로 들어갔다. 굶어죽고, 얼어죽고, 맞아죽는 사선을 넘은 최후의 생존자가 그들 조선인 유격대원들이었다. 뒷날 어느 기록에 따르면 오십여일을 쫓겨다니다 눈밭에서 사살당한 동북항일연군 1군 총사령 양정우의 위장에서 나무껍질과 풀뿌리만 발견되었다고 한다. 김창수가 1941년에 정탐 근거지를 소만 국경으로 옮겨간 것은 이러한 정세와 연관이 있었을 것이다.

김진은 김창수와 헤어진 이듬해에 신경으로 전출되었고 관동군 사령부 산하의 정보학교에서 단기교육을 받았다. 헌병대 이후 특무기관의 보조원으로 대토벌작전에 참가한 경력을 인정받은 셈이다. 당시 밀정들을 가르친 이들은 정보장교나 만철조사국 요원들이었는데 나가노 육군정보학교를 나온 이희철이 교관 중 한 사람이었다. 이희철은 상해의 코다마 기관에서 첩보경력을 쌓은 정보장교로서 김진에게는 선망의 대상이었다.

그러나 무엇보다도 김진은 유년기부터 현지인이었고 조선 이주민사회와 만주인 중국인들을 피부로 느낄 만큼 잘 알고 있었다. 조선인 김창수가 헌병 보조원에서 준사관인 오장에까지 진급한 것이나 김진이 봉천 영사관 외사과의 촉탁으로 승진한 것은 그들의 눈부신 공훈을 말해주는 것이었다. 김진은 일본이 패망하기 이년 전부터 봉천 영사관에 촉탁으로 파견되어 해방될 때까지 근무했다.

김진의 동료들과 김창수 그리고 조선 출신의 만주군관들은 일본이 항복하자 처음에는 우왕좌왕하면서 현지 청년들을 모아 조선의용대를 꾸리거나 광복군을 자칭하는 등 살길을 찾아 기회를 엿보았지만 결국은 진주한 소련군과 현지인들에 의하여 해산 또는 무장해제를 당하고는 뒤늦게 뿔뿔이 흩어져 귀국길에 올랐다. 김진은 우물쭈물하지 않았는데 해방이 되었다는 소식을 듣자마자 아버지가 눈물을 흘리며 고향으로 돌아가자고 호소했기 때문이다. 그의 부모는 김진이 매달 월급으로 받아온 기백여원의 돈에다 토벌 다니면서 모아온 재물로 봉천 중심지에 집도 사고 점포도 냈지만 아버지는 그 시대에 한창 유행인 결핵에 걸려 있었다. 가산을 정리하는 것도 쉽지 않은 일이어서 거의 헐값에 팔아치우고는 단동을 거쳐 조선으로 들어왔다.

그가 만주를 한시바삐 떠나고자 한 것도 누군가 자신을 알아보고 중국 측이나 소련군 측에 밀고하지나 않을까 염려한 탓이었다. 하여튼 갖은 고생을 하며 서울에 도착한 것은 만주에 못지 않은 북풍한설이 몰아치던 12월이었다. 양주의 고향마을로 찾아가니 친척들 중에 살아남은 이도 있었고 아버지의 고향 친구들 중에는 세상을 떠난 이들도 많았지만 옛날보다 형편이 나아진 사람들도 있었다. 간신히 아는 이의 문간방을 얻어들어 그해 겨울을 났는데 아버지는 수십년 만에 고향에 돌아와 안도하고 기진했는지 어느날 아침 잠든 것처럼 숨을 거두었다.

김진은 고향 친척집에 어머니를 맡겨두고 서울로 나와 여러 곳에서 열리고 있던 정치 행사장이나 연설장을 기웃거리며 다녔다. 세상이 어떻게 돌아가는지 알아야 장차 생계를 위한 대책을 세우고 자기 입지를 찾을 거라고 생각했기 때문이다. 특히 합숙을 받는 싸구려 여인숙에는 지방에서 올라온 장사꾼들이나 서울에서 직업을 찾아보려는 자신과 같은 처지의 사람들이 많아서 정세를 자세히 얻어들을 수 있었다. 세상은 이미 찬탁이다 반탁이다 시끄러웠고 미군정이 실시되고 있었지만 정치판은 하도 분파가 많아서 종잡을 수가 없었다. 그러나 만주에서의 오랜 정탐생활과 본능적인 촉각으로 김진은 어느 쪽이 자신에게 유리한가를 며칠 안 가서 눈치채게 된다.

우선 미군정청이 유일하게 외부로 드러난 권부였고 결국은 일제시대부터 힘을 쓰던 사람들이 몰려사는 서울에서는 좌익이 불리할 것이라는 예감이 들었다. 무엇보다도 현재 군정청의 경찰은 얼마 전까지 일본 경찰에 근무하던 순사와 순사보들이 그대로 뱃지만 바꾸어달고 근무하고 있었다.

김진이 서울 중심가를 하릴없이 어슬렁거리다가 연줄을 잡은 것은 김창수도 나중에 겪게 되었듯 우연이라고도 하겠지만 사실은 필연이었다. 그가 설에 양주의 집에 다녀온 지 몇주가 지나지 않았으니 1946년 2월 말쯤 되었을 것이다. 김진은 합숙소에서 나와 아침끼니로 남대문시장에서 수제비를 사먹으려고 길을 건너던 참이었다. 상의는 두툼한 미군 시보리 점퍼에 아래는 누런 서지바지를 입은 맨머리의 키 큰 남자가 맞은편에서 길을 건너오고 있었다. 그는 특히 미군들이나 쓰던 라이방을 쓰고 있어서 어딘가 위압적이었다. 김진은 사내를 힐끗 보고 그대로 지나쳤다. 몇걸음 떼었을까 한데 뒤에서 외치는 소리가 들렸다.

— 야, 카네다!

진이 흠칫 놀라서 돌아보자 색안경 쓴 남자가 가던 길을 멈추

고 돌아서서 그를 향하여 다가섰다. 그가 안경을 벗어들며 다시
물었다.

— 자네 봉천에 있던 김진이 아니야?

그는 바로 만주 시절 정보장교인 이희철이었다. 김진은 그의
손을 덥석 잡고 더듬거렸다.

— 리노우에…… 중위님.

— 야 이 사람아, 나 이희철이야.

이희철이 어디 가서 얘기 좀 하자고 하여 그들은 이전에 미쯔
꼬시였다가 나중에는 신세계로 변하게 되는 동화백화점 부근의
다방에 들어가 자리를 잡았다. 그 일대는 미제 양과자와 담배며
깡통 씨레이션을 파는 노점상들이 가득 들어차 있었다. 다방의
레코드에서는 한국의 유행가와 미국의 부기우기가 흘러나왔다.
김진과 이희철은 쓴 커피를 시켜놓고 앉아서 지난 얘기를 나누
었다.

— 나는 상해에서 배편으로 들어왔지. 아슬아슬했어. 우리 뒤
로 딱 끊겼으니까.

— 만주 친구들 고생이 많을 거요. 나두 일찍 떠난다구 그랬지
만 지난 연말에야 경성에 도착했어요. 헌데 지금 뭘 하쇼?

이희철은 빙긋이 웃으며 아까다마(러키 스트라이크) 한 개비를
반쯤 뽑아서 그에게 내밀었고 자신도 한 대 뽑아 탁자에 가볍게
두드려 다진 다음 입에 물었다.

— 뭘 할 것 같은가?

과 함께 들어온 224 CIC 파견대는 일본 측으로부터 인수인계를 받은 뒤에 해방 이듬해인 1946년 2월 중순에 남한 주둔 모든 CIC 파견대에 대한 공작통제권을 통합하고 이를 수개월에 걸쳐 한국인 요원들과 함께 재편성하여 같은 해 4월에 971 파견대로 통합체계를 이루고 나서야 본격적인 활동에 들어가게 된다.

CIC 조직 초기에 한국인 인력은 예전 경성부 고등계 형사나 형사보의 파견을 받다가 그들이 경찰로 돌아간 뒤에는 주로 이희철 같은 일본군 정보장교나 정보원 출신, 그리고 만주와 이북에서 탈출해온 밀정 출신이나 월남한 우익청년단체의 인원을 차출해서 썼다. 이들은 서로의 소속과 인맥이며 과거 공작 경험을 몇마디만 나누어도 금방 알아볼 수가 있어서 일종의 비밀결사와도 같은 대단히 긴밀한 패거리 의식을 지니게 되었다. 더구나 일제의 앞잡이로서 과도기에 살아남아야 한다는 점과 반공이 유일한 공적 가치가 된 점이 그들을 더욱 결속시켜주었다.

김진은 약속한 대로 이튿날 오전 아홉시에 새옷을 입고 면도를 깨끗이 하고 부대 정문 앞으로 찾아갔다. 미군 헌병이 초소에 앉아 있었고 김진이 다가가자 그와 함께 있던 조선인이 나왔다. 그는 기다리고 있던 것처럼 보였는데 먼저 이름을 물었다. 김진이라고 하자 사내가 앞장서서 번듯한 건물에 G2라고 팻말이 붙은 일본식 이층집을 지나 안쪽으로 올라가서 반달 모양의 퀀쎗 가건물이 줄지어 있는 곳으로 그를 데려갔다.

— 들어가보슈.

김진이 문을 열자마자 안쪽 오른편 책상 앞에 앉아 있던 이희철이 반겨주었다.

— 응, 어서 오게. 먼저 자서전을 좀 써야겠어.

이가 타이프 용지를 두툼하게 집어다 그의 맞은편 책상에 놓아주며 말했다. 피의자 심문용이건 요원 선발용이건 상대를 파악하기 위한 첫번째 통과의례였다. 김진은 간단하게 물었다.

— 무슨 말로 쓸까요?

— 아, 일본어로 쓰지. 요즈음 조선어는 누구나 서툴지 않나?

김진은 일본어로 자기의 부모부터 시작하여 그들의 직업 계층 고향, 자신의 출생 성장 따위를 비교적 소상하게 육하원칙에 의해서 써나갔다. 그리고 기억을 더듬어 자신의 정탐행위, 검거 실적, 침투공작 내용, 작전의 개요와 경과 및 전과 등을 연도별로 자세히 적어나갔다. 이희철이 집어준 타이프 용지는 거의 정확해서 다 쓰고 나니 두어 장이 남았을 정도였다. 이는 아까다마 담뱃갑과 라이터를 그의 책상 앞에 던져주고는 자기 자리에서 책상에 구둣발을 올려놓고 등받이가 뒤로 휘어질 정도로 기대앉아서 김진의 자서전을 읽기 시작했다. 김진은 담배를 태우며 퀀쎗의 비좁고 기다란 창을 통해 가지만 앙상한 남산의 숲을 멍하니 내다보았다.

— 우리는 말이지…… 천벌을 받아 마땅하군.

김진의 자서전을 단숨에 읽어치운 이희철이 키득키득 웃으면서 말했다.

― 그렇지만, 현실이 너무 강력해서 하늘의 힘이 미치지 못하는 거야.

김진은 따라서 웃지 않았고 조용히 대꾸했다.

― 언제는 텐노오(천황)를 위해서 했나요? 빨갱이 잡자구 한 거지.

이희철은 김진이 쓴 자서전을 말아쥐고는 의자에서 일어났다.

― 맞아, 그게 우리가 살길이야.

그날부로 김진은 미군정청 산하 CIC요원으로 취직이 되었다. 미군 측 이정호 반장과 인사하고 직속상관인 작전장교에게 신고를 했다. 부대장은 미군 소령이었다가 나중에 중령으로 인가되었고 그해 4월부터 조직이 대폭 증설되었다. 파견대 미군 요원의 대부분이 태평양전쟁 당시 레이테와 오끼나와에서 활동한 사람들이어서 일본어에 능통한 사람들이 많았고 아직은 영어 통역이 따로 필요없던 시절이었다. 교포 출신의 장교나 하사관이 배속되기도 했다.

CIC에는 부대장 아래 선임장교 작전장교와 각 지부가 있었는데, 선임장교는 부관과 함께 보급 숙사 수송 급양 문서 등의 지원을 담당했다. 작전장교 예하에는 정치과 보고분석과 보안과 특수대 첩보과 연락과 작전문서과가 편제되었다. 지부는 서울 인천 강릉 대전 부산 광주 전주 대구 제주 개성 춘천 등지에, 분소는 의정부 송도 삼척 청주 마산 목포 군산 포항 등지에 있었다. 그리고 각 도의 도청소재지에는 서울본부 부대장 직속의 지부를 두었다. CIC가 이렇듯 빠른 시일 내에 전국을 그물망처럼 장악한 것은 일제의 공안체계를 그대로 인수했기 때문이다.

1945년 미군은 인천에 상륙하면서 포고령을 발표했는데, 일제 식민통치기구의 존속을 확인하고 군정청이 남한의 유일한 정부임을 선언하는 내용이었다. 이를 명백하게 확인시켜준 것은 시내로 몰려나온 환영 군중을 사살한 일본군의 행위를 치안 유지를 위한 정당한 조치였다고 묵인한 일이었다.

이어서 미극동군사령부는 남한 군정을 선포하고 일본 정부 및 일본인의 재산을 미군정 소유로 정하였다. 미군정은 여운형 등의 건국준비위원회와 인민공화국은 물론 대한민국 임시정부마저도 인정하지 않았으며 인공과는 적대관계에다 오히려 친일적 요소가 다분한 한민당을 지원하였다.

조선에 대하여 오년간의 신탁통치안이 결정되자 임정계를 중심으로 즉각적인 반탁운동이 치열해졌고 좌파는 반탁에서 찬탁으로 노선을 바꾸었다. 이는 한반도를 둘러싼 미국과 소련의 이해관계가 달랐던 이유도 있었다. 이차대전 이후 미국은 아시아에서 반식민지 해방운동의 주체세력에 대한 분석을 통해 보수적인 민족주의 세력이 우세한 곳에서는 반식민지 입장을 취하면서 독립에 찬성했지만, 좌익이 우세한 곳에서는 신탁통치나 식민지 기득권층을 내세워 과거의 사회체제를 유지 존속시키는 정책을 폈던 것이다.

좌익은 처음에는 반탁노선을 들고 나섰다가 모스끄바 삼상회의 지지로 전환했다. 신탁통치는 한국의 즉시 독립을 인정하는 것은 아니지만 미영중소의 다국적 후견으로 오히려 어느 특정 강대국에 의한 식민지화를 방지할 수 있다고 보았던 것이다. 더구나 토지 없는 소농이 대부분이며 아무런 생산수단이 없는 도시빈민과 노동자가 다수인 조선 민중의 삶의 조건으로 보아 시간은 자기네 편이라는 자신감이 있기도 했다.

그러나 좌익의 이러한 전략적 방향전환은 해방과 독립이라는 단순하고 명백한 우익노선에 반탁과 반공, 그리고 소련 반대라는 명분을 주게 되었다. 미군정은 반탁운동에 나타난 민중의 순수한 지지에 편승하여 우파의 반탁운동을 묵인하고 김구 중심의 전투적인 반탁세력의 역량을 미군정과 이승만의 반공노선으로 흡수하여 좌익계를 공격하는 데 이용했다. 이미 삼팔선을 기준으로 미소가 한반도를 분단점령한 것이 기정사실이었고, 미군정은 몇달 뒤에 발표될 남한 단독정부 수립을 준비하고 있었다.

김진이 CIC요원으로 들어가자마자 미군 측 이정호 반장 아래에서 전담한 것이 좌익 정당과 정치인에 대한 내사와 공작이었다. 팔십구명의 요원 중에서 오십여명이 한국인이었다. 김진은 군정 당국이 표면적으로는 좌우익의 정당활동에 대하여 중립을 지키는 것처럼 보이지만 안으로는 이승만의 독립촉성회를 강력하게 밀고 있다는 것을 알았다. 중도를 표방한 여운형이 좌익계

열 통일전선체인 민주주의민족전선을 구성하는 것도 지켜보았고 심지어 박헌영이 재건한 조선공산당의 활동을 방임하는 듯한 미군정의 정책도 확인할 수 있었다.

김진은 경성부 출신 중에 노련한 자들을 추려내고 일제가 활용했던 정보원들을 다시 불러모았다. 조선공산당사가 있는 소공동 근택빌딩에 출입하는 자들을 관찰하기 위해서 한 사람이 들어가 앉을 만한 궐련포를 내고 노인 부부에게 교대로 자리를 지키게 했다. 그러나 그곳은 간판을 내건 공개적이고 형식적인 장소에 지나지 않았고 간부들이 모이는 아지트는 여러 곳에 분산되어 있다는 것을 알아냈다. 원래 그 건물에는 정판사라는 인쇄소가 있었는데 이층의 당중앙본부는 하급당원들이 지키고 앉아 공개적인 행사진행 따위나 맡고 있었고 삼층에서는 당 기관지인 해방일보를 비롯해서 팸플릿과 선전지를 발행하고 있었다. 심야에는 빌딩 안에 숙직하는 사람 한둘만 남고 모두 퇴근했고 그나마 남은 사람도 새벽이면 모두 곯아떨어졌다. 요원들은 심야만 되면 수시로 빌딩을 드나들 수 있었다.

신탁통치를 논의하기 위한 미소공동위원회가 결렬된 지 열흘 뒤에 정판사 위조지폐 사건이 터졌다. 군정 경찰과 미군 헌병들이 급습해서 증거품으로 위폐 두 점을 압수하고 일제 때부터의 노련한 주의자 이관술 권오직 등의 조선공산당 간부를 주범으로 지목하였다. 사실 위폐 두 장은 증거품으로는 어쩐지 빈약한 것이었지만, 이 사건은 사회 경제를 파탄내고 민중을 더욱 어렵게 하는 비도덕적인 행위로 우익 언론과 기관지들의 호된 지탄을 받았다. 해방일보는 폐간되었고 삼개월 후에는 공산당 간부들에 대한 검거가 시작되었다. 박헌영은 영구차 관 속에 누워서 삼팔선을 넘어 탈출했다.

김진은 그 무렵에 우익청년회 사람들과 접촉하고 있었다. 미군정청은 아무래도 한다리 건너이고 경찰은 노골적으로 위법행위를 할 수 없으니 준공안세력의 조직이 시급했던 것이다. 어느 날 아침 출근해서 첩보문건들을 검토하고 있는데 정문에서 김진을 찾는 전화가 왔다.

— 누가 찾아왔는데요.

— 아침부터 또 뭐야?

— 김창수라면 아신답니다.

김진은 수화기를 귀에 갖다댄 채로 벌떡 일어났다. 알았다고 짤막하게 부르짖고는 잰걸음으로 언덕길을 내려갔다. 과연 정문 보초 옆에 김창수가 서 있는 게 보였다. 김진은 순간 그가 어느 잠복처에서 은신하다 귀대한 것으로 착각했다.

낡은 당꼬바지에 광목 반소매 셔츠를 걸친 그의 행색은 초라했지만 마르고 긴 얼굴에 옆으로 가늘게 째진 날카로운 눈은 여전했다. 김진은 서슴지 않고 그의 두 손을 잡았다.

— 형님, 이거 어떻게 된 일이오?

— 서울 오문 널 만날 줄 짐작은 했대서. 여긴는 줄 알았대문

날래 찾아왔갔지.

김진은 그를 이끌고 길 건너 남대문시장에 줄지어 있는 선술집으로 데려갔다. 이희철을 처음 만났을 때 그가 동화백화점 부근의 모던한 다방으로 허기진 자신을 데려간 것이 떠올라서였다. 둘은 순대와 머릿고기에 막걸리 한 되를 시켜놓고 마주앉았다.

— 야, 아침부텀 무슨 술이가?

— 아니 그래두 형님하구 만났는데 그냥 맨숭맨숭할 수야 없지요. 만주서 달아뺀 거야 나하구 팔자가 같을 테구…… 여긴 어떻게 나타났소?

— 리노우에…… 아니, 이중위가 말해주두만. 야야, 말두 말라, 내 죽을 고빌 두 번이나 넘기구 삼팔선 넘어왔다. 나두 흑룡강 지구에 있다가, 소련군에 잽히지 않을라구 민간인 입성 얻어닙구 천릿길을 걸어서 고향에 갔디. 글구 나 장개두 가서.

— 형수님은요?

— 뒈두구 왔디만 인차 내레오갔지 머. 넌 장개두 안 간?

— 장가가 다 멉니까. 이제 막 취직했는데요. 요새 빨갱이 잡느라구 맨날 야근이오.

김진의 말에 김창수는 눈을 빛내면서 맹수가 낮게 으르렁대듯이 중얼거렸다.

— 빨갱이 새끼들은 거저 싹 쓸어버려야지! 내가 그 일 하자구 이남 내레왔으니까니.

김창수는 영변 여자를 만나 거기서 직업도 찾아 정착할 셈이었다. 그가 잘 아는 사람이 강계에서 보안대 노릇도 하고 잘나간다는 소문이 들려왔다. 해방 직후 북에서도 각 지방마다 치안을 자위하는 청년보안대가 조직되던 때였다.

— 넌두 그 새끼 알갔구나. 내레 봉천서 너 말구 삼용이라구 보조루 들였던 년석 말이다.

— 알죠, 사부로…… 볼이 통통하구……

— 그날밤은 잘 얻어먹구 잤디. 아침에 깨나니 소련군 아덜하구 보안대 새끼들이 몰레온 거야. 삼용이 그 새끼레 날 고발한 거디, 헌병 정탐이댔다구. 기래 약식재판으루 사형선골 받았대서. 머 함흥에 전범재판소가 있다구 날 글루 이송한다구 기래. 화물차에 태웠는데 밤중에 뛰체내렛디. 사흘 밤낮 산속에서 헤매는데 어드메 딱히 갈 데가 있갔나. 외가가 성천에 있대서. 거저 산 넘구 골짜기루 해서 걸었디. 기차에서 뛰체내리멘 발목이 어케 됐는지 나뭇가지루 부목을 대구…… 아이구, 고생한 거 말두 말라.

김창수가 성천의 외갓집을 찾아갔더니 외할머니와 숙부가 반겨주었다. 그는 외가에서 쉬면서 월남할 길을 찾기로 했다.

— 거게서두 고발자가 있대서. 우리 외사촌형이란 놈이 찌른 거이야. 내레 그 새끼 앞에서 소련놈들을 몰아내야 하구, 앞잡이 하는 놈들두 씨를 말레야 되갔다구 기렜거던. 머 제깟 놈들이 전화가 있댔나 무선이 있댔나, 전범으루 잽헤가다 도망친 걸 모르

는 거야. 펴양 고등재판소루 이송한다구 기래. 이송하기 전날밤 취조실에 있댔는데 소련군 아새끼가 꾸벅꾸벅 졸길래 거저 의자루 후려패구 달아났디.

김창수는 사발의 막걸리를 한꺼번에 주욱 들이켜고는 말을 이었다.

— 내레 살아나서 하는 말이디만, 빨갱이는 일가친척두 부모 형제두 없어. 너나 나 같은 사람들이 이서야 다 잡아죽이갔디.

김진은 묵묵히 듣고 앉았다가 김창수에게 물었다.

— 이제 어떻게 하실려우? 우리 회사나 들어오시지…… 반장이 대환영할 텐데.

김창수가 간단하게 대답했다.

— 나는 군대 가가서. 군인이 내게 맞아.

그는 이희철도 군대에 들어가라고 권유했다고 말했다. 이가 그에게 두 사람의 연락처를 가르쳐주었는데 하나는 경비대 사령부에 있는 만군 출신 소위였고 다른 하나가 미군 CIC에 근무하는 김진의 것이었다.

— 머 군사영어학교가 생겼다문서? 장교 양성소라구 하두만. 우리야 하사관 출신이디만 경험이 많으니끼니. 기래 경비대 사령부 있넌 친구를 만났대서. 먼저 경찰이나 군에 들어가라구 일러주두만. 우리 같은 자들은 경력이 좋아서 대번 추천된다구 기래. 훈련생두 통역관 급료를 준대나. 난 부산 내레갈라구……

— 거긴 왜요?

100

— 너두 기억날 거야. 간도특설대 있던 변대위가 연대를 모집 중이래. 하사관부텀 시작해야디. 글구 넌 왜 군에 들어가지 않네? 여기 있어봐야 양키덜 치다꺼리나 할 텐데……

김진은 그냥 빙긋이 웃을 뿐이었다. 그는 실속없는 모험이나 무리는 하지 않겠다고 이미 만주 시절부터 깨닫고 있었다. 뒤에서 벌이는 공작이 훨씬 영향력도 크고 정보요원으로서 운신의 폭도 넓다. 공연히 계급이 높으니 낮으니 하는 것은 젊은날의 허영이라고 그는 생각했다. 또한 밖으로 노출되어서 득될 게 없다는 것도 잘 알았다. 그는 부서를 옮길 때마다 간단한 기록카드마저도 남기지 않으려고 노력했다. 자신의 그림자가 되겠다고 생각했고 나중에 민간인이 되었을 때에도 절대로 과거를 말하지 않았다. 그는 끝까지 미군 측에 남았고 그 연결을 놓지 않았다. CIC에 들어가자마자 영어회화를 부지런히 익히기 시작한 것도 말이 힘이라는 걸 알았기 때문이다.

공산당은 완전히 불법화되어 지하로 들어갔지만 해방되자마자 그들이 조직한 조선노동조합전국평의회와 전국농민조합연맹 등의 외곽 대중단체는 합법적으로 활동중이었고, 건국준비위원회가 조직한 보안대 치안대 학도대 등의 청년단체들도 서울과 지역의 인민위원회와 연결되어 있었다.

김진은 부원 중에 경찰 출신으로 전선생이라 불리는 사람을 데리고 종로에 있는 요정으로 나갔다. 밤에 은밀하게 사람을 만날 때에는 상하 호칭이 바뀌어서 사십대인 전선생은 부장이 되고 자신은 그의 부하직원이 되었다. 전선생을 대동하는 것은 그가 허우대도 좋고 전에 사찰계 형사였다는 것을 남들이 잘 알기 때문이었다. 지금은 미군정청 특무기관의 부장이라니 은밀한 힘이 있음을 상대방도 대번에 눈치챌 것이었다.

김진은 그날 임동철 김두식과 처음 만났다. 임은 백의사라는 우익결사의 대표였는데 배경이 복잡한 자칭 지사였고 김진은 지사라는 족속을 별로 믿지 않았다. 빨갱이는 적이지만 어떤 면으로는 확실하니까 믿는 편이었다. 김진이 알기에 그들은 가난한 사람들 편이라니까. 오늘 김진이 주의를 기울여야 하는 인물은 임선생이 처음 포섭했다는 김두식이었다. 김진에게는 아주 필요한 인물이 될 것 같았다. 번호판도 달지 않은 지프차를 멀찍이 골목 바깥에 세워두고 전선생과 김진은 요정으로 들어갔다. 그들의 예약실은 요정 뒷마당의 안쪽 별채였다. 담배 한 대를 피울 즈음에 임선생과 김두식이 들어왔다. 임선생은 한복에 검은 두루마기를 입고 중절모를 쓴 오십대였고 김두식은 어깨가 떡 벌어진 거구의 청년이었다. 이전부터 두 사람을 잘 아는 전선생이 먼저 인사를 하고 나서 김진을 소개했다.

— 우리 부 직원인데 날 도와주고 있소.

김진은 허리를 깊숙이 숙이며 임에게 먼저 인사했다.

— 영광입니다. 첨 뵙겠습니다.

술상이 들어오고 기생 몇이 들어와 가야금에 소리 몇마디 하

고 흥을 돋운 뒤에 술이 몇순배 더 돌았다. 그들은 시중에 돌아
다니는 시국담을 몇마디 늘어놓았다. 이미 이승만이 남한 단독
정부 수립을 주장한 뒤여서 좌익들을 이남 땅에서 쓸어버려야
한다는 의견들이 오갔다.

— 작년 전평대회에서 보인 김두식 동지의 활약은 정말 애국
적이었소.

전선생이 말을 꺼내자 김두식은 쉿소리 나는 음성으로 걸걸
하게 받았다.

— 임선생님의 지도가 없었다면 무식한 제가 나서지 못했을
것입니다.

— 올해도 좀 수고를 해주시오.

조선노동조합전국평의회 결성대회가 진행중이던 중앙극장
을 건국청년회와 종로를 주름잡던 건달인 김두식 패거리가 습
격했던 것이다. 그들은 일본군이 남기고 간 권총과 일본도 등으
로 무장하고 대회장으로 뛰어들었다. 총기 발사로 여러 사람이
다치고 회장은 아수라장이 되어버렸다.

김진은 그 무렵 월남한 이북 청년들을 중심으로 한 조직을 준
비하는 중이었다. CIC 내부에도 대북 첩보와 국내 공작을 위해
이북 출신 청년들을 받아들인 터였다.

— 이제 수도경찰청도 정식업무를 개시하는데 우익청년단들
이 보조를 잘해주어야 합니다.

전선생이 말했고 임선생은 나직하게 헛기침을 하고 나서 술

상에 고개를 기울이며 말했다.

— 해가 되는 몇몇 인물들을 차례로 제거해야 합니다.

김진은 아무런 의견도 말하지 않고 묵묵히 듣고만 있었다. 전선생은 옆에 앉은 김진과 시선을 마주치고는 얘기를 꺼냈다.

— 좌익일간지 모두가 폐간 정간되고 공산당 간부들이 모두 지하로 숨었지만, 적색분자들은 공세로 나올 거 같소. 경찰은 아직 자리가 잡히지 않았으니 믿음직한 청년단이 나서서 치안을 바로잡아야 할 거요.

— 까짓 놈들 전평이든 무엇이든 본부를 대번에 분쇄해버리면 됩니다.

김두식이 말하자 임선생이 다시 나섰다.

— 우두머리의 주소지를 파악하여 개별적으로 처치하는 것도 방법이지요.

미군정은 해방 직후 일본인 지주와 기업가들이 남기고 간 땅과 공장을 자주적으로 관리하던 소작농과 노동자들의 권리를 일절 인정하지 않았고, 식민지 경제를 관리하던 동양척식회사를 인수하여 신한공사로 바꾸고는 일제의 재산을 적산이라 하여 압수해 미군정의 소유임을 선포했다. 그러고는 토지개혁은 커녕 소작료를 조금 낮추어주는 선에서 그쳤다. 농민들은 동척과 일본인의 것은 물론이고 지주가 소유한 토지의 몰수와 재분배며 소작료의 재조정 등을 주장하면서 미군정의 조치에 반발했다.

군정청은 일정 때 시행되던 식량배급제 대신 갑작스런 미곡의 시장자유화정책을 추진했다. 이 정책으로 쌀소비가 급격히 늘었고 일부 상인들의 매점매석까지 겹쳐서 쌀값이 폭등했다. 다른 물가도 덩달아 올라서 해방 후 일년도 되지 않아 이십배가 뛰었고 지역에 따라서는 쌀값이 오십배나 오른 곳도 있었다. 지주와 자본가와 중간상인들은 큰 이익을 보았지만 많은 국민들은 굶주림에 시달렸고 당황한 군정은 뒤늦게 미곡 배급제를 실시하고 쌀을 강제로 거두어들였다. 그러나 당국의 수매가는 시가의 이삼십 퍼센트에 지나지 않아서 생산비도 건지지 못할 형편이었다. 더구나 여름에 수확하는 보리 따위의 잡곡까지 강제로 거두어들이면서 식량부족은 더욱 심각해졌다. 어느 공장에서는 작업대의 풀까지 먹어치울 정도로 굶주림이 보편화되었다.

해방 이듬해 봄부터 식량 사정이 더욱 악화되자 노동조합의 투쟁이 빈번해졌고 여름부터 파업이 전국으로 확산되어 9월에 절정을 이루게 된다. 전평은 총파업을 선언했고 철도파업뿐만 아니라 체신 해운 전기 출판 등 각 산업별로 파업이 번져나갔으며 학교들도 동맹휴학에 들어갔다. 이는 대구와 영남지방을 중심으로 일어난 이른바 시월항쟁의 도화선이 되었다.

김진은 전선생과 함께 명동의 중국집 동해루에서 청년단 간부들과 경찰 사찰계 간부를 만나 전평 측을 급습하기 위한 마지막 점검을 했다. 파업단의 총본부인 영등포 철도공작창과 전평 회관을 우익청년단과 대한노총원들이 덮치고 연이어 용산 철도

공작창을 경찰병력이 습격하기로 되었다. 이날의 과잉진압으로 노동자 수십여명이 죽거나 부상당했으며 이천명에 가까운 파업 농성자들이 구속되었다.

그리고 대구에서 폭동이 일어났다는 보고가 올라왔다. 쌀을 달라고 시청으로 몰려간 사람들에게 경찰이 발포해 한 사람이 죽자 학생들이 시신을 떠메고 행진에 나서면서 군중은 격분했다. 다시 열일곱 명의 시민이 사살당했다.

민족주의계와 중도계를 포함한 각종 성향의 사람들이 망라된 시위와 폭동은 전국으로 퍼져나갔고 그 다음달 중순까지 소요가 계속되었다. 아직도 일제에 대한 적개심을 풀 길이 없던 지방 농민들은 경찰과 지방유지와 그들의 가족을 닥치는 대로 살상하며 보복했고, 나중에는 더욱 처절한 보복을 당하게 된다. 「적기가」는 물론 조직적인 좌익노동자들이 불렀지만 당시의 중학생들은 학교에서 배운 이딸리아 명곡 「싼따루치아」의 가사를 바꾸어 노래했다.

　　창고에 쌓인 쌀 찹쌀과 멥쌀
　　누구를 위하여 쌓여 있느냐
　　네 배만 고프냐 내 배도 고프다
　　쌀자루 가지고 쌀 털러 가자

소요가 진압되자 가장 큰 피해자는 결국 좌익과 민중이었다.

이 군중을 향하여 발포한 것이며 결국 그자를 파면처분함.

이어서 보고서는 파업에 돌입한 관공서와 맹휴중인 각급 학교 그리고 민심의 동향을 간략하게 기록하고 있었다.

김진은 작전부로 갔다. 작전장교는 미군 소령이었는데 부부대장 겸임이었다. 한국인과 미군이 섞인 부서여서 통역이 참석했다. 작전장교 소령이 말했다.

— 군정청 경무부에서는 부장 이하 모든 간부들이 제주도는 조선의 작은 모스끄바라고 한다는데 실제상황은 다른 것 같다.

분석관인 한국인 문관이 말했다.

— 제주도는 옛날부터 유배지였고 본토에 예속되어 있었기 때문에 배타성이 강한 곳입니다. 본토에서 건너간 관료들이 제주 사람을 천시 차별했던 것이 사실이지요. 정보에 따르면 타지 경찰을 증원병력으로 보내거나 타지인을 행정책임자로 보냈는데 이것은 적절치 않은 조치로 사료됩니다.

정보장교 대위가 끼여들었다.

— 제주도 놈들은 열이면 아홉이 레드라는 말이 나돌고 있던데요. 그래서 믿을 수 없다는 얘기죠.

— 그게 어느 쪽 정보인가?

— 군정청 경무부에서 나온 정보입니다.

그러나 일제 때부터 전남지역에서 근무한 경험이 있으며 제주에서도 일년간 체류했다는 경찰 출신의 요원이 빈정대듯이 말했다.

— 섬놈들이 뭘 몰라서 그럽니다. 원래가 변방에 사는 것들은
연못에 돌 던진 것처럼 중심이 잔잔해진 뒤에 뒤늦게 물결이 일
지요. 공장도 농토도 변변히 없는데 뭘 믿고 저러겠습니까. 건질
거라곤 물고기밖에 없는데요.

미군들은 그의 말을 더러 알아듣고 더러는 이해가 되지 않는
듯했다. 김진은 그의 말을 인상 깊게 들었다.

— 저 사람 얘기로는 공산주의도 민족주의도 아니라는 말이
죠. 동네의 우발적인 사건이라는 겁니다. 현재 육지와의 조직적
인 연결의 증거도 없습니다.

— 작년 시월폭동 때 거기서 올라온 동요의 징후가 없었나?

소령이 좌중을 둘러보며 묻자 정보장교 대위가 대답했다.

— 아주 평온했습니다.

김진이 다시 말을 꺼냈다.

— 제주도는 고립된 곳입니다. 폭동의 시범지역으로 상황을
진전시킨다면? 그 상황을 역이용할 수 있습니다. 경무부는 코리
아 사회의 좌우 구분이 뚜렷해지기를 바라고 있는 것 같습니다.

작전장교가 싸늘하게 웃었다.

— 만주사변식인가…… 위험하지 않을까?

정보장교가 김진의 의견에 동조했다.

— 폭동 진압대책에 나오는 기본 내용이죠. 상황을 키워서 폭
파시키면 싹 쓸어버리고 새로운 상황을 창조할 수 있다. 맞불입

니다. 불로 불을 끄는 식입니다. 고립된 지역이므로 빠른 시간 내에 진압할 수 있겠죠. 진압하는 과정을 통하여 전국의 정치적 상황을 정리해낼 수 있습니다.

— 하여튼……

작전장교는 연필로 책상을 가볍게 두드리며 잠시 생각에 잠겼다가 말했다.

— 우리에게는 별로 시간이 없다. 코리아의 새 정부가 소련에 대한 교두보로서 세계의 인정을 받아야 하니까. 자네 내주에 제주도에 내려갈 준비를 하도록. 제주도 지부에서 우리 지원을 기대하고 있다.

회의에서는 상황 악화의 원인으로 외지에서 증원하러 간 충청남북도의 경찰병력이 문제라고 지적되었지만 그 점은 묵살되고 오히려 거기에 더해서 전라남북도의 경찰을 증원하기로 결정했다. CIC 본부에서는 경무부에 경찰 지원병력과 함께 우익청년단의 파견을 권유했다. 상황을 더욱 키우겠다는 정치공작의 의도가 명백했다.

김진은 정보장교 하우스먼 대위 이희철 중위 등 십여명의 본부 요원들과 함께 군용기편으로 제주도로 내려갔고 경찰병력과 서북청년단도 목포에서 출항했다. 김진과 CIC 본부 요원들은 3월 중순부터 삼개월간 제주에 체류하면서 미군정의 온건한 정치적 방향을 공세로 돌리는 일에 착수했다. 이희철은 9연대를 감찰하기 위하여 군감대 파견소를 제주 읍내에 설치했다.

읍내 칠성통의 제주 CIC 지부나 관덕정 근처의 군감대 파견소에는 요원 외에 서북청년단 수십여명이 조력자로 드나들었다. 단원들은 읍내에 삼백여명을 비롯하여 섬 전체에 면 단위마다 사오십명씩 파견되어 있었고 자체적으로 카빈총이나 권총 등으로 무장하고 있었다. 현지에서 약세이던 우익청년단을 강화하는 것과 동시에 구인민위원회와 민전 세력의 일제검거가 시작되었다. 그들은 이천오백여명의 제주 청년들을 닥치는 대로 체포 구금했고 그 과정에서 수십여명이 죽거나 부상당했다. 고문중에 죽은 청년들의 시신을 바다에 투기하려다 발각되어 민심은 더욱 들끓었다.

이제 제주도민은 분노 때문에 또는 살기 위하여 산으로 오르지 않을 수 없었고 상황은 의도한 대로 폭발 직전까지 다가서고 있었다. 자발적이건 동네의 집단적 행동에 의해서이건 남조선노동당 입당자는 거의 육만여명에 이르렀고 그 가족들까지 치면 도민의 팔십 퍼센트 지지를 확보했다고 추정되었다.

김진과 본부 인원들은 CIC 제주지부의 요원 개편과 지원임무를 끝내고 6월 중순경에 서울로 귀대했다.

7월 중순에 CIC에서 관리하던 백의사의 임선생이 미군용 콜트45 권총을 서북청년계의 젊은이에게 전달했고 그는 며칠 전부터 여운형의 집 주변을 맴돌았다. 좌우합작을 주장하고 북한을 다섯 번이나 왕래하면서 분단을 막아보려던 몽양 여운형은

십여차례의 테러를 당하면서도 가까스로 목숨을 건지곤 했다. 그날 여운형은 명륜동의 친지에게 들렀다가 계동 집으로 귀가하여 옷을 갈아입고 영국팀과의 친선 축구경기가 열릴 동대문 서울운동장에 나갈 참이었다. 그는 명륜동에서 출발하기 전에 집에 전화를 걸어 곧 들어가니 갈아입을 옷을 준비해놓으라고 일렀다.

여운형이 탄 차가 혜화동 로터리에 이르렀을 때 파출소 앞에 서 있던 트럭이 갑자기 달려나오면서 길을 막았다. 자동차가 급정거를 하자마자 뒤편의 범퍼를 딛고 올라선 저격수가 차창 안의 여운형의 상체를 향해 총 두 발을 발사했다. 일탄은 그의 등에서 복부로, 이탄은 어깻죽지에서 심장을 뚫고 나갔다. 몽양은 그 자리에서 절명했다. 오후 한시경이었다. 경호원이 권총을 빼어들고 범인을 쫓아갔고 비서는 피투성이의 몽양을 들쳐업고 원남동 서울대학병원으로 달려갔다. 허울 좋은 좌우합작은 사실상 결렬되었고 남과 북은 두부처럼 잘려나갔다.

1947년 12월에 공식적으로 발표된 자료에 따르면 해방 후 이 년 동안 총 사십만 이천칠백여명이 피살되었고 대구 영남에서만 육만여명이 살해되었다고 한다. 남과 북의 분단정부가 수립되기 전에 전쟁은 이미 시작되었던 셈이다.

미소공동위원회가 결렬된 뒤에 한국 문제는 미국을 주축으로 한 유엔 한국임시위원회로 넘겨지고 유엔 감시위원단이 접근할 수 있는 지역인 남한에서만 단독선거가 실시될 예정이었다. 김구와 김규식은 분단을 막기 위하여 남북협상을 제의했다.

예상한 대로 이듬해 4월 3일에 제주도에서 무장폭동이 일어났다. 제주민들은 스스로를 의거라고 했지만 미군정 측은 좌익폭동으로 간주해 무자비한 토벌에 들어갔고 일부 민족주의적인 군인들은 처음에는 온건하게 대처했지만 대세는 이미 초토화작전으로 기울어갔다. 9연대장 김익창 중령은 산으로 쫓겨간 양민과 무장세력의 분리를 위하여 선무공작으로 평화협상을 추진중이었다. 군감대 책임장교인 이희철 대위는 이를 CIC 선을 통하여 상부에 보고했고 본부에서 작전장교와 함께 군정청의 민간인이 내려왔다. 그는 CIC 제주지부로 불려온 김중령에게 자신을 관등성명 없이 군정장관 딘 장군의 정치고문이라고만 밝히고는 얘기를 꺼냈다.

— 제주도 폭동이 빠른 시일 내에 진압되지 않으면 미국의 입장이 난처해지고 코리아의 독립에도 유해한 결과가 초래됩니다. 우리 생각에 치안을 되찾기 위한 유일한 방법은 초토화작전인데 귀관의 생각은 어떻습니까?

김중령은 서슴지 않고 잘라서 말했다.

— 절대로 안됩니다. 폭도는 소수에 불과하며 양민은 보호되어야 합니다. 그런 문제라면 더이상 논의할 필요가 없소.

그가 자리를 박차고 일어서서 나가려 하자 곁에서 지켜보던 이희철 대위가 상관의 소매를 잡았다.

— 연대장님, 이것은 사상 문제입니다. 애매하게 하시면 나중에 곤경에 빠질 수도 있습니다.

김중령은 강직한 군인이었다. 그는 소매를 뿌리치면서 눈을 부릅뜨고 이대위를 노려보았다.

— 뭐라구? 이 새끼 너는 어느 나라 군대야?

중령이라고 해봤자 아직 스물여덟살에 지나지 않았으니 이희철과 나이도 비슷했다. 경비사관학교의 전신인 군사영어학교를 간발의 차이로 먼저 나와서 상관이 된 셈이었다. 미국인 정치고문은 침착하게 그를 달래어 다시 자리에 앉혔다.

— 당신은 정의감이 강한 젊은이요, 애국자에 훌륭한 군인입니다. 그렇지만 아직 젊어서 자신에게 돌아올 이득과 손해를 분별할 줄 모르는군요.

하고는 자신과 함께 찍은 이십대의 미해군 수병의 사진을 꺼내 보이면서 말을 이었다.

— 이 젊은이가 내 아들이오. 당신처럼 너무 성격이 강직해서 애비인 나의 충고를 받아들이지 않고 벽지에서 고생중이지요. 중령은 지금 출세할 수 있는 미래를 보장받을 수가 있어요. 당신이 초토화작전을 감행하여 임무를 완수한 뒤에 민족주의자들로부터 미움을 받든가 코리아에서 살기 어렵게 된다면, 가족을 데리고 미국에 가서 안전하고 행복하게 살 수도 있어요.

미국인 고문은 다시 구체적으로 정착금의 액수까지 제시했다. 오만 달러에서 십만 달러까지 제안을 했다가 김중령이 침묵

하고 있자 어린애를 달래듯이 얼마쯤 필요하냐고 물었다. 김중
령은 다시 일어났다.

— 더이상 할말이 없으니 저는 돌아가겠습니다.

— 좋습니다. 오늘은 그냥 내 제안인데, 돌아가서 깊이 생각해
보고 내일 와서 다시 의논해봅시다.

그가 돌아서서 나오는데 이희철 대위가 따라나오면서 한마디
했다.

— 미국 정부에서 군정청에 조속한 해결을 독촉하고 있답니
다. 우리 힘으로 되겠습니까? 하지만 진심으로 선배님을 존경합
니다.

김중령은 그를 잠시 돌아보다가 한마디했다.

— 줏대를 가져라!

초토화작전은 인도적으로 결코 허용될 수 없고 전시에도 이
를 명령하거나 묵인한 사령관은 전범을 모면하기 어려운 일이
었다. 더구나 평화시에 자국이 군정하는 영토 내의 국민에게 이
런 명령을 내렸다는 것은, 소련과의 냉전을 시작한 미국 정부에
게 한반도에 대한 분단의 확정이 얼마나 중요하고 시급한 일이
었는가를 알려주는 것이다.

마침내 국방경비대는 미군 철모에 미군복, 미군화에 미군총,
비가 오면 그 위에 미군 우장을 쓰고, 멀리서 보면 꼭 키가 작은
미군부대가 전진하는 모습으로 동족의 섬멸에 나설 수밖에 없
었다.

강경진압에 반대한 김중령은 전출되었다. 초토화작전에 저항감을 느낀 9연대의 병사들 중 제주 출신 사십여명이 나중에 이탈하여 한라산으로 들어갔는데, 얼마 후 타지 출신 장병이 신임 연대장을 사살하는 사건이 벌어졌다.

신임 연대장으로 박중령이 임명된 것은 그가 오오사까 외국어학교 출신으로 영어가 유창하고 미군사고문단과 절친하며 제주도에서 일본군 소위로 근무한 적이 있어 현지 지형에 익숙하기 때문이었다. 그는 일본군이 만주에서 독립군을 토벌하던 것처럼 양민과 폭도를 구분하지 않고 폭도 출현 지역에 거주하는 주민까지 무차별 학살했다. 공비들의 정보망을 차단하고 좌익세력에 위협을 가한다는 구실로 마을별로 혐의자들을 색출하여 공개처형하는 일을 매일같이 반복했다. 동네 사람들은 자신이 살기 위하여 서로를 손가락질하지 않으면 안되었고, 사살된 게릴라의 숫자는 수천명으로 엄청나게 늘어났다.

미군정장관은 현지에 내려가 박중령을 격려하고 그를 대령으로 진급시키기까지 했다. 그는 진급 당일 제주도 관민 유지들을 초청하여 성대한 진급 축하연을 열었고 만취하여 취침중인 그를 연대장 숙소 당번병이 M1소총으로 사살했다. 주범은 문상길 중위와 하사관과 이등병 모두 세 명이었다. 그들은 즉시 서울 CIC 본부 산하 특별반으로 압송되었는데 김진이 이들을 조사했다. 문중위는 경북 출신이고 나머지 두 사병은 경남 출신이었는데 특이한 점은 세 사람 모두 기독교인이라는 것이었다. 문은 체

포된 이래로 날마다 기도를 했다고 한다. 그는 재판 때에 최후진
술에서 이렇게 말했다.

— 이 법정은 미군정 법정이며 군정장관의 총애를 받은 연대
장의 살해범을 재판하는 사람들로 구성된 법정입니다. 우리는
군인으로서 자신의 직속상관을 살해하고 살 수 있으리라고는
생각하지 않습니다. 재판장 이하 전 법관들도 모두 우리 민족이
기에 우리가 민족반역자를 처형한 것에 대해서는 공감을 가질
줄 압니다. 이 법정의 성격상 당연히 총살형이 선고될 것이며 우
리는 그 선고에 마음으로 복종하고 법정에 대하여 조금도 원한
을 가지지 않습니다. 연대장은 먼저 저세상으로 갔고 수일 후에
는 우리가 갑니다. 재판장 이하 전원과 이 자리에 참석한 모든 사
람들도 미래에는 저세상으로 가겠지요. 우리는 하나님 앞에서
다시 만나게 될 것입니다. 인간의 법정은 공평하지 못해도 하나
님의 법정은 절대적으로 공평하리라 믿습니다. 그러니 재판장
은 장차 하나님의 법정에서 다시 재판을 하여주시기 바랍니다.

총살형은 몇주 뒤에 경기도 수색에서 집행되었다. 총살형 집
행 당시 세 사람의 태도는 참으로 군인다웠다고 한다. 문중위는
"우리의 영혼을 받아들이시고 우리들이 뿌리는 피와 정신이 조
국의 독립을 위한 밑거름이 되게 하소서"라고 기도했다. 그리고
"대한민국 만세" 삼창을 하고는 군가를 부르다가 총에 맞았다.

참관했던 미군 정보장교 하우스먼 대위는 죽은 연대장과 절
친했던 친구로서 이미 총을 맞고 쓰러진 시신들 위에다 권총으

로 확인사살을 했다. 그러나 정보보고서에는 이러한 사실은 언급되지 않았고 이 사건은 나중에 좌익에 연루된 한 장교와 엮여서 군부에 침투한 적색분자 사건으로 기록되었다. 이는 여수 14연대의 제주도 파견 거부 반란사건으로 이어지게 된다.

해방된 지 꼭 삼년째가 되는 1948년 8월 15일을 기해서 대한민국 정부수립이 선포되었고 하지 중장은 미군정의 폐지를 선포했다. 이보다 한 달여 앞서 제헌국회는 이승만을 대통령으로 선출했다.

서울 태릉의 국방경비대 제1연대는 수도에 주둔하는 특성상 정보소대를 창설하고 연대와 군의 사상사찰을 시작했다. 김창수 중위가 정보주임 소령의 보좌관이 되어 소대 요원을 직접 선발 충원했고, 일제하에서 경찰관이나 헌병으로 있었던 자들을 특채하여 군내 좌익성향자들을 파악하기 시작했다. 이 정보소대 요원들이 나중에 창설되는 육군 특무대의 주축을 이루게 된다.

미군정이 폐지되고 정부가 들어섰다고는 하지만 군 지휘체계는 미군 상부가 고문단이 되어 부대장과 고문관이 함께 지휘하는 형식이었다. 가끔 부대장과 고문관이 작전회의 때 누가 중앙의 의자에 앉는가, 또는 부대의 사열을 받을 때 누가 선두에 나서는가 하는 걸로 귀찮은 싱갱이가 발생할 정도였다.

그러나 정보에 있어서만큼은 세계를 제패한 미국의 실력을 따를 수 없었고, 그들이 이미 일본으로부터 획득한 수많은 식민지통치 자료는 당연히 한국군에 인계되지 않았다. CIC는 아직도 전국에 걸친 정보조직망을 장악하고 있었으며 육군 특무대가 창설될 때에도 그들을 교육하고 감독했다. 따라서 한국군 정보요원들은 미군의 지휘체계 아래에 있었고 오히려 CIC에 파견 나와서 협동근무를 하는 식이었다. 이희철은 한국군 체제로 들어가 있었지만 주로 미군 지휘부서에서 일했는데, 김진은 철저하게 미군 측 요원이 되어갔다.

10월 초의 어느날 오전에 분석실에 있는 미군 하사관이 서류한 부를 들고 반장인 김진의 방으로 찾아왔다.

— 이 사람에 대하여 파악하고 있습니까?

김진은 첫대목의 수신 제목에서 그것이 김창수 중위에 대한 신상명세서와 투서장이라는 걸 알아보았다. 그가 일본 헌병대 군속과 보조원을 거쳐서 오장에 이르기까지의 약력과 공작 내용이며 작년에 경비사관학교 제3기를 수료하고 최근에 중위로 진급하여 정보소대의 보좌관이 된 데까지의 경력이 연도별로 적힌 것이었다. 뒷장의 항의성 투서는 몇몇 장교가 연서한 것으로 과거에 우리 민족을 탄압하고 일제의 앞잡이 노릇을 하던 민족반역자가 어떻게 신생 조국의 국군 창설에 등용될 수 있는가라는 매우 당연한 의견이었다.

— 어떻게 생각하십니까?

이번에는 도리어 김진이 미군 하사관에게 물었다. 그는 어깨를 움찔하면서 두 손을 벌려 보였다.

— 글쎄, 우리는 그가 정보요원이기 때문에 미리 알아두려고 하는 것입니다. 회사에서는 쎄일즈 경험이 많은 자가 물건을 더욱 잘 팔 거라고 예상하는 게 당연하지요.

김진은 얼른 맞장구를 쳤다.

— 물론이지요. 최소한 그는 공산주의자가 아닌 게 분명하군요. 이 뒤의 투서는……

— 우리는 상관없어요. 그건 당신네들 일이 아닌가요?

김진은 미군을 향하여 희미한 미소를 지으면서 말했다.

— 어떻게 입수했는지는 묻지 않겠습니다.

미군은 가볍게 웃었다.

— 오, 우리는 언제나 한국에 좋은 친구들이 많습니다. 이제부터 우리 부서는 그를 많이 도와주어야 할 것 같습니다. 그를 잘 아시겠죠? 써전 킴도 만주에서 일했으니까요.

김진은 대답하지 않고 그냥 희미하게 웃어주기만 했다. 하사관이 나가자마자 김진은 군용 전화기를 돌렸다. 교환에게 번호를 일러주자 곧 김창수의 소속 부서를 말하는 소리가 들려왔다.

— 형님, 나요.

— 어, 아우님이 웬일이가?

— 웬일은요. 또 사고를 치셨구만.

— 머이? 무슨 말이가…… 거저 오줌 누구 단추 채울 새두 없이 바쁘구만.

— 이따 퇴근하구 미락(味樂)에서 좀 보자구요. 괜찮죠?

— 오 기래, 높은 데서 보자문 데시깍 나가야디.

태릉 경비사관학교의 교육생 시절 김창수는 주말마다 딱히 갈 데가 없어 김진에게 연락하곤 했다. 이희철이 서울에 있을 때에는 셋이 함께 어울리기도 했다. 이가 의정부 분소에 나가 있을 때는 당연하듯 그의 첩보원들이 장사꾼으로 삼팔선 이북을 드나들어서 김창수의 아내에게 기별하여 아이와 함께 월남해오게도 하였다. 이희철은 그 무렵에도 부모를 모시고 미혼으로 살았는데 만주 시절에 알던 일본 여자를 잊지 못하여 술에 취하면 가끔씩 그녀 얘기를 하곤 했다. 그는 북에서 고무신도 들여오고 원산 방면의 북어를 떼어오기도 했는데 대북무역은 당시 서울에서 대단히 큰 장사가 되는 일이었다. 공작자금을 자급해야 한다는 명분으로 그는 많은 돈을 벌었다. 정부가 섰으니 이제는 과거보다 좀더 빡빡해질 것이었다.

그렇지만 대한민국 정부가 들어서면서 적산 처리작업이 미군정으로부터 넘어와 새로운 호재가 되고 있었다. 모리배라는 말이 유행할 정도였다. 개인주택이며 여관이나 건물 등속은 이미 군정 시절에 임자가 바뀌었지만 서울 변두리의 과수원과 논밭 등은 많이 남아 있었는데, 이곳에 눈을 돌려 불하 등기를 받는 일은 정보에 훤한 그들에게 손쉬운 일거리였다. 그런 일은 김진이 잘 알아서 인맥에 따라 정리를 해주곤 했다. 그리고 전쟁 때 다시 한번 큰 기회가 오게 된다. 이때 서울은 물론 지방에 이르기까지 좌익들의 재산이 처리되었는데 월북한 자는 물론 현지에서 처형된 자들도 직계가족이 있건 없건 정리대상이 되었다.

김진은 소공동 사무실에서 나와 전에는 혼마찌(本町)였다가 지금은 충무로가 된 거리로 들어서서 우체국을 지나 일식집 미락으로 올라갔다. 그들이 자주 가는 이층 길가 옆방에 안내되자 사복 차림의 김창수가 먼저 와서 기다리고 있었다. 술잔을 들면서 김진이 말했다.

— 오늘은 형님이 술 한잔 사야 되겠수.

— 왜, 코쟁이덜이 월급 안 주갔대? 내 원조물자 판 돈으루 술 사가서.

경비대 장교들이 흔히 전투식량으로 원조되는 미군 씨레이션을 들고 나와 술 먹는 일을 빗대어 한 농담이었다.

— 머 존 일 이서? 오늘따라 왜 기래……

김진은 그에 관한 서류를 꺼내어 내밀었다.

— 오늘 이게 올라왔습디다.

김창수는 날카로운 눈을 빛내며 서류를 찬찬히 훑어보았다. 그가 잇새로 내뱉듯이 부르짖었다.

— 이 빨갱이 새끼덜이……

— 형님이 아는 사람들이오?

— 이 새끼들 내레 사찰하구 있는 놈들 아니가? 눈칠 채구 먼저 손을 썼구만.

그중에는 경비사관학교 동기인 장교의 이름도 있었고 모두 알 만한 상급자의 이름도 있었다. 김진이 말했다.

— 어제 올라왔을 거요. 우리한테 올라오는 건 갓 나온 계란이라구.

— 따끈하다?

— 되받아칠 시간이 좀 있지요.

— 알아서, 내 처리하지. 자, 술 먹자우. 까짓 놈에 거 정 안되문 옷 벗으문 될 거 아니가.

이튿날 출근하자마자 김창수는 변대령에게 전화를 걸었다. 만주 시절부터 잘 알던 선배이며 만주대토벌 당시에는 그가 간도특설대의 첩보대원으로 변의 중대에 배속된 적도 있었다. 이남에 와서 하사관으로 군의 연줄을 잡은 것도 그가 창설하는 연대를 찾아갔기 때문이다. 현재는 국방경비대 총사령부의 정보처장이니 김창수의 직속상관이었다. 김창수는 긴급 보고사항임을 알리고 접견 허가를 받아 처장실로 찾아갔다. 그는 평안도 사람으로 어디 학교 선생이나 했으면 좋을 만큼 인상이 훤하고 널널한 성격이었다.

— 무슨 일이가?

— 넷, 약간의 애로사항이 있어서…… 처장님께 의논드리고자 합네다.

김창수가 투서를 꺼내어 내밀자 그는 신중하게 읽어보고 나서 서류를 밀쳐내고 중얼거렸다.

— 이거이 무슨 소리가?

그는 서명한 자들 중에 자기와 동년배인 만군장교 출신의 이름을 대며 말했다.

— 야는 여게 왜 끼였네?

— 이 사람들은 모두 제가 사찰중인 자들입네다.

— 기래? 무슨 일인가?

— 군내에 거저 좌익세력이 많이 침투되어 있어서……

변대령은 침통하게 고개를 끄덕였다.

— 하던 일 계속하라우. 난두 정보가 좀 있으니끼니. 일제 때 털어서 먼지 안 나오는 놈덜이 어디 있갔나. 내가 전화하가서, 귀대하라.

김창수는 경례를 올리고 돌아서 나왔다.

역시 이튿날 아침에 직속상관인 정보주임 이대위와 함께 연대장실로 오라는 명령이 하달되었다. 연대장실로 가보니 사령부 법무처장 김대위가 방문하여 있었다. 연대장이 말했다.

— 자네에 관한 항의서가 들어와 있는데…… 정보처장님 말씀두 있었구, 내가 전후사정은 좀 이해가 가는데 말이지. 자네 일정 때 헌병 했나?

— 예, 그렇습네다.

— 계급이 뭐였나?

— 하사관입네다.

연대장이 법무처장에게 서류를 흔들어 보이면서 말했다.

— 아니, 별의별 높은 자리를 해먹은 놈들이 한둘이 아닌데,

하사관이 민족반역을 했으면 얼마나 했겠나?

연대장은 법무처장 김대위를 힐끗 돌아보더니 질문을 계속했다.

— 경비대에 들어오게 된 동기가 뭔가?

김창수는 머뭇거리지 않고 준비된 답변을 해냈다.

— 옛, 일본 군대에서 배운 좋은 점을 개지구, 조국의 군대를 위하여 몸을 바치고자 들어왔습네다.

— 그러한 희생정신은 언제부터 가지게 되었나?

질문하는 사람이나 답하는 쪽이나 결론을 미리 정해둔 듯한 분위기여서 다른 의견이 끼여들 틈은 없어 보였다.

— 일제 때는 거저 배운 거이 없어개지구 어드렇게 살아보자구 헌병으루 들어가게 됐습네다. 해방이 되고서야 나라를 알게 되구 자신을 알게 됐습네다. 저에게 기회를 주시문 과거의 잘못을 거울 삼아서리 죄를 씻구 충성을 다하갔습네다.

— 좋아, 귀관은 나가 있도록.

김창수가 거수경례하고 나간 뒤에 연대장이 정보주임과 법무처장 등의 장교들과 함께 뒤처리를 논의했다.

— 내 의견으로는 저 사람의 기능이 군에서 매우 필요한 때란 말야. 정보처장님 의견도 있고 하니 계속해서 임무를 맡겼으면 하는데……

연대장의 의견에 정보주임도 거들었다.

— 이러한 과도기에는 김창수 같은 경험자들이 필요합니다.

그런 방향으로 보고서를 쓰도록 하겠습니다.

아무 말 없이 듣기만 하던 법무처장도 고개를 끄덕였다.

— 두 분 직속상관님들 의견이 그러시다면 저도 다른 의견은 없습니다. 일제시대의 행적에 대해 어느 누구도 자유로운 사람이 없으니까요. 그러면 조사절차는 이걸로 생략해도 되겠지요?

— 오케이, 그렇게 마무리하지.

연대장이 시원스럽게 결론을 내렸다. 사실 여기에는 김창수에게 군 내부의 내사를 맡기기 전에 치러야 할 통과의례로서 그의 과거를 청산해주는 의미가 있었다.

조선경비대는 경찰의 보조병력으로 미군정에 의하여 급조된 군대였다. 군사영어학교와 경비사관학교의 장교들은 거의 일본군 또는 만주군 출신들로 채워졌는데 교육생도 중에는 각 지방 연대에서 올라온 사병과 하사관 출신도 많았다. 연대의 창설이 처음부터 지방 단위로 이루어졌기 때문에 다양한 계층의 청년들이 모병에 응했다. 그들 중에는 건준에서 인민위원회 시절에 이르기까지의 자치적인 치안대 보안대 출신이 많았고 일제 경찰이 다시 득세하는 것에 반발하여 입대하는 청년들도 있었다. 심지어 시위하다 수배되어 도피처로 군대를 택하는 젊은이들까지 있었다.

장병을 모집하는 선전문구도 군은 공산주의나 민주주의와는 별개의 중립적 집단임을 선언하는 식이었다. 공산주의와 민주주의는 소련과 미국을 의식한 소박한 단어였고, 다만 그들은 나라와 민족의 독립을 위하여 인민의 편에 선다는 점을 강조하였다. 특히 시월항쟁 이후 민중들은 경찰과 군을 구분하여 대하는 경향이 있어 경찰은 일본과 미국의 앞잡이이지만 군대는 민족적이라는 인식이 퍼져 있었다. 따라서 정부수립 이후 미고문단과 군 고위층은 어떤 단호한 결정과 함께 국가와 군대의 정체성을 확립할 필요가 있다고 보았다.

공산당이 불법화되고 지하로 들어간 뒤에 좌파는 잡다한 노선의 정당을 남조선노동당으로 통합하였는데 이는 미군정의 정치집회 자유화에 따른 것이었다. 남로당은 그 시기까지는 합법정당이었던 셈이다. 이런 배경에서 단독정부 수립을 위한 선거반대운동을 앞두고 남로당이 벌인 당원 배가운동은 대중정당으로 거듭나려는 적극적 행동이었던 데 반해 한편으로는 스스로를 만천하에 뚜렷하게 드러내는 일이 되었다.

군대 내부에도 당연히 남로당의 세포가 조직되어 있었다. 이는 민간인 시절부터 또는 건준과 인민위원회 시기부터 인맥으로 얽혀 있던 것이며, 일군과 만군 출신 장교들 가운데서도 동조하는 사람들이 나오게 되었다. 그들은 젊은 시절 나라를 잃고 일제에 복무하는 군인이 되었지만 해방된 조국에서는 그야말로 떳떳한 내 나라를 이루어내는 데 일신을 바치겠노라 작심한 것 같았다. 대구 영남과 제주도의 항쟁이 진압되면서 대대적인 민간인 검거와 이들에 대한 숙군작업이 시작되었다.

1948년 10월 19일 전남 여수 신월리 14연대 병영에서 병사들의 봉기가 시작되었다. 제주도에서 연대장이 **살해당한 후부터** 군 정보처는 숙군작업을 시작하고 있었는데 **이보다** 앞서 10월 11일에 여수 14연대의 창설요원이며 이등중사인 세포조직책이 발각되었고 연대장도 연루 혐의로 체포된 상태였다. 수사망이 점점 좁혀드는 가운데 여수우편국 일반전보로 19일 20시에 제주도로 출동하라는 명령이 14연대에 하달되었다. 1대대는 출동준비를 하고 있었고 잔류부대인 2대대는 출동부대의 식사준비를 하고 있었다. 연대 인사계 지창수 상사는 부대 내 핵심세포 사십여명에게 계획대로 무기고와 탄약고를 점령하고 비상나팔을 불게 했다. 이때가 20시경이었다. 출동시간은 21시였지만 출동대는 지체없이 연병장에 집결했다. 지상사가 연단에 올라가 연설을 시작했다.

— 귀관들, 우리가 군에 들어온 목적이 무엇인가. 인민의 생명과 재산을 보호하고 국권을 수호하여 부강한 나라를 이루기 위하여 입대하였다. 제주도의 애국인민을 무차별 학살하기 위한 제주도 출동에 반대하며 조선 인민의 복리를 위하여 다함께 궐기하자. 지금 경찰병력은 만일의 사태에 대비하여 여수로 진격하고 있다. 경찰을 타도하자. 우리는 분단정부를 반대하고 민족의 염원인 조국통일을 이루어내야 한다. 모든 외국군은 조선에서 즉시 철수하라. 우리는 인민공화국을 지지하며, 인민해방군으로서 행동할 것이다.

그리고 비슷한 내용의 '제주도 출동 거부 병사위원회' 명의의 성명서를 발표했다. 그들은 이의를 제기하고 참여를 반대한 하사관 세 명을 그 자리에서 총살했다. 이 사태를 미리 대비하지 못한 남로당은 그 과정에서 어떠한 지도나 영향력도 행사할 수 없었다. 중앙당은 사실상 해방 후에 일어난 주요 대중투쟁 가운데 그 어느 것에도 조직적 또는 계획적으로 개입하지 못했다. 여순사건은 연대의 하사관들에 의해 즉흥적으로 때이르게 시작되었지만 시민들과 기존 인민위원회가 대거 가담함으로써 대중봉기로 진전되어갔다. 봉기에 가담한 병력은 연대원 전체의 3분의 2가 넘는 이천여명이었다.

반란은 일주일 동안 여수와 순천을 휩쓸었다. 진압이 시작되면서 쫓긴 반군들 일부는 지리산으로 들어가 빨치산 투쟁을 전개했고 일부는 여수를 빠져나가 백운산과 벌교 방면으로 퇴각했다. 초기엔 반군에 의해 친일 유지 경찰관료들에 대한 학살이 진행되었고 반란이 진압된 뒤에는 국방군에 의해 좌익인사와 그 가족, 가담자, 부역자, 심지어 침묵한 방조자들에 대한 광범위한 학살이 자행되었다. 반군에 의한 피살자가 오백여명인 데 비해서 진압군에 의한 민간인 학살 피해자는 만여명에 이르렀다. 그러나 이것은 시작에 지나지 않았다.

CIC는 20일 오전 아홉시에 반란에 대해 플래시 리포트를 받았고 이를 G2에 보고했다. 미 군사고문단장 로버츠와 정보책임자 하우스먼 그리고 국방장관과 육군총사령관이 진압 전투사령부 설치에 관한 회의를 가졌다. 김창수와 김진은 광주에 배치된 전투사령부로 내려갔고 김창수는 여수 순천 지구까지 가서 반란군은 물론 토벌군까지 심사하고 혐의자들을 가려내는 작업을 도왔다. 모두 삼천여명을 조사하여 그중에 백오십여명을 남로당계로 가려내어 처형했고 김창수는 그 공로를 인정받아 대위로 또 한 달 뒤에는 소령으로 특진했다. 김진은 이때에도 조용히 CIC 연락관 노릇에 충실했다.

정부수립 후 두 달 만에 군의 일부가 반란을 일으켰다는 것은 남한이 통합된 사회로 가기에는 아직 해결해야 할 과업이 많이 남아 있음을 말해주었으며, 집권층은 강제로라도 단시일 내에 통합을 이루어내야만 하였다. 남한만의 정권수립에 적극적으로 동의한 이승만과 한민당 세력의 연대에 의하여 정부가 출범했으나 여운형의 암살 이후로도 남한 단독정권을 반대하며 남북협상을 주도하고 선거를 거부했던 백범 김구는 이승만 정부의 걱정거리였다. 김구는 아직도 대한민국 정부를 인정하지 않은 채로 재야에 머물러 있었지만 국민으로부터는 상해 임정 이래 민족지도자의 상징으로 신뢰를 받고 있었다. 그리고 무소속 소장파 국회의원들에게는 반이승만 세력의 구심점이었다.

반란이 시작된 지 이틀 뒤에 선포된 '반란군에게 고한다'로 시작하는 정부 포고문은 남로당과 민족주의 우파를 함께 싸잡아서 공격했다. 포고문은 반란군들이 일부 그릇된 공산주의자와 극우정객과 음모정치가의 모략적 이상물이 되었다고 언급했는데, 국민은 그들이 노리는 상대가 누구인지를 대개 짐작할 수 있었다.

CIC에서는 진작부터 김구의 한국독립당 세력과 소장파 의원들을 이승만 정권을 위협하는 불안요소로 파악하고 있었다. 그것은 곧 미국에 대한 위협요소이기도 했다. G2는 반란이 김구 세력과 관련이 있고 김구에 의한 쿠데타 설이 있다는 정보도 입수했지만 그런 혐의에 대한 미군 측의 공개적인 논평은 금지되어 있었다. 뒤이은 미 국무성의 발표에 따르면 여순사건의 주체는 남로당이었다. 이승만 정부는 민족주의 우익과 공산주의자들의 연합으로 사건이 발생했다던 초기 발표를 수정하고 전남 현지의 민간인 좌익분자들이 계획적이고 조직적으로 군대를 선동하여 반란을 일으켰다고 발표했다. 지방에서 신생 정부의 실정에 저항하여 일어난 사건이 아니라 코리아에서 소련의 지배권을 확대하려는 국제 공산주의운동의 음모라는 식이었다. 양민학살의 명분이 주어진 것이다. 이승만은 강경하고 격한 담화를 발표한다.

— 모든 지도자 이하로 남녀 아동까지라도 일일이 조사해서 불순분자는 다 제거하고, 조직을 엄밀히 해서 반역적 사상이 만연되지 못하게 하며 앞으로 어떠한 법령이 혹 발표되더라도 전 민중이 절대 복종해서 이런 비행이 다시는 없도록 방위해야 될 것입니다.

김창수는 국방부 정보국장 겸 육군 총사령부 정보처장인 변중령이 경찰로부터 넘겨받은 불온분자 명단을 기초자료로 숙군의 범위를 결정했다. 그것은 일제 때부터 어떤 사건으로 조사를 받았거나 검거된 적이 있거나 또는 해방 직후 진보적 조직에 들었다가 군에 입대한 자들의 명단이었다.

미군 CIC는 한국군 특무대를 창설하면서 고문단의 역할을 했지만 과거의 편제는 그대로 유지한 채 한국군 요원들의 숫자만 늘렸다. 경찰 사찰계 수사관 출신들과 육사를 나온 젊은 정보장교들이 증원되었다. 김진은 상사 계급이었지만 한국군 부대에 소속되거나 군복을 입은 적도 없었고, 엄밀하게 말하면 미군 CIC 고문단의 군속 노릇을 계속했다. 나중에 증권거래소가 된 명동의 육군본부 별관 이층이 헌병사령부였고 삼층에 정보국이 있었다. 체포조는 헌병이 맡고 조사는 정보국 특별조사과에서 진행했다. 김창수는 정보국의 부과장으로 과장인 김영일 중령과 함께 특별조사과에 있었고 김진은 미 고문단 정보연락관실에서 근무했다.

11월 초의 어느날 김창수 소령은 경찰과 합동으로 서울 중심가와 역 부근에서 며칠째 불심검문을 하다가 거동수상자를 잡아오게 되었다. 체포 이유를 물으니 경찰 출신의 요원이 한 사내를 검문하려는데 그가 돌아서서 무슨 종이쪽지 같은 것을 우물우물 씹어삼키더라는 거였다. 김창수는 조사실로 연행된 사내를 살피러 갔다. 마침 김진도 그날 연행된 자들의 인적사항을 검토하다가 조사실로 들어왔다. 김창수가 사내의 앞에 앉고 김진은 구석자리에 접는 의자를 놓고 그를 관찰했다. 사내는 사십대 중반에 양복을 입었고 말씨도 나직하게 배운 사람 티가 났다.

— 이름은?

김창수가 묻자 사내가 공손하게 두 손을 무릎에 모은 채로 대답했다.

— 이재복입니다.

— 직업……

— 목삽니다.

— 목수가, 목사가?

이재복이란 사람이 겸손한 자세로 빙긋 웃더니 말했다.

— 예수님 믿는 목사입니다.

— 어데 사는데?

— 서울 창신동에 삽니다.

— 거 어느 교회? 조회를 해봐야가서……

— 전에 구미에서 교회를 하다가, 지금은 목회를 하지 않습니다.

— 구미? 거기가 어드메야?

뒤에 섰던 수사관이 얼른 말했다.

— 경상북도에 구미라구 읍소재지가 있습니다.

김창수가 이재복에게 물었다.

— 서울 와선 멀 하는 거요?

— 예, 기독교 서적 출판이나 해볼까 하여 준비중에 있습니다.

— 당신 검문했더니 멀 날래 씹어삼켰다는데…… 남로당 아니가?

이목사는 침착하게 대답했다.

— 아, 제가 속이 워낙 안 좋아서 늘 소화제를 싸가지구 다닙니다. 마침 점심 먹고 속이 안 좋아서 입에 털어넣고 있었지요.

— 종이쪽지라구 나와 있는데 멀 기래?

이목사는 그저 웃기만 했다. 그를 남겨두고 요원 세 사람이 복도로 나왔다.

— 야, 멀 씹어삼켰다구 기래?

— 분명히 돌아서서 우물우물했습니다.

— 소화젤 먹었다구 기러는데? 야야, 시간 없다이. 머 될 만한 물건 좀 개져와보라우.

김진이 고개를 갸우뚱하면서 말했다.

— 아니, 답변이 너무 확실한데. 소화제 얘기는 좀…… 아직 석방은 하지 말구 일단 오일균이를 캐보면 어떨까요?

김진의 의견에 김창수도 동의했다.

— 거 서대문 가서 오일균이 날래 데레오라.

오일균 소령은 경비사관학교 3기의 생도 중대장을 하다가 부산의 5연대 2대대장을 맡고 있던 중에 제주도 소요 진압작전의 증원대로 제주에 배속되었다. 박연대장이 문상길 중위에게 암살된 직후에 연대가 해체 재편성되었는데, 오일균 소령은 포로 수용소를 맡고 있던 중 많은 좌익혐의자들을 무단 석방하여 동조 혐의로 체포되었다. 뒷날 그의 선후배들은 그가 양민에 대한 동정과 연민을 품고 있었을지언정 진짜 공산주의자는 아니었다고 증언했다. 실제로 그는 처형당하면서 대한민국 만세를 부르고 애국가를 불렀다고 한다. 해방 직후의 이념이란 좌우를 막론하고 민족주의 색깔이 우선이었고 사상적 차이가 뚜렷하지 않다가 분단이 확정되고 전쟁을 치르면서 반공이라는 절대적 가치관이 강조되었던 것이다.

오후 늦게야 서대문형무소에서 오일균을 데려다 이목사의 인적사항에 대하여 심문했고 이재복이 남로당 간부라는 것이 밝혀졌다. 특별조사과는 갑자기 활기를 띠었다. 이재복은 평양 신학전문대를 졸업하고 일본 도오시샤대 신학부를 나와 경북지방에서 사목활동을 하면서 사회주의에 빠지게 되었다. 해방 뒤 진보적인 사람들이 그랬듯이 그는 건준에서 시작하여 경북도 인민위원회 보안부장을 거쳐서 남로당에 입당했다.

이재복을 수사하는 도중에 그의 비서 김영식까지 체포되어 이목사가 인민위원회 시기에 보안부서를 맡았고 남로당 군 총책이며, 군부의 세포들은 거의 그가 포섭했거나 그가 포섭한 중간책에게 포섭당했음이 밝혀졌다. 박정희 소령의 이름이 가장 먼저 나왔다. 박정희는 조선경비사관학교의 후신인 육군사관학교의 제1중대장이었고 여순사건 진압대에 차출되어 현장에 다녀온 직후였다. 1948년 11월 11일 그날은 마침 7기생들의 졸업식 날이기도 했다.

박정희 소령은 체포되어오자마자 이런 날이 올 줄 알았다고 담담하게 말했다고 한다. 늘 해오던 대로 심문이 시작되기 전에 먼저 신고식이 있었는데, 무조건 몇가지의 고문을 차례로 실시하는 것이었다. 조사관 혼자 책상을 앞에 두고 앉았고 박정희가 군복 차림으로 들어섰다.

— 옷 벗어.

그가 어리둥절해하자 조사관이 말했다.

— 계급장과 군복, 이제부터 네겐 필요없잖아?

박정희는 침묵하고 책상 앞에 마주앉아 있었다. 보조원인 젊은 병사들이 우루루 몰려들어왔다. 그들은 조사실 벽에 세워져 있던 목침대 봉과 야구방망이를 집어들었다. 조사 보조원이 박 소령의 어깻죽지를 내려쳤다. 보통 사람 같으면 그대로 주저앉았을 텐데 그는 강단이 있는지 기우뚱했다가 자신을 추스르며 등을 꼿꼿이 펴고 고쳐앉았다. 고통을 참는 표정이 역력했다. 그들 중의 누군가가 몽둥이를 쳐들고 외쳤다.

— 야 이 빨갱이 새끼, 신성한 군복은 니가 입으라는 게 아냐. 빨리 벗어!

조사관이 손을 쳐들었다.

— 아아, 잠깐…… 그래도 장교를 발가벗길 수야 있나? 여기 구속자복으로 갈아입어.

조사관은 옆의 의자에 놓인 더러운 군복 상하의를 박의 발치에 던져주었다.

— 소령 계급장을 붙인 대한민국 국방군을 마구 다룰 수는 없구 말이지, 그 군복은 이재복이가 입었던 건데 피를 아주 많이 흘렸더군.

박소령은 계급장이 붙은 상의와 하의를 벗어서 침착하게 군대식으로 각이 지게 접어 의자에 올려놓고는 피 묻고 흙먼지로 더러워진 군작업복으로 갈아입었다. 옷을 갈아입자마자 매타작이 시작되었다. 피의자가 완전히 씨멘트 바닥에 널브러질 때까지 건장한 병사들의 몽둥이질은 멈추질 않았다. 조사관이 손을 들어 매질을 멈추게 하자 조그맣게 웅크렸던 몸이 움직이기 시작하더니 꾸물거리며 상체를 일으키고 다시 의자에 기어올라 자세를 바로하고 앉았다.

김창수가 박소령과 대면한 것은 격렬한 신고식을 몇차례나 치른 뒤였다. 김창수는 비록 전투복이지만 풀 먹여 날이 서게 다린 옷에 금속의 소령 계급장을 달았고 같은 계급의 박은 코와 입술이 터지고 피 묻은 작업복에 물주전자 세례까지 받아서 머리카락과 얼굴이 온통 젖어 있었다. 김창수가 책상 앞에 앉아서 맞은편의 그를 한동안 물끄러미 바라보다가 말을 꺼냈다.

— 당신 내레 누군지 알갔디? 난두 당신을 잘 아는데……

만주 시절 일군에 배속되었던 젊은이라면 누구나 박의 일본 이름을 들었거나 선망한 적이 있었다. 늦은 나이로 소학교 훈도에서 만주군관학교에 지원하면서 혈서로 충성서약을 하여 신문에도 났고, 수석졸업을 하면서 만주국 황제 푸이로부터 금시계를 하사받고 졸업생 대표로 대동아공영권을 위하여 사꾸라꽃처럼 떨어지겠노라는 답사도 했으며, 일군사관학교에 특별 편입한 뒤 삼등으로 졸업하고 만주로 귀임한 것이며, 그때마다 신문에 모범적인 황군(皇軍)으로 대서특필되던 터였다.

그들은 만군 출신들이 그렇듯이 대소규모의 작전에서 서로를 알아보았고 몇번이나 마주친 적이 있었다. 사실 당시의 관동군 헌병 오장이라면 소좌와 맞서는 세도여서 위관급 장교 따위는 그의 새빨간 견장만 보고도 대번에 기가 죽었을 것이다. 그러나 겉으로 내색은 하지 않았지만 김창수는 신경의 만주군관학교 출신 따위는 자기와 별다를 게 없는 시정잡배에 불과하다고 생각했을지언정 일본 육군사관학교 출신이라면 일단 야코가 죽었다. 그것은 자신이 아무리 발버둥을 쳐도 도달할 수 없는 대일본제국군의 정규교육기관이었기 때문이다.

박소령은 고문에 지쳐 있었지만 정면을 향하여 앉은 채로 입을 꾹 다물고 있었다. 김창수가 담배를 꺼내어 권했다. 그가 담배를 받아물었고 김창수는 지포 라이터를 켜서 그에게 먼저 불을 붙여주고 자기 담배에도 불을 붙였다. 김이 담배연기를 길게 내뿜고는 말했다.

— 난 당신을 존경했대서. 사관학교 중대장 할 때 생도들 모두 오일균이를 좋아했디만 난 오소령을 그때부텀 의심했소. 당신까지 이럴 줄은 정 몰라서. 이재복이 누구라는 건 당신이 더 잘

알 거요. 그자가 다 말했으니끼니. 털문 다 나오게 되갔지. 지금 심경이 어떤지 그거나 한번 말해보오.

김은 박이 말문을 먼저 열기까지 참을성 있게 기다렸다. 박소령은 담배 몇모금을 피우더니 나직하게 말을 꺼냈다.

— 어려서, 나라가 없던 시절에는 일본이 내 나라거니 하고 살았지요. 가난한 고향집을 벗어나보려고 별의별 생각을 다 했어요. 우리야 먹을 것도 없고 자기 땅도 변변히 없는 농촌에서 보통학교를 다니기도 어려웠습니다.

— 기건 난두 기랬대서.

— 사내자식으로 한세상 버젓하게 살고 싶었지요. 해방이 되어 귀국하려고 광복군에도 찾아가보고 했습니다. 국내에 들어와서야 내 지난날을 뉘우치고 어떻게든 나라에 도움이 될 일을 해보고자 했지요.

김창수는 지금 박소령이 하는 말이 자신이 몇달 전에 상관들에게 했던 바로 그 말이라는 걸 알고 있었다. 그는 자신의 속내를 들키기라도 한 것처럼 책상을 주먹으로 탕 치면서 말했다.

— 그거이 남로당 입당이가?

박소령은 전혀 동요하지 않고 한결같이 침착한 태도로 말을 이었다.

— 작고 가난한 나라가 자주적으로 독립하려면 어떻게 해야 하는가를 깊이 생각했습니다. 나는 정치는 잘 모릅니다. 우리를 지배하는 미군에 실망했고 정치인들에게 실망했습니다. 나는

군인은 모름지기 자기 민족에 충성을 다해야 한다고 생각하게 되었습니다.

김창수가 담배를 비벼끄면서 자조적으로 말했다.

— 거 민족 소리 좀 하지 마오. 우린 상호간에 기런 말이 좀 우습지 않가서?

— 철없던 시절에 저지른 일을 되풀이할 수야 없지요.

김창수는 군화로 바닥을 차면서 일어섰다.

— 단도직입적으로 말하가서. 당신 이젠 살아날 길이 없어. 그냥 죽을 테문 버테보라우. 하디만 새루 태어난 대한민국에 도움을 주갔다문 빨갱이덜 이름을 다 대라우.

김창수가 조사실에서 나가자마자 덩치 좋은 보조원들이 몰려들어와 다시 고문을 시작했다. 심야에 기절한 그는 조사실 옆의 유치장에 던져졌다. 그가 겨우 정신이 돌아온 것은 새벽녘이었다. 희미한 삼십촉짜리 전등이 천장에 달랑 매달려 있었다.

나라는 해방되었건만 박정희가 찾아간 고향은 여전히 가난하고 어두웠다. 그의 형 박상희는 이제부터 조국을 새로 만들어야 한다고 의욕에 넘쳐 있었다. 그가 귀국 전에 광복군을 찾아갔었다고 말하자 형은 그런 낙후한 민족주의자들의 조직에는 뭣하러 가담하려 했느냐면서 오히려 나무랐다. 그가 문경에서 소학교 교사를 때려치우고 군관이 되려고 만주로 떠난다고 할 적에도 실망한 형이었다. 박상희는 고향에 돌아와 풀이 죽은 동생을 좋게 타일렀다.

— 니는 아직도 젊데이. 때가 쪼매 묻었다 캐도 앞으로 잘하모 깨끗해질 거 아이가. 마 조국의 군인이 되그라.

박정희는 해방 이듬해 9월 말에 다시 미군정 치하의 조선경비 사관학교 2기생으로 입교했다. 만주국, 일본에 이은 세번째 사관학교 입교였다. 그가 입교한 지 열흘도 되지 않아 대구 영남 항쟁이 일어났다. 그에게 형의 죽음이 전해진 것은 한 달이나 지나서였고 그것도 가족이 아닌 형의 친구 이재복으로부터였다.

김천에서 독립운동을 하던 황태성과 구미에서 신문사 지국을 운영하면서 활동하던 박상희와 목사 이재복은 일찍이 일제 때부터 의기투합한 동지들이었다. 황태성이 야학에서 아이들을 가르치던 조 여인과 박상희를 중매한 것과 이재복이 혼인집례를 한 것으로 보더라도 세 사람은 긴밀한 관계였다. 황태성은 해방 이후 남로당 지방간부 명단이나 서울의 집회장에서 사회자로 기록에 남아 있으니 당시에 이미 중앙에까지 알려진 주요 당원이었다. 그는 남로당 탄압이 시작되면서 월북했다. 박상희는 시월항쟁 당시에 구미에서 시위를 주도했고 구금한 경찰들을 풀어주고 귀가하다가 증원경찰의 습격을 받아 등뒤에 세 발의 총탄을 맞고 쓰러졌다.

삼촌이 면회를 왔다고 하여 위병소로 나가보니 낯익은 얼굴인 이재복이 초소 앞에서 서성대고 있었다. 박정희는 반가우면서도 어딘가 미심쩍은 생각이 들었다. 그가 일부러 교육생인 자기를 여기까지 찾아올 마땅한 이유가 생각나지 않았기 때문이다. 그들은 부대 앞이면 어디에나 있는 구멍가게 겸 간이주점으로 들어가 막소주에 김치와 두부 한 모를 놓고 마주앉았다. 고향 사람을 만나자 그는 저절로 사투리가 튀어나왔다.

— 여긴 웬일이니껴?

박의 물음에 이재복이 소주를 연거푸 마시고는 그를 바라보는데 눈이 붉어지면서 눈물이 가득 고였다.

— 상희가……

— 와요, 형님이 무슨 일 있는교?

박이 이의 소매를 잡으며 다그치자 그는 고개를 떨구었다.

— 느그 형이 죽었다!

— 그기 참말이니껴?

이재복은 소매로 눈가를 씻으면서 끄덕였다. 그러고는 구미 봉기 때 있었던 일을 얘기해주었다.

— 재희, 느그 누부가 그러드라. 피투성이가 돼가꼬 이불에 싸가주고 업어왔다 카든데. 재희를 보더만 목이 뒤로 툭 떨어졌다 안카나.

두 사람은 서로 어깨를 얼싸안고 숨죽여 울었다.

박정희는 경비사관학교를 졸업하고 소위로 임관해 춘천의 8연대에 배속되었다. 그는 임관 전에 짧은 휴가를 받아 고향집에 들렀다가 그동안 이재복 목사가 곤경에 처한 가족들을 여러모로 도와준 사실도 알게 되었다. 8연대의 연대장 이하 많은 장교들과 잘 아는 사이이기도 했던 이재복은 박정희가 춘천에 근무하던 때에 여러차례 부대를 방문해 그와 시국에 대한 여러 의견을 나누었다. 이는 박에게 일본어로 된 「공산당선언」이며 해방 직후 발표된 박헌영의 8월테제 「현정세와 우리의 임무」 등의 문건을 주면서 박상희의 죽음을 망각하거나 헛되게 해서는 안된다고 말하곤 했다.

박은 동료 장교들에게 이재복을 숙부라고 소개했다. 이재복은 조서에서 춘천 시절에 박정희를 남로당에 입당시켰다고 자백했으며 나중에 박의 자술서를 결재한 특별조사과장 김영일 중령도 이를 확인했다. 춘천 8연대에는 좌익과 민족주의 성향의 장교들이 많았고 부연대장과 정보주임 등이 장교 하사관 사병을 가리지 않고 조직했다. 박정희는 1947년 9월 27일부로 경비사관학교 중대장으로 전보되었고 이미 중대장을 하고 있던 오일균과 친해졌다. 오일균은 박정희보다 여덟 살이나 어리지만 삼년 차이로 일본육사를 나온 후배이기도 했다. 오일균은 자신이 지난시절 몇몇 선배들처럼 부임지를 탈출하여 독립군에 참여하지 못한 것을 젊은날의 여한처럼 말하곤 했다. 오일균 소령이 교육한 3기생은 나중에 3분의 1이 좌익성향으로 판명되었다. 문상길 중위나 여순반란의 지도부인 김지회 홍순석도 3기생이었고 김창수도 같은 기수였다.

박정희는 사관학교 교관 시절 서울에 외출을 나가면 자연스레 이재복과 만나고 군내 조직에 대하여 의견을 주고받았으며 남로당 사람들의 회식자리에도 나갔다. 미군정 치하에서 남로당은 공산당과 중도좌익적인 당들이 합작하여 이루어진 합법정당이었다. 박정희는 어찌 보면 문상길이나 운 좋게 숙군을 비켜간 김익창 중령과 사상적으로 그리 큰 차이가 있는 것도 아니었다. 그는 여순사건이 일어났을 때 광주 전투사령부에 배속되어 후배 기수인 홍순석 김지회 등을 만나러 지리산에 가까운 남원까지 접근하기도 했다.

만주군관학교와 일본육사에서 그를 가르친 일본군 장교들 중에는 일본을 군국적으로 개조하겠다는 신념으로 쿠데타를 일으킨 2·26사건에 연루된 인물들이 여러 명 있었고 이들은 감수성이 예민하던 이십대의 박정희에게 깊은 인상을 남겼다. 군대의 조직력으로 사회와 국가를 개조할 수 있다는 단순명쾌한 명제는 해방 이후 자신의 새로운 진로를 찾아헤매던 그에게 새로운 목표가 되었다. 그는 그것이 사회주의든 파시즘이든 큰 거리가 있다고 보지는 않았다.

박정희가 오랜 시간이 지난 뒤 박갑동에게 했다는 말은 자못 의미심장하다. 박갑동은 청년시절부터 공산주의운동에 참여해 해방 이후 남로당의 기관지와 선전부를 책임진 사람이었다. 그는 박헌영이 월북하고 서울에 남아 지하에서 지도부를 유지하던 김삼룡 이주하가 검거된 뒤에도 전쟁 때까지 살아남아 최후의 지하당을 유지한 골수당원이었다. 이후 북으로 간 그는 박헌영 이하 남로당이 숙청당할 때에 위기를 모면하고 유럽을 거쳐

서방으로 망명했다. 칠십년대 중반 박정희는 일본에 있던 그를 불러들여 박헌영의 전기를 소신껏 써달라고 당부하면서, "박헌영 선생의 8월 테제가 저의 세계관을 바꾼 적이 있습니다"라고 말했다. 이것은 무슨 의미인가. 남과 북에서 내내 논쟁거리였던, 오늘의 조선은 부르주아 민주주의혁명 단계를 거쳐야만 다음 단계의 혁명으로 나아갈 수 있다는 대목에 그가 주목한 것일까.

기절했다 깨어난 그 새벽에 박정희는 살아남기로 결심했다.

수많은 얼굴들이 천장의 어둠속을 스치며 떠올랐다가 스러지곤 했다. 그는 먼저 군홧발에 밟혀 으깨진 손을 뒤집어 손가락을 꼼지락거려보았다. 펜을 잡을 수 있겠다는 생각이 들었다.

이튿날 김창수가 조사실로 들어서니 박정희는 더러운 작업복 차림으로 얼굴에 피멍이 든 채 꼿꼿한 자세로 책상 앞에 앉아 있었다. 김창수가 그의 앞에 가서 털썩 앉더니 침묵한 채 물끄러미 바라보았다. 김창수의 가늘게 째진 날카로운 눈은 그 무렵부터 이미 살모사의 눈빛으로 유명했다. 박정희도 그를 무덤덤하게 바라보다가 한참 만에 입을 열었다.

— 부탁이 있습니다.

— 말해보시오.

— 목욕을 했으면 합니다. 그리고 군복을 입게 해주시오.

김창수는 천천히 고개를 끄덕였다. 문앞에 섰던 보조원에게 그가 지시했다.

— 숙직실에 물 데우라구 하구, 영치했던 군복 내드리라우.

한 시간 뒤에 김창수가 다시 조사실 문을 열었을 때 박은 창문 앞에 서서 앙상한 나뭇가지만 드리운 11월의 하늘을 멍하니 바라보고 있었다. 김창수는 들어서려다가 잠깐 생각하고는 문을 닫고 돌아섰다. 그가 몇분 뒤에 다시 갔을 때 박소령은 예의 꼿꼿한 자세로 책상 앞에 앉아 있었다. 김창수가 앞자리에 앉자마자 박소령이 말했다.

— 종이와 펜을 주십시오.

며칠 뒤부터 특별조사과의 수사는 본격화되었다. 박정희의 자술서가 완결되었던 것이다. 그가 쓴 명단에 의하여 개인별 신상이 파악되고 조직구도가 그려졌다. 미흡한 대목은 박소령 본인이 구도를 고쳐가며 협조해주었다. 체포조를 여러 팀으로 나누어 군내에 현직으로 복무중인 자들을 검거하기 전에 수사관들의 내부회의가 있었다. 이 자리에는 특별조사과장 김영일 중령과 부과장 김창수 소령 그리고 조사반장 김정근 대위와 미고문단 CIC 연락관 김진 상사가 동석했다. 과장인 김중령이 먼저 말했다.

— 그동안 퇴근도 못하고 밤을 새면서 고생들 많았소. 명단도 나왔고 이제부터 고구마 캐듯이 뿌리를 술술 잡아당기기만 하면 모조리 검거하게 됐다구. 이거 틀림없는 명단인가?

김창수 소령이 대답했다.

— 이재복의 연락선 김영식의 자백하구 일치하는 명단이 많

습네다.

— 그러면 증거도 확실하구만. 체포조를 보내고 지방에도 극비리에 각 지부로 명단을 보내서 일시에 검거하도록 합시다.

과장이 말하자 김창수가 의견을 냈다.

— 박정희는 살렸으면 합네다.

— 그게 무슨 소리요? 지금 수사를 마무리짓기도 전인데……

연락관 김진이 말을 꺼냈다.

— 남로당 아이들이 왜 박정희를 포섭하려고 했는지 우리도 한번 반대 입장에서 연구해볼 필요가 있습니다.

— 그거야, 박이 빈농 출신이고 저희 형인 박상희가 경찰에게 사살당했기 때문이 아닌가?

과장의 단순명백한 말에 김진은 침착하게 대답했다.

— 그런 사실은 어디까지나 감정적인 문제고 박의 입당에 대한 훌륭한 변명은 되겠죠. 지금 우리는 일군과 만주군 출신들을 주축으로 조직되어 있습니다. 박정희 소령은 이들 두 군대를 모두 거쳤을 뿐 아니라 귀국 전에 사개월간 광복군 귀향대에 소속된 적도 있습니다. 군내에는 그를 잘 아는 선후배들이 많고 동기들과 선배들 간에 신망도 두터운 편입니다. 숙군 처리의 본보기로 우리에게 협조한 그의 구명 문제를 해결함으로써 군 사기에도 미치는 영향이 클 것입니다.

— 일리가 있군그래……

과장이 고개를 끄덕이자 김창수가 다시 말했다.

— 기래서 육사하구 서울지역 부대에 체포조를 보낼 때에 박 소령을 앞세울 생각입네다. 나중에 혹여 딴맘을 먹디 못하게 할 수두 있구, 기래야 데켄에서두 저이 사람이 아니라구 생각할 거 아닙네까?

며칠 전 그의 자술서가 마무리된 날 저녁에 김창수는 김진을 늘 만나던 일식집 미락이 아니라 남대문시장의 대폿집으로 불러냈다. 풍로에 석쇠를 얹고 양곱창에 막걸리를 파는 주점이었다. 둘은 판자벽에 신문지를 바른 구석자리에 마주앉았다. 퇴근 뒤라 둘 다 사복 차림이었다. 김진이 그에게 다가서니 김창수는 혼자서 이미 한 주전자를 비운 뒤였다. 김창수가 술을 더 시키고는 한 사발 가득 따라주는데 잔이 넘쳐버렸다. 김진이 농을 던졌다.

— 뭐요, 형님 벌써 취했수?

— 한잔 쭈욱 마시라우!

— 회사 일이 잘 마무리되었다니 시원하시겠수.

— 어이, 너 말이야, 인생을 어떻게 생각하나?

김창수의 느닷없는 말에 김진은 피식 웃었다.

— 이거 원, 별을 보구 점을 치는 페르시아 왕자두 아니구.

— 야야, 사는 게 다 욕이야, 거럼 욕이디 않구……

김창수가 중얼거렸고 김진은 신중하게 술잔을 내려다보기만 했다.

— 너나 나나 머 하구 싶어 정탐 노릇 했나? 배운 것두 없구

개진 것두 없이 살자구 하다보니까 기랬디.

— 거참, 까마득한 옛날 얘긴 무슨…… 형님 막걸리 몇잔에 취했수?

김창수가 고개를 흔들었다.

— 아니 나 안 취했다.

그가 목소리를 낮추어 김진에게 말했다.

— 박소령 살레주문 안되갔네?

— 형님 젤 싫어하는 빨갱이 아뇨?

— 잘난 놈이 빨갱이 하는 거야 원쑤처럼 밉디. 내 이놈 저놈 수테 겪어봤디만 박은 여간내기가 아냐. 사내자식이 살아남갔다는데 우리 도와주자우.

두 사람은 다시 한 주전자를 더 시켜서 마시기 시작했고 둘 다 아무 말 없이 각자 생각에 잠겼다.

모든 장교들이 처형당했을 때 박정희는 혼자 살아남을 수 있었다. 어쨌든 그가 살 수 있었던 것이 숙군 담당부서인 특별조사과에서 비롯된 구명운동 덕분이었음은 잘 알려진 사실이다. 무엇보다도 그가 동료 장교들의 명단을 제출함으로써 숙군 담당자들에게 구명의 명분을 준 것도 사실이다. 인질처럼 무급 문관으로 정보국에서 목숨을 부지하던 그는 전쟁이 터지면서 소령으로 복귀하게 된다.

1949년 6월 초, 친일반민족행위자를 처벌하기 위해 꾸려졌던

반민특위의 특경대가 경찰에 의하여 포위된 채로 무장해제되고 강제해산당했다. 같은 달 중순에는 소장파 의원들에 대한 검거가 단행되었고 연이어 월말에는 백범 김구가 암살당했다.

육군 소위 안두희는 6월 26일 일요일 오전 열시에 집에서 나와 경교장 부근의 자연장 다방에 열한시 반경에 도착했다. 군작업복 차림에 계급장을 붙이고 허리에는 권총을 차고 있었다. 안두희는 커피를 시켜놓고 시계를 몇번 들여다보았다. 한적한 다방 안에 사복의 사내들이 와서 멀찍이 앉았고 차츰 정복 헌병들이 몰려들어와 웅성거렸다. 그가 경교장에 들어간 것은 열두시 반쯤이었다. 경교장의 입초 순사는 안두희의 군복 차림과 백범 선생과 약속이 있다는 당당한 말에 출입을 허가했다. 그는 아래층에 들어서서 비서들에게 백범 선생님을 뵈러 왔다고 말했고 그들도 한독당원인 안두희를 선선히 이층 집무실로 안내했다. 안두희는 김구에게 거수경례를 하고 마주앉아 건강에 대하여 묻기까지 했다. 총성이 들린 것은 비서가 아래층으로 내려간 지 오분쯤 되었을 때였다. 네 발의 총성이 울렸다. 백범은 책상에 머리를 숙이고 한 손은 모서리에 얹은 자세로 절명했다. 가슴에 두 발 머리에 한 발을 맞았고 다른 한 발은 스쳤다. 피가 책상 위를 흘러 바닥에 흥건하게 떨어지고 있었다. 안두희는 계단을 내려오며 내가 선생님을 쏘았소, 하고 외쳤으며 측근들이 그의 멱살을 잡고 안면을 몇차례 구타했는데 그 와중에 헌병들이 일시에 몰려들어와 그를 에워싸고 나가버렸다.

안두희는 1947년에 신의주에서 월남했고 서북청년회 종로지부 사무국장으로 있다가 CIC의 정보원으로 시작해 군에 입대한 뒤 정식 요원이 되었다. 당시의 CIC 정보원은 월남한 청년들이 많았고 이들 중 핵심분자는 임동철의 백의사에서 이중으로 관리했다. 김구의 반탁과 민족주의 우익노선은 처음에는 백의사와 동일한 것이었다. 그들은 중국 내에 있는 조선인 청년들과 국부군이 합작하여 만주와 삼팔선 남쪽에서 협공하면 북조선을 전복할 수 있다고 보았다. 그러나 김구가 남북 통일정부를 구성하기 위한 남북협상으로 노선을 전환하자 자신들이 배신당했다고 여기게 되었고, 미국과 이승만은 신생 정부의 최대의 위협이 김구라고 보기 시작했다.

안두희는 CIC의 정보요원으로서 한독당에 비밀당원으로 입당하는 데 성공했고 김구의 지척까지 접근할 수 있었다. 그의 김구 암살계획은 미국 측의 지원과 정·관·군 각계의 암묵적인 보조에 의하여 이루어졌다. 이희철과 김진이 이때 어떤 역할을 했는지는 확실히 알 수 없지만, 이희철은 일찍부터 첩보업무에 관여했기 때문에 안두희를 잘 알고 있었을 것이다. 김진 역시 기본임무가 백의사와의 연결과 서북청년단 관리 및 조직 보조였음을 볼 때 마찬가지였을 것이다. 더욱이 김창수는 그를 보호하여 특무대의 서울지부인 대륙공사에 데려다 융숭하게 대접하면서 형식적인 조서를 작성한 당사자였다.

1950년 6월 25일 삼팔선 전역에서 전투가 시작되면서 인민군이 파죽지세로 밀려들었다.

육군 특무대가 후퇴 당시 불온분자의 숙청을 전담했고 대전이 최초의 집결지였다. 숙청은 7월 첫주에 단행되었는데, 이틀간 장소 정리 등 준비를 마친 다음 7월 4일부터 사흘 동안 헌병에 의한 처형이 계속되었다. 미군 측은 지프차 두 대에 분승한 정보장교들이 와서 처형 과정을 참관하고 사진까지 찍었다.

김창수는 처형자 명단을 최종 확인했다. 대전형무소에 검거되어 있던 수형자들과 예비검속한 보도연맹원들이었다. 보도연맹은 과거에 시위를 했거나 건준 인민위원회 남로당 등과 관련이 있던 자들로, 불온서적이나 선전유인물을 소지했다는 경미한 이유만으로도 강제로 가입시켰고 일종의 신분안전을 위해서 적극적으로 가입하는 경우도 있었다. 그러나 이 명부는 면죄부는커녕 블랙리스트가 되었다. 수감자 중에는 제주 4·3사건에서 검거된 사람들도 있었다. 이천여명이 대전 외곽 야산에서 목숨을 거두었다. 연이어 낙동강 전선이 형성되기 직전 대구를 중심으로 한 영남과 호남에서도 시월항쟁 연루자와 보도연맹원에 대한 학살이 집중적으로 이루어졌다. 전국적으로 백만여명이 후퇴 방해와 이적행위의 위험이 있다는 이유로 살해되었다.

전쟁 동안 김창수는 이승만 정부의 정치장교로서 출세를 계속했고 이희철은 제주도의 뒷정리를 맡아 마지막 청야작전에 첩보부대를 동원했다. 김진은 미군 G2의 일원으로 중국군 포로를 담당했다. 그의 유창한 중국어 실력과 만주에서의 경험은 미군에 특별한 도움이 되었다. 특히 중국군 가운데서 만주의 조선인 출신을 가려내는 재간은 누구도 따라올 수 없었다. 휴전이 된 뒤에도 그는 한국군 특무상사 계급장을 달고 미군에 그대로 남아 있었다.

김창수 소장은 1956년 특무대 출신 부하들에 의해 암살되었다. 체포된 장교들은 암살 동기에 대해 그가 군의 발전을 저해하는 암적 존재로 상관과 동료를 끊임없이 모략하여 자기 영달을 꾀하였고, 수많은 사건을 조작하여 무고한 사람들을 희생시켰으며, 대통령 암살사건을 비롯한 각종 정치사건을 조작했고, 군을 이간시키고 단결을 저해했으므로 나라의 장래를 위해 제거했다고 진술했다.

1960년 9월 중순이었다. 서울지구 방첩대장이던 이희철은 소공동 대륙공사 사무실에서 김진의 전화를 받았다. 이희철은 대령이고 김진은 당시 한국군 계급으로 준위였는데 휴전 이후에도 여전히 미군 측 정보대에 연락관으로 나가 있었다. 한국군의 작전지휘권을 미군이 장악하고 있어 김진은 여전히 거북하고 무시할 수 없는 존재였다.

— 아이구, 김선생 오랜만이네.

— 이사장, 오늘 시간 있어요? 저녁이나 같이합시다.

이희철은 그가 만나자고 할 때부터 뭔가 중요한 용건이 있다는 걸 알았다. 그들은 동갑내기의 혈기왕성한 초급장교도 아니었고 이제는 각자 임무가 미묘하게 달랐으며 어쩌면 섬기는 주인도 다를 수 있었다.

— 조용히 얘기하기는 이쪽 동네가 좋은데……

— 아서원은 너무 복잡하고, 그 뒷길 쪽의 오향장육집이 어떨까요?

— 동원루, 거기가 좋겠군.

퇴근 후에 소공동의 중국식당 구석진 작은 다다미방에 두 사람이 마주앉았다. 김진은 벌써 머리가 반쯤 벗어져 일본 사무라이 비슷하게 되었고 이희철은 오히려 김진보다 훨씬 젊어 보였다. 김진은 말쑥한 양복 차림이었고 이희철은 남방에 점퍼를 입고 있었다. 두 사람은 그 집의 특미라는 오향장육과 물만두에다 새우완탕을 안주로 시켜놓고 조촐하게 백주를 마셨다. 서로 안부를 주고받고 나서 김진이 드디어 입을 뗐다.

— 이사장, 충무로 일식집 얘기가 뭐야?

— 응? 그게 무슨 소리야, 난 모르겠는데.

이희철이 시치미를 떼자 김진은 정색을 하고 말했다.

— 아무리 각자 회사 일이 중요하다지만 우리 사이에 이럴 거요?

— 왜, 얘기해주면…… 코쟁이들 귀에 들어가게?

이희철이 농반 진반으로 김진을 건드리자 그도 모르고 있지는 않다는 뜻으로 한마디했다.

— 내가 알구 있어야 나중에 수습할 때도 도와줄 거 아니오?

이희철은 손바닥을 쳐들었다가 뒤집어 보였다.

— 엎을 모양이야.

— 이번에두 박소장인가?

이희철이 침묵했고 김진은 더이상 묻지 않았다. 그들은 둘 다 박정희를 비롯한 군의 일부 지휘관들이 며칠 전 충무로 일식집 충무장에서 은밀한 모임을 가졌다는 정보를 가지고 있었다. 김진은 박정희가 문관으로 정보국에서 근무하던 시기에 술친구를 여러번 한 적이 있어서 그를 잘 알았고, 이희철은 박정희와 사관학교 동기였다.

전쟁중 부산 정치파동 때에 대령이던 박정희는 이용문 등과 함께 이종찬 장군을 내세워 이승만 정권을 전복하고 과도정부를 세워 민정에 이양할 계획을 세웠었다. 그러나 이승만 제거를 위해 '에버레디 작전'까지 세웠던 주한미군 사령관 밴 플리트가 전쟁중이라 계획을 전환했다. 그다음의 전복 시도는 4·19의 원인이 된 3·15 부정선거 때였다. 그러나 학생과 민중의 전국적인 의거로 혁명이 일어나 이승만 정권이 붕괴하자 쿠데타 계획은 일단 중지되었다. 그 대신에 박정희는 부정선거에 개입한 책임을 물어 송요찬 참모총장의 퇴역을 요구했다. 그의 제자들이나 마찬가지인 육사 8기생들의 정군운동과 연판장 사건, 선임기수 장교들에 대한 하극상 사건으로 상황은 이어지고 있었다. 이희철이 말했다.

— 민주주의…… 말이야 좋지. 민간인들이 무슨 능력이 있어야 말이지. 데모꾼들과 빨갱이들이 제 세상 만났어.

김진이 혼잣말처럼 중얼거렸다.

— 우리 그 사람 잘 알잖소? 미국 측은 박소장을 별루 믿지 않아. 매그루더가 그 사람을 육본에서 2군으로 좌천시켰거든.

— 별을 두 개씩이나 단 사람을 아직두 좌익으로 보는 게 우습지.

이희철이 말하자 김진이 그에게 물었다.

— 어떻게 할 거요?

— 두고 보지 뭐. 그 친구 일관성두 있구 강직하단 말야. 김선생은?

김진은 침묵을 지켰고 이희철이 다시 물었다.

— 당신 같은 능구렁이가 섣불리 보고를 올리진 않을 거라구 믿는데?

— 사실 나는 요즈음 퇴직 생각을 하구 있어서…… 변화가 있으면 좋겠지. 문제는 정보위원회가 아닐까?

하늘이 놀라고 땅이 뒤흔들리는 별의별 난리를 모두 겪어온 김진과 이희철은 벌써 사십대에 접어든 나이였다. 당시는 사십대라면 이미 중늙은이 취급을 하던 때였다. 이희철과 김진은 서로의 입장을 맞춰보려던 것이었고, 군의 쿠데타 정보에 대하여 최소한 중립을 지킬 것을 서로 확인한 것이었다. 또한 김진이 정보위원회를 언급한 것은 미국의 간섭을 염려한 뜻이기도 했다.

1959년에 미국 CIA 서울지부가 설치되었다. 이를 상대하기 위한 한국 측 통합조정기구로서 이후익 준장이 이십여명의 요원들과 함께 준비를 거쳐 민주당 정부 아래에서 총리 직속의 중앙정보위원회를 발족했다. 이들은 군의 동태에 대해서 몇차례 총리에게 충고를 했지만, 미군의 지휘권 아래 있는 군이 함부로 움직일 수 없으리라는 낙관론으로 흐지부지 묵살되었다. 작은 훈련이나 부대 이동까지도 유엔사에 사전 통보하거나 허락을 받지 않으면 안되었기 때문이다. 이희철과 이후익은 첩보부대에서 오랫동안 함께 근무한 적이 있었고 이희철이 사관학교 후배이지만 서로 비슷한 또래였다. 더구나 전통적인 방첩대에서 보면 중앙정보위원회 연구실장은 아직은 한직에 지나지 않았다.

1961년 5월 16일 새벽 이희철은 자고 있다가 요란한 전화벨소리에 깨어났다. 그가 마루로 나가서 수화기를 들자 당직사관의 다급한 목소리가 들려왔다.

— 대장님, 병력이 서울 시내에 진입했습니다. 지금 국회의사당 쪽과 시청 쪽에도 트럭이 몰려들어오는 중입니다.

— 알았어, 내 정시 출근하지.

그는 거실에 놓인 난로 앞에 의자를 끌어다 앉아서는 우선 담배 한 개비를 피워물었다. 그러고는 문득 생각이 나서 다이얼을 돌렸다. 잠이 덜 깬 김진의 어눌한 목소리가 들려왔다.

— 여, 여보세요……

— 음, 나요. 병력이 시내를 점령했다는데?

김진은 이희철처럼 별로 놀라지 않는 눈치였다.

— 어제 나두 영등포 6관구에 다들 모였다는 얘길 들었어요. 아까 경찰 정보과로부터 한강다리에서 총격전이 벌어진 것 같다고 전화를 받았고……

이희철은 유쾌하게 말했다.

— 허, 이거 앞으루 바빠지겠어.

— 몇시에 나갈 거요? 내 그쪽 사무실로 들를 텐데……

— 뭐 정시 출근해야지. 저 친구들 출근시간 전에 거점 점령하구 병력배치를 끝내야겠지.

— 그럼 이따가 대륙공사에서 봅시다.

김진이 전화를 끊었다. 이런 사태에는 직접 행동에 나선 무장병력 외에는 별로 할일이 없게 마련이었다. 이희철은 그날 여러 사람이 그랬듯이 라디오를 틀었다. 지직거리던 라디오에서 정각 다섯시를 알리는 신호음이 나오고 평소처럼 애국가가 흘러나왔다. 애국가가 끝나자 아나운서의 첫 뉴스 방송이 시작되었다.

— 친애하는 애국동포 여러분, 은인자중하던 군부는 금조 미명을 기해 일제히 행동을 개시하여 국가의 행정·입법·사법의 삼권을 완전히 장악하고 이어 군사혁명위원회를 조직하였습니다.

'반공을 국시의 제일의로 삼고'로 시작하는 혁명공약 여섯 개항이 낭독되고 나서 마지막 구절은 이렇게 끝을 맺었다.

— 우리들의 조국은 우리의 단결과 인내와 용기와 전진을 요

구하고 있습니다. 대한민국 만세, 궐기군 만세.

2군 부사령관 박정희 소장이 주도하고 정군운동의 주축인 육사 8기생과 병력을 동원한 5기생들을 포함한 장교 이백오십여 명 이하 사병 삼천오백여명은 한강 저지선을 뚫고 서울로 진입하여 주요 기관을 점령했다. 미8군 사령관 매그루더는 야전군 사령관인 이한림 등과 함께 군사정변에 반대했지만 장면 총리의 내각 총사퇴 결정과 윤보선 대통령의 묵인으로 미국 정부도 지지 표명으로 돌아섰다.

이희철과 김진이 그날 오전에 군사혁명위 사람들과 접촉하여 행동을 같이한 것은 당연한 노릇이었다. 무엇보다도 박정희 소장은 오랫동안 육군 정보국에서 함께 일했고 특히 김종필을 비롯한 8기생들은 김진이 자대교육을 맡을 때부터 서로 잘 아는 사이였다.

박정희 소장은 이후익 준장이 미 CIA의 상대역으로 창설한 중앙정보위원회를 흡수하고 방첩대와 경찰에서 요원을 선출해 중앙정보부를 창설할 것을 지시했고, 김종필이 이를 총괄하고 이희철과 김진이 이를 보좌했다. 김종필이 부장을 맡으면서 이희철은 차장이 되었고 김진은 중앙정보위원회를 접수했다. 이후익 준장은 체포되었다가 미국 측의 노력으로 석방된 뒤 국가재건최고회의 공보실장이 되었다. 박정희에게는 무엇보다도 미국과의 연결통로가 시급했고 김진은 오랜 근무처였던 미8군 사령부와 최고회의 측을 원활하게 연결짓는 일에 노력했다. 그는 중앙정보위원회를 국제과학문화연구소로 재편했는데, 새로 창설되는 중앙정보부의 두뇌기관인 셈이었다. 이들은 한 달 만에 중앙정보부법에 따라 이후 모든 정치·경제·사회·군사 정보와 수사를 책임질 핵심권력기구를 창설하고 정치적 반대세력과 군부 내의 반대파를 제거해나갔다.

군사정부가 지속적으로 집권해나가기 위해서는 경제개발을 추진하고 일본과의 국교정상화를 통해서 청구권과 경제협력의 명분으로 차관을 얻어와야 했다. 이는 한미일 삼각안보를 추진하던 미국의 뜻이기도 했다. 그리고 연이어서 한국군의 베트남 파병으로 경제특수가 조성되어 개발의 동력이 생겨나게 되었다.

김진은 준위로 예편하고 야간대학의 정치학과 졸업장을 얻었다. 많은 군인들이 이 무렵에 예편하면서 변두리 대학의 경제학과나 경영학과 또는 행정학과나 정치학과 졸업장을 마련했다. 중정 차장이 된 이희철도 경제학과를 택했다. 두 사람 모두 마흔두세살이었다. 김진처럼 보이지 않는 권부에서 정보를 쥐고 있던 사람들은 해방과 전쟁 같은 격동기를 거치면서 나름대로 어느정도 재산을 형성할 수 있었다. 군사정부가 들어섰을 때는 전후복구가 이루어지면서 산업화를 준비하는 일종의 과도기였다.

그는 옛날부터 알부자는 땅부자라는 말을 들어서 서울 주변에 부동산을 제법 모아두고 있었다. 김진이 건설업에 눈을 돌린 것은 미군 정보대에 근무하면서 수많은 군납건설업체들이 눈부신 실적을 올리는 것을 직접 지켜보았기 때문이다. 군 주체세력은 군정이 민정으로 넘어가기 전에 스스로의 당을 만들어 박정희를 대통령으로 당선시켜야 했기 때문에 정치자금이 필요했다. 중앙정보부장 김종필은 여러 의혹사건을 일으키면서 정치자금을 마련했고 군사정변과 함께 예편한 군인들은 각종 이권사업에 뛰어들고 있었다.

김진은 주체세력인 육사 8기생이면서 육군 정보대 출신인 이종철을 자신의 사업에 끌어들일 생각을 했다. 그는 함께 중정 창설을 준비했던 한상무와 함께 요정 향원에 나갔다. 마담이 대청까지 버선발로 뛰어나와 김진을 맞았다. 그가 어떤 손님들과 주로 오는지 잘 알기 때문이었다.

— 손님 오셨는가?

— 아직 안 오셨어요. 누구 들여보낼까요……

— 미스 조 잘 있나?

— 네, 알겠습니다.

그들은 의장을 비롯한 최고회의 사람들과 모여서 밀담을 할 때에는 주로 삼청동의 선운정에 갔지만 사업 얘기를 할 적에는 향원에 모였다. 잠시 후에 이종철이 들어섰다. 그는 씨름꾼처럼 덩치도 크고 목소리도 큰 사내였는데 배짱이 있고 동기생들 사이에서 영향력이 있었다.

— 어이구, 선배님께서 저를 다 찾으시고…… 반갑습니다.

— 오랜만이오. 뭐, 사무실을 내셨다구?

— 별거 아닙니다. 부장이 나보구 준비해보라구 그래서요.

날아갈 듯한 한복을 입은 아가씨들이 장지문을 열고 문앞에서 차례로 큰절을 올렸다.

— 그래 느이들두 오랜만이구나. 여기 와서 앉거라.

나중에 룸쌀롱 체인을 일으키는 조마담이 당시에는 첫 세대 요정 접대부였던 셈이다.

— 미미라구 합니다.

그녀가 이름을 대고는 김진의 옆에 와서 앉았고 다른 두 아가씨도 차례로 인사하고 사내들 사이에 끼여앉았다. 술상이 차려지고 술이 몇순배 돌고 나서 여인들과 농도 나누고 가야금이네 창이네 한바탕 놀고는 일단 뒤풀이에 다시 보기로 하고 모두 내보냈다. 사내들 셋만 남자 김진이 말을 꺼냈다.

— 준비라면…… 뭐, 정치하시게?

— 요즘 다들 그러잖습니까?

— 정치 그거 생기는 거 없이 골치만 아플 텐데…… 공천받아야지, 지역관리해야지, 자금 만들어야지…… 내가 오늘 이대령을 보자구 한 것은 좋은 일이 있어서요.

김진의 은근한 말에 이종철이 술상 위로 고개를 내밀었다.

— 좋은 일이라뇨?

— 사업 어때요? 공연히 실속없는 일에 세월 보내지 말구 우리 같이 돈 좀 벌어봅시다. 내가 미군 지투 연락관을 오랫동안 해봐서 잘 아는데, 군납건설이 아주 짭짤하더군. 미군이 주둔한

이래로 대한민국의 큰 공사는 전부 걔들 거야. 한강건설이 그렇게 성장한 건 모두 군납건설 덕분이오.

이종철은 눈을 껌벅이며 듣고 앉았다가 싱겁게 한마디했다.

— 제가 뭘 알아야지요.

— 회사를 맡겨줄 테니까 지휘만 잘하면 된다구.

김진이 옆을 돌아보자 이번에는 곁에 앉았던 한상무가 브리핑을 겸하여 그에게 설명하기 시작했다. 전쟁으로 국토는 폐허가 되었고 산업시설은 물론이고 도로 항만 철도 등의 사회간접시설 대부분이 파괴되었다. 우선 주한미군은 보급시설이며 수송체계를 확보하기 위해서도 일본에서처럼 스스로의 주둔지를 복구하지 않으면 안되었다. 미군의 기지와 숙소, 주둔에 필요한 시설 등의 건설수요로 전후복구 시장은 활기를 띠고 있었다. 미군 공병단 가지고는 그 많은 공사를 해낼 수 없으니 항만 도크에 비행장 활주로, 도로, 교량, 창고, 작전시설 등의 대규모 건설수요는 신설부터 개보수 확장에 이르기까지 앞으로도 십여년은 보장되리라는 것이었다.

— 알아보니까 군납건설업자가 대개 열 군데쯤 되더라구요. 공개입찰을 한다지만 워낙 덩어리가 크다보니 담합을 합니다. 공사가격을 적정선에서 타협하여 한 업체를 밀어주고 떡값을 나누기도 하구요, 순번을 정하여 차례로 맡기도 합니다. 그래서 이전에는 아마 친목회 비슷하게 업자들끼리 모임을 가진 모양인데 이게 독점화되다시피 하구 있지요. 몇몇 큰 회사가 유령 업

체를 서너 개씩 만들어 입찰에 나서고 있는 형편입니다. 이번에 우리가 이걸 정리하려구 합니다. 아예 법적인 장치를 만들어 군납건설협회를 출범시킬 것입니다. 이대령님께 회사 하나를 차려드릴 테니까 협회장을 하시라는 겁니다.

한상무의 설명에 이종철은 잘 알아듣겠다는 표정이더니 고개를 갸웃하면서 김진에게 물었다.

— 선배님은 뭘 하실 건데요?

— 아, 나는 모든 공사에서 필요한 전기공사나 맡을 작정이오.

그렇게 되면 공개입찰에서 어느 회사가 낙찰되든지 전기공사는 김진네가 맡는 셈이었다. 물론 이종철의 회사 지분도 그가 부분 소유하는 조건이었다. 이종철은 생기기는 씨름꾼 같아도 머리는 잘 돌아가는 사람인지라 대번에 김진의 제안이 어떤 뜻인지 눈치챘다.

— 그럼 제 역할은 뭐고 선배님 역할은 뭡니까?

— 나는 미군 측을 맡을 테니까, 임자는 최고회의 쪽 동기생들이나 잘 맡아주쇼. 그리고 대한민국에서 우리가 모르는 사람들은 별루 없을 텐데……

김진의 말에 한상무가 옆에서 거들었다.

— 건설 수주의 생명은 인맥관리와 로비에 있습니다. 두 분이 손을 잡으시면 막강할 겁니다.

이종철은 크게 웃었다.

— 좋습니다. 선배님이 잘 지도해주십시오.

김진은 벌써 몇개월 전부터 신라산업이라는 회사를 설립해놓고 군납건설협회 조직 준비를 해오고 있었다. 그는 정리된 어느 건설업체의 명의를 사들여 대성건설이라고 해놓고는 이종철을 대표로 만들어 그를 군납건설협회장으로 밀었다. 그런 일은 정권이 전부 그들 손에 들어온 이상 채 열흘도 걸리지 않았다. 그리고 협회의 회원사도 수주 실적을 따져서 열 손가락 안에 드는 정도로 대폭 정리했다.

김진은 미8군 사령부의 용역과 군납을 총괄하는 미군 재무장교를 잘 알고 있었다. 그는 전쟁 전 미군정 시절에 일본과 한국에서 근무한 직업군인이었다. 이종철이 협회 회장이 된 기념으로 앞으로 협력관계를 돈독히하자는 뜻에서 향원에서 연회를 열었다. 최초의 공사 발주가 있었고 당연히 협회장의 회사가 낙찰되었다. 이회장은 떡값으로 공사비의 십 퍼센트를 유찰된 다른 회사들에 돌렸고 십 퍼센트는 중앙정보부 자금으로 올렸다. 김진의 신라산업이 전기공사를 전담하는 것은 처음부터 정해진 일이었다. 다른 공사의 공개입찰에서도 역시 물밑에서 지명된 회사가 낙찰되고 신라산업은 그쪽의 전기공사도 맡았다. 작게는 몇십만 달러에서 크게는 백만 달러가 넘는 공사도 있었다. GDP가 칠십구 달러 하던 시절이니 백만 달러는 엄청난 돈이고 이 사업은 엄청난 이권이었다.

신라산업은 주요 전기부품을 일본에서 들여다 썼고 기술수준이 높지 않은 것들은 하청공장에서 제작했다. 군납건설협회는 초창기에는 일사불란하게 돌아갔고 협회장인 이종철이 최고회의 쪽을 움직여 다른 건설회사들의 반발이 별로 크지 않았다.

군정에서 민정으로 넘어가면서 박정희가 대통령이 되었고 베트남 파병이 시작되었다. 군납건설업계도 미군과 한국군을 따라 베트남으로 진출하는 길을 모색했다. 이를테면 이제부터 한국에서의 미군 군납건설은 내리막길을 걷게 된 것이었다. 1967년 봄 박정희와 윤보선의 대통령 선거 준비로 세상이 떠들썩하던 무렵이었다. 김진은 이종철의 전화를 받았다.

— 선배님, 이번에 한강건설 쪽이 우리를 헛바퀴 돌렸습니다. 혼을 좀 내야겠는데요.

— 그게 무슨 소리요? 나야 이회장이 다 알아서 잘해온 줄 믿고 있었는데……

김진은 사실 이종철이 무슨 일로 저렇게 당황하여 전화를 했는지 대강 짐작하고 있었다. 이미 한사장에게서 보고를 받은 터였다. 언제부터인가 협회장의 말이 먹히지 않고 있으며 아마도 협회는 담합의 관행보다는 각개약진으로 나갈 것 같다는 거였다. 이종철이 더듬으며 말을 이었다.

— 저야 과, 관례가 있어서…… 보통 때처럼…… 잘 돌아갈 줄 알았죠. 적정가격을 써서 응찰한 줄 알았더니 그놈들이 혼자서 가격을 낮추어 낸 거예요. 그래서 한강 쪽으로 낙찰이 돌아갔어요. 다른 회원사들이 반발하고 있어서……

— 그래, 한사장을 보낼 테니 잘 의논해보구려.

김진은 회장실로 한사장을 불러서 의논했다. 그의 말을 전해 들은 한사장이 픽 웃으며 말했다.

— 이회장이 물정을 모르나본데 그 사람 한물간 겁니다. 그동안 너무 중정에만 기댔잖아요. 거기도 자기네 자체 사업들이 많은데 부장이 동기생이라고 언제까지 뒤를 봐주겠어요?

— 그래두 하여튼 가봐. 형편을 자세히 알아야 대책을 세우지 않겠나?

한사장이 자회사인 대성건설로 가보니 건장한 젊은이들 네댓 명에 전부터 잘 알던 중정 과장까지 회의실에 모여서 심각한 얼굴을 하고 있었다. 이회장은 가운데 의자에 앉아서 우락부락한 얼굴을 두리번거리며 떠들어대고 있었다.

— 이 새끼들이 겁도 없이 협회의 관례를 깨구 있어. 내 그 한강건설 회장놈 오늘 당장 잡아다가 취하각서를 받아낼 거야.

한사장이 들어서자 그가 반색을 하며 물었다.

— 어서 오쇼. 그래 김회장님은 뭐래? 당의장님한테 전화라두 좀 넣어달래지 그랬어.

한사장은 문앞 구석자리에 엉거주춤 앉고는 심드렁하게 대답했다.

— 남산으루 전화 좀 넣어보시지요……

— 그 돌대가리 뭐가 바쁜지 요새는 통 내 전화 안 받아.

이회장이 짧고 굵은 목을 몇번 돌려보다가 앞에 앉은 중정 과장에게 말했다.

— 야, 너는 어떻게 생각하냐? 떡값을 줄 땐 먹기만 하라는 게 아냐.

— 저희 부서에서야 협회장님 사업을 밀어드리고 싶죠. 하여튼 가보십시다. 까짓것 말 안 들으면 호텔에 실어다 물 좀 먹이죠.

그들은 몇대의 승용차에 나눠타고 한강건설로 몰려갔다. 회장실로 직행해서 비서실 앞에 이르렀는데 여직원과 기생오라비 같은 비서가 나와서 그들을 막아섰다.

— 이렇게 함부로 들어오시면 어떻게 합니까?

이회장이 뒷전으로 물러나며 한마디했다.

— 함부로 좋아하네. 느이 회장놈 체포하러 왔어. 야, 뭣들 해? 저것들 당장 치워버리지 않구.

회장의 말에 그를 따라나섰던 건장한 점퍼 차림의 젊은이들이 두 사람을 달랑 들어다 의자에 주저앉혔다. 걸린 문을 몇번 차버리자 회장실 문짝이 와지끈 부서지며 벌컥 열렸다. 그들이 우르르 안으로 뛰어드니 한강건설 회장은 안쪽 테이블 앞에 앉아 있고 늙수그레한 간부가 손사래를 치며 막아섰다.

— 앉으세요, 그리구 말로 협의를 합시다. 좋게 말루 하자구요.

이회장은 주위를 쓰윽 둘러보고는 한강건설 회장 앞에 의자를 끌어다놓고 털썩 앉았다.

— 당신 말야, 협회에 들어올 때 모든 조건을 수락하구 입회한 거 아닌가. 그런데 지금 와서 개인 행동으루 배신을 때리면 협회는 뭐가 되냔 말야.

한강 회장이 여유만만하게 좌중을 둘러보며 조용히 말했다.

— 이거 왜 이렇게 소란스러워요. 자본주의 사회에서 정당하게 경쟁입찰해서 우리가 적정 공사가격을 써냈고 낙찰이 되었어요. 원래 담합이 불법 아닌가요?

— 여보, 우리가 외화벌이로 애국을 하는데 우리끼리 경쟁을 하면 나라의 손해니까 협회도 만들고 관례도 정한 거 아뇨? 당신 혼자 먹을라구 회원 건설사 모두를 배신한 거요.

한강 회장은 천천히 전화기를 끌어다 어딘가로 전화를 걸더니 몇마디 하고는 이종철의 곁에 서 있던 중정 과장에게 수화기를 쳐들어 보이며 말했다.

— 여보, 당신 남산 사람이죠? 전화 좀 받으라는데……

그가 얼떨결에 전화를 받더니 갑자기 얼어붙은 동작이 되어 허리와 등을 곧추 펴고 그야말로 군인다운 자세가 되었다.

— 넷, 알겠습니다. 넷, 지시받은 바 없습니다. 즉각 그렇게 하겠습니다.

좌중의 사람들이 그의 갑작스런 태도변화에 어리둥절해하는데 수화기를 내려놓은 과장이 한강건설 회장을 향하여 정중하게 말했다.

— 실례가 많았습니다. 자, 다들 가시죠?

그가 별 설명도 없이 회장실을 나가면서 일행에게 말하자 그들은 서로의 얼굴을 보며 시선을 교환하고는 우르르 과장을 따라 복도로 나갔다. 대성건설 이회장이 그의 등뒤로 다가가서 목소리를 낮추어 물었다.

— 방금 그 전화 어디서 온 거야?

과장은 고개를 좌우로 흔들면서 놀랐다는 듯이 말했다.

— 비서실장님이었습니다.

김진은 돌아온 한사장에게서 앞뒤 사정 얘기를 듣자마자 빙긋이 웃기만 했다. 그는 삼청동 요정에 예약하라 이르고는 비서실장 이후익과 정보부장 김형석에게 전화를 넣었다. 그의 침착하고 나직한 목소리와 함께 가끔씩 터지는 웃음소리가 들려왔다.

그는 이종철을 이사회의 의결로 해임하고 베트남에 진출하는 용역건설의 책임자로 보냈다. 그리고 전기공사업체인 신라산업을 대성건설과 합쳐서 본격적인 건설업체로 다듬었다. 김진의 사업은 오래전부터 형성된 권력층 인맥과 정관계에 뿌린 비자금 덕분에 정부 발주 공사를 거의 주도하다시피 했다. 중심가 곳곳의 시장을 재개발한 상가빌딩과 그 무렵 시작된 대형교회들 가운데 대표적으로 여의도의 순신앙교회, 청계천 평화시장 상가 등을 건설했고 베트남에서는 항만, 도로, 교량에서부터 미군 주둔시설까지 손을 댔다.

칠십년대로 넘어와 강남 개발이 시작될 때부터 그는 개발전략에 대하여 상세히 알고 있었고 당시의 권력층들이 그러했듯 개발 요지에 땅을 매입하기 시작했다. 그가 부동산에 투자한 물건들 중에서 가장 성공적인 것은 역시 서초동 일대의 오만 칠천여평이었다. 다른 곳은 조금씩 분리되거나 덩어리가 작았지만 이곳이야말로 가장 알짜배기 장소인데다 덩어리가 큰 부지였다. 이곳은 원래 적산으로 분류되어 신한공사의 관리 아래 있다가 미군이 점유하여 보급기지창 등으로 사용하던 곳이었다.

정보부장 이후익과 이희철이 야당 대통령 후보였던 김대중의 토오꾜오 납치사건으로 궁지에 몰려 있을 때 김진은 역시 그들의 도움으로 미군 측과 협의하여 서초동 기지창 자리를 조건부로 불하받는 데 성공했다. 그 자리에 미군 임대아파트를 지어 십년간 관리를 하다가 완전 점유하는 조건이었다.

박정희가 유신체제를 선포하고 종신 대통령이 된 후에 이희철은 중정 차장에서 물러나 유신정우회 국회의원이 되었다. 나중에 박통을 사살하게 되는 김재규가 부장을 맡으면서 이희철의 존재를 껄끄럽게 생각했다는 후문도 있었다. 이희철은 CIC와 첩보대 시절부터 미국 측의 시선을 상징하는 존재였고 어떤 면에서는 김대중 사건으로 물러난 이후익도 마찬가지였다. 김진은 미국 측에 대한 영향력과 군사정부의 정보 계통 인맥을 동시에 가진 상태에서 중정 창설을 마치자마자 옷을 벗고 사업에 뛰어들었기 때문에 가장 안전한 길을 걸었다는 세평이었다.

박정희가 죽은 뒤 1979년 12월 어느날 이희철에게서 연락이 왔다. 국제호텔 레스또랑 특실에서 만나자는 것이었다. 이희철은 대통령의 거수기에 지나지 않는 국회의원이 된 뒤로는 가끔씩 연락을 해왔고 일년에 한두 차례 정치인과 기업인들이 어울려 골프 회동을 하는 자리에서나 만날 뿐이었다. 사실 김진은 이제 이희철 정도의 조무래기 정치인을 상대할 위치가 아니었다. 그렇다고 김진이 이희철을 그저 옛정을 생각하여 사교적으로만 대한 것은 아니었다. 자신이 그 세계를 떠난 후 최신의 고급정보를 간간이 귀띔해준 것이 다름아닌 이희철이기도 했던 것이다.

김진이 약속장소에 가보니 이희철은 콤비에 노타이인 편한 차림이었고 두 사람이 더 있었다. 하나는 서로 얼굴을 알 만한 은행장이고 다른 하나는 알려진 건설회사의 회장이었다. 은행장이래야 임기가 되면 물러나겠지만 건설회사 회장은 오너이고 김진의 회사와는 비교도 할 수 없는 몇 손가락 안에 드는 기업이었다. 김진은 대성건설의 규모를 중간급 정도에서 멈추어둔 채 부동산에 투자하고 있어서 아직은 업계에서 크게 이름이 나지 않았다. 그러나 소문으로는 김진이 만만치 않은 재력가라고 알려져 있었다. 김진과 이희철은 남들이 있어서 터놓고 말도 못하고 점잖게 서로의 근황만 주고받았다.

— 제주도 일은 잘되시지요?

— 예, 뭐 늙으마에 쉴 데를 마련할까 해서요.

제주도에 수십만평의 관광농원을 개발하던 김진이 겸손하게 말하자 은행장이 다시 거들었다.

— 대구에두 아파트를 짓는다면서요?

— 뭐 여기 일승 회장님이 계시지만 우리야 애들 소꿉장난 같

은 규모라서……

　김진은 그렇게 얼버무리고 나서 이희철에게 물었다.

　— 오늘 뭐 좋은 일이 있습니까?

　이희철이 빙긋 웃더니 명함을 꺼내어 그에게 내밀었다.

　— 성미에 안 맞는 정치 그만할라구 내 이런 집을 하나 차렸
어요.

　명함에는 대환산업이라는 알쏭달쏭한 이름이 금박으로 찍혀
있고 그 아래 대표 이희철이라고 되어 있었다. 유신체제가 대통
령의 죽음으로 끝나자 유정회 의원이던 그가 자연스럽게 뱃지
를 떼게 된 것이야 당연한 노릇이지만 어느 틈에 기업을 차렸다
는 것인지 김진도 조금은 놀랐다.

　— 축하합니다. 여기가 그러니까……

　김진이 명함을 들고 들여다보면서 혼잣말처럼 중얼거리자 일
승건설 회장이 옆에서 말했다.

　— 우리두 급전 쓸 때가 많은데 이회장님 같은 실력자들이 계
셔야 든든하지요.

　김진은 재빨리 여러가지 예측을 머릿속으로 훑어나가다가 명
함을 집어넣으며 말했다.

　— 회장님이 든든하시다니 저는 평생지기라 단단히 기댈 만
하겠군요.

　좌중에 웃음이 터지고 음식과 술이 들어오자 얘기는 자연스
럽게 시국담으로 이어졌다.

— 결국 전장군이 정승화 계엄사령관을 해치웠지만, 이제부터 삼김이라는 엄청난 산맥을 어떻게 넘을지 의문입니다.

— 우리가 박통 때두 겪어봤지만 힘이란 게 뭐 별겁니까? 깨놓고 말하자면 무력이지요.

— 이십년 전과 지금을 똑같이 봐서는 안될걸요. 우선 민도가 몰라보게 성장했으니까. 경제발전 정도도 옛날과는 비교할 수도 없고……

김진은 별로 말참견을 하지 않고 묵묵히 음식을 먹으면서 생각에 잠겼다. 이것이 그야말로 세대교체라는 것이다. 언제나 세상이 바뀔 때면 새것이 바로 전에 있던 것들과 대립하고 싸우면서 자기 세계를 구축해가게 마련이었다. 그러나 관료들이나 묵은 조직의 실무자들은 보이지 않는 물밑에서 여전히 움직이고 있을 것이었다. 그는 정보대 하사관 시절부터 데리고 있던 이상우를 머리에 떠올리고 있었다. 군납을 하던 시절에 중사였던 그에게 몇번 떡값을 건네고 심부름을 시킨 일이 떠올랐다. 그런데 이희철이 무슨 생각으로 회사를 차렸을까. 아홉시쯤 식사가 끝나 서로 인사를 건네고 홀 쪽으로 나서는데 이희철이 김진을 불러세웠다.

— 김회장, 괜찮으면 우리 간단하게 한잔 더 하지. 요 위에 스카이라운지가 아주 좋은데……

김진은 시계를 힐끗 보고는 흔쾌하게 대답했다.

— 그럴까? 그러구 보니 우리가 만난 게 벌써 일년 가까이 된

거 같은데.

두 사람은 이제 다 육십대가 되어 있었다. 김진은 머리 가운데가 완전히 벗겨졌고 이희철은 귀밑에서부터 서리가 앉은 듯 반백이었다. 그들은 한강이 내려다보이는 창가에 자리를 잡고 앉았다. 김진이 이희철에게 물었다.

— 대환산업이 뭐하는 데요? 느닷없이 산업을 붙여놔서 알쏭달쏭하구먼.

— 뭐 그냥…… 금융업이지. 앞으로 정치권도 바뀌겠다, 건설 수요도 폭발적으로 늘어날 텐데…… 유동성 자금의 흐름이 커질 거 아닌가.

— 이회장은 역시 예전부터 발이 빨라.

김진은 그렇게 말하면서 해방 뒤에 그와 동화백화점 앞 건널목에서 마주치던 때가 떠올랐다. 이희철이 아니었더라면 김진은 뒤에 어떤 일거리를 찾아헤매게 되었을지 알 수 없었다. 이희철이 그에게 위스키를 따라주며 말했다.

— 나두 이젠 결혼을 할까 하오.

— 결혼? 여태 혼자였던가?

생각해보니 그는 전쟁중에 제주도에서 어떤 여인과 잠깐 살다 헤어진 적이 있고, 나중에 방첩대장 시절에 만난 여자가 있었지만 그 여자와도 중정 차장 시절에 헤어졌다. 그 나이에 자식도 없으니 김진에 비하면 가정운이 없는 사람이었다.

— 좋은 사람을 만난 모양이군. 참 다행이오……

— 어, 저기 오는구만.

이희철이 얼른 일어나더니 그들 자리로 다가오는 여인을 맞았다. 검은 모피 외투를 걸쳐서 피부가 더욱 창백해 보이는 여자가 활짝 웃으며 이희철 옆에 섰다.

— 저녁 잘 드셨어요?

이희철이 그네의 외투를 받아주었다.

— 인사해요. 옛날 친군데 대성건설 김진 회장이야.

김진이 엉거주춤 일어나려니 여자가 이희철의 옆자리에 앉으면서 말했다.

— 그냥 앉아서 인사하죠. 저 장영숙이라구 합니다.

머리를 올려서 이마를 훤하게 내놓은 장영숙은 누가 보기에도 대단한 미인이었다. 차림새로 보아 삼십대쯤이라고 여겨질 뿐 실제 나이는 짐작할 수 없었다.

— 이장군이 사업을 시작한다구 그래서 축하하러 왔습니다.

김진의 어정쩡한 치하의 말에 장영숙은 가볍게 웃었다.

— 대성건설, 대환산업, 두 분 다 대자를 좋아하시네요. 우리 회장님은 아직 세상물정을 모르신답니다. 많이 가르쳐주십시오.

— 당신 모임은 잘되었겠지요?

이희철의 공손한 말에 장영숙이 흔쾌하게 말했다.

— 자금 동원은 잘될 거예요. 형부두 나오셔서 자리를 함께해주셨어요.

김진은 나중에야 대환산업이 사채를 주로 하는 기업이라는 걸 알았다. 그리고 장영숙이 신정권 실세의 처제라는 사실도 알게 되었다. 이희철은 그가 가진 부동산을 내놓았고 장영숙은 두 차례 이혼하면서 분할했던 재산을 합쳐서 오십억 정도의 자본금을 마련했다. 당시는 정권의 뒷배만 있으면 기업을 일으킨다는 명분으로 은행의 무담보대출이 가능한 시절이었다. 그 정도의 자본에 이희철과 장영숙의 인맥이라면 대번에 자본금의 열 배는 동원할 능력이 있을 터였다. 술이 거나해지자 김진은 장영숙의 매끈하고 환한 얼굴과 미소에 그만 샘이 나서 견딜 수가 없을 지경이었다.

— 대단한 미인이십니다. 어째 이런 늙다리하구 결혼할 생각을 하셨습니까?

— 허, 이 사람 늙다리라니……

장영숙은 손등을 입가에 갖다대고 웃었다.

— 호호, 재밌으셔라, 김회장님은 머리가 벗어져서 우리 회장님 부친으로 보이는데요.

장영숙이 그렇게 말하자 이희철이 대단히 만족했는지 따라 웃으며 말했다.

— 우린 새봄이 오기만 기다리구 있다네.

이듬해 3월 어느날 김진에게 이희철의 결혼식을 알리는 전화가 왔다. 주위 몇몇 친구들과 친척 몇사람에게만 알리는 조촐한 자리이니 꼭 참석해달라는 것이었다. 이희철은 예순둘이고 장영숙은 서른여섯이었다. 결혼식은 유명호텔에서 그야말로 조촐하게 이루어졌는데 초청된 인사는 이십여명에 지나지 않았지만 알짜배기 손님들이었다. 재벌기업 회장이 칠팔명에 신군부의 실세 몇사람과 나중에 대통령이 될 사람의 영부인짜리며 친인척들까지 보였다.

겨우 두 달이 채 지나지 않아 광주에서 무고한 시민 천여명이 살상되는 참변이 일어났지만 오히려 힘을 가진 쪽은 이미 퇴로가 없었다. 그들은 뒤로 물러서거나 정지하지 못하고 그대로 밀어붙이면서 권력을 쟁취했다.

김진은 오랜 심복인 한사장과 맏아들 상철과 함께 회장실에서 머리를 맞대고 있었다. 김상철은 대학을 나오자마자 신라산업에서 과장을 하면서 현장을 겪었고 지금은 대성건설의 전무이사를 맡고 있었다. 한사장이 말했다.

— 전두환 장군이 금년 내로 대통령이 된다는 것은 이제 기정사실입니다. 신군부에 인맥을 구축하기에는 늦지도 빠르지도 않은 적절한 시기입니다. 아마 자신들의 정당을 만들 테지요. 그러려면 갖가지로 정치자금이 필요하겠지요.

— 비자금을 충분히 조성해야겠군. 그러나 나는 정당에 돈을 대는 짓은 안한다.

그것은 김진이 사업을 시작하면서 스스로에게 한 다짐이었다. 정관계에 돈을 뿌릴 적에도 철저하게 개인 대 개인으로 해결했다. 자본주의 사회는 직급에 관계없이 철저하게 자신과 가족의 이해관계에 따라 개인적 연관을 맺을 때 약해진다는 점을 잘 알기 때문이었다. 요소마다 비자금을 풀되, 그걸 받아먹은 놈이 정치자금으로 쓰든 집을 사든, 술을 처먹든 오입질을 하든 알 바 없다는 의미였다.

— 아, 그리고 대환산업에서 돈 쓰실 일이 없냐고 연락이 왔는데요. 어음을 받겠답니다. 조건이 그리 나쁘지 않습니다.

한사장의 말에 김진은 잠깐 생각해보고 나서 말했다.

— 이회장이 날개를 달았다고 생각하는 모양이지만, 이번 정권이 자리가 잡히려면 몇년 걸릴 게다. 더구나 광주는 큰 부담이야. 언제나 하는 말이 있지. 권력은 초기에 조심해야 한다구.

김진은 전두환이 장충체육관에서 박정희의 유산인 통일주체국민회의 대의원들의 투표로 대통령으로 선출된 뒤 보안사령부의 행정실무를 총괄하던 이상우를 오랜 단골인 요정 향원으로 불러냈다. 김진은 일부러 맏아들 상철을 데리고 나갔다. 이상우는 말쑥한 양복 차림으로 나타났다. 김진은 칠십년대에 그를 만났을 때 어딘가 낯이 익다는 강한 느낌을 받았었다. 앞자리에 앉은 그를 보니 이제는 살도 좀 올랐고 표정에 점잖은 여유가 엿보이는 것이 관록이 붙어 보였다.

— 회장님께서 불러가꼬 쪼매 놀랬습니데이 허허.

— 요즈음 바쁘시죠? 창당하시느라구……

상철이 그렇게 말을 걸자 이상우는 짧게 대답했다.

— 마 고비는 넘겼심다.

술이 거나해지면서 상철이 전국구는 얼마나 배정이 되겠느냐, 지역구는 투표해서 뚜껑을 열어봐야겠지만 백석 가까이 되지 않겠느냐며 정치 얘기를 계속 시키자 이상우가 진지하게 되물었다.

— 정치할 생각 있습니꺼? 아직 늦지 않았는데 마 입당하이소.

김진은 사나운 표정으로 아들을 향하여 눈을 부라리고는 이상우에게 손을 내저어 보이며 말했다.

— 이실장, 그런 뜻이 아니라 이 녀석이 신문을 너무 골똘히 봐서 그런 거요. 나야 어떻게든 나라를 위해서 고생하는 후배들을 밀어주고 싶어서……

— 신문 얘기가 나와서 하는 말인데요, 글마들 너무 시끄럽고 반대를 위한 반대만 하니까 이번 참에 싹 정리해뿔랍니다.

두 사람이 술잔을 기울이는 동안 상철은 밖으로 잠깐 나가서 이의 운전기사를 불러 자기 차에 싣고 온 지함을 이상우 차의 트렁크에 옮겨싣도록 했다. 두 사람이 거나해져서 나왔을 때 상철은 이의 곁에 다가가 넌지시 귓속말로 전했다.

— 굴상자를 트렁크에 실어두었습니다. 작은 성의입니다.

그날 돌아오는 길에 김진은 기사가 운전석에 있는데도 차 안에서 아들을 호되게 질책했다.

— 너 정말 정치에 관심이 있는 거냐? 우린 기업 하는 사람이다. 촌지를 주고받는 것두 사업을 위해서야. 저쪽이 오해하지 않겠냐 말이야. 이제부터 너나 나나 정치판에 말려들면 망하는 거야. 내 단언하건대 이희철 회장 사업은 호랑이 꼬리를 잡은 격이

다. 불가원 불가근이다. 명심해라!

그는 고개를 떨구고 묵묵히 아버지의 꾸지람을 들었다.

이희철 부부는 사채시장에서 가장 큰손으로 부각되고 있었다. 자금난에 빠진 건설업체들에 사채를 빌려주고 그 돈의 두 배에서 많게는 아홉 배에 달하는 어음을 받아 사채시장에 할인해 유통시키거나 주식에 투자했다. 그런 방법으로 겨우 일년 남짓한 기간에 육천사백억의 자금을 시중에 유통시켰다. 그들은 한 달 생활비와 접대비에 당시 돈으로 삼억 오천만원, 하루 평균 천이백만원을 썼다. 사십평대 아파트 한 채가 오륙천만원 하던 시절이었다. 국내외 유명작가의 그림을 사들이고 물방울 다이아몬드와 귀금속에서 모피에 이르기까지 온갖 사치품을 소유하고 선물했다. 그렇게 거대한 자금을 조성할 때에 중정 차장과 국회의원이라는 이희철의 과거 직책과 장영숙의 고위층과의 인척관계를 은근히 내세운 것도 사실이었다. 장영숙은 어음을 돌리는 과정에서 고위층의 친인척인 형부를 등에 업고 은행장들을 끌어들여 자신과 거래하는 관련기업들에 대출을 해주도록 압력을 넣기도 했다.

신군부는 처음에는 창당과 국회의원 선거를 치르면서 이러한 과정을 이용한 측면도 있었지만 차츰 이희철 부부의 방만한 생활이 알려지면서 이들을 부담스럽게 여기기 시작했다. 드디어 고위층 측근들 사이에서 이들의 행각을 막아야 한다는 강경한 주장이 제기되었다. 이희철과 장영숙은 사기죄의 법정 최고형인 징역 십오년을 선고받았다. 그러나 그뒤에도 이희철 부부는 재기하려는 안간힘을 그치지 않았고 구속과 수감을 되풀이하면서 후반기 인생을 감옥에서 허비하게 된다.

김진은 늘 해오던 대로 건수마다 정관계에 비자금을 뿌리면서 무리없이 재산을 늘려나갔다. 김진 또한 그 무렵에 사랑스런 여인을 만나게 되었다. 신라산업 초창기에 요정 향원에 나가던 조미미를 사귀었는데 그녀가 북창동 룸쌀롱의 원조격인 핑크를 하던 시절에는 시청 공무원들과 자주 드나들었으며, 조회장으로 불리게 된 조마담이 영동으로 옮겨 몽자 돌림 룸쌀롱 여러 개를 운영할 즈음에는 둘 사이가 오랜 친구처럼 되었던 것이다.

1983년 늦가을 어느날 아마도 아웅산 테러로 정국이 뒤숭숭한 직후였으니 11월 중순쯤이었을 것이다. 바다의 꿈이라고 그럴듯한 이름을 붙인 해몽(海夢)이라는 룸쌀롱에 오랜 오른팔인 한사장과 함께 손님 접대차 나갔는데, 김진의 옛 부하로 안기부에서 사회문화 분야를 맡고 있는 윤무혁 실장과 건설업계 도급 순위 십위권에 드는 초원건설 서회장을 주빈으로 모신 자리였다.

그날 오후에 박선녀는 조마담으로부터 전화를 받았다.

— 어머 언니, 웬일이세요? 그렇지 않아두 연락을 드리려던 참인데……

박선녀는 원래부터 조마담 밑에서 바지사장 겸 새끼마담으로 컸는지라 깍듯하게 회장님 소리를 붙였지만 그녀가 독립하여 강남 알짜배기 자리에 큰 업소와 물 좋은 룸까페를 운영하면부터 어느결에 호칭이 달라져 있었다.

— 왜 뭐 무슨 일 있어? 요즈음 그 동네 잘나간다고 소문이 짜아하게 났던데.

— 아니 별일은 아니구요…… 좋은 상가 자리가 몇개 났는데, 언니두 생각이 없으신가 해서요.

— 좋지 뭐, 박사장이 어련히 잘 알아서 잡았을까봐. 나중에 한번 같이 둘러보자구. 그건 그렇구 오늘 바뻐?

— 머 맨날 그렇죠, 까페 나가서 손님들 맞구 그래요.

— 그럼 오늘 우리집에 놀러 와. 점잖은 손님들 오신다는데……

— 뭐 이쁜 애들이 널렸을 텐데…… 우리네 같은 월매들이 나가서 되겠어요?

— 아냐, 그이들이 변사또 할아범짜리들이거든. 애들은 기가 세서 싫다나. 우리 같은 사람들이 조강지처 같다나 뭐라나.

— 알았어요. 저녁 먹구 특실 손님들 선이나 한번 보구는 글루 갈게.

— 그래, 그쯤이 좋겠다. 아홉시 넘어서 와.

박선녀가 해몽에 간 것이 열시쯤이었고 김진네 술자리는 이미 한 순배가 돌았을 즈음이었다. 딱 한잔씩만 돌리자고 하여 윤실장이 몸소 폭탄주를 제조하면서 맥주잔 속의 양주잔이 딸그

랑거리도록 머리 위에서 휘돌리는 시범을 보이고 있었다. 서회장의 차례였는데 그는 몇번을 쉬어가면서 한잔을 비웠다. 박선녀가 웨이터의 안내로 룸에 들어서니 모든 시선이 그녀에게 쏠렸다. 업소 회장 조마담과 해몽 새끼마담이 앉아 있었지만 그녀들은 이미 구면인데다 박선녀는 그녀들보다 훨씬 어린 이제 서른살의 차분한 미녀였다. 윤실장이 들어서는 박선녀에게 눈을 껌뻑해 보이고는 말했다.

— 어이구, 이거 어느 형수님이 오셨나? 김회장님 댁이신가 서회장님 댁이신가……

조회장이 얼른 소개를 했다.

— 부근에서 사업하는 동생인데요, 회장님들 각별히 모실려구 놀러 오라구 그랬어요.

— 안녕들 하세요?

— 이리…… 이리 앉으시지.

김진이 안쪽으로 옮겨 자리를 비워주고는 박선녀를 한번 보고 조마담을 돌아보고 하면서 말했다.

— 가만있어봐, 왠지 낯이 익은데…… 우리 전에 만난 적 없나?

— 좋은 사람은 첫눈에 알아보고, 애인감은 낯이 익은 법이래요.

조마담이 김진의 흥을 돋운답시고 옆에서 그렇게 농을 날렸다.

— 저희 집엔 한번도 안 오셔서 저는 처음 뵙는데요……

박선녀가 다소곳하게 말했다. 박선녀가 북창동 시절 조마담의 핑크에 프리로 나갔지만 김진과 마주친 적은 없는 터였다. 아무리 친한 사이라도 이 업계에서는 과거의 행적을 시시콜콜 서로 얘기하지 않는 것이 관례였다. 조마담은 자신의 예상이 적중한 것이 유쾌했는지 윤실장의 옆구리를 몇번 쥐어박으며 킬킬 웃었다.

— 저거 봐, 내가 꽂힐 거라구 그랬잖아.

김진은 이희철의 결혼식 이후로 그동안 자신의 생활이 얼마나 무미건조하고 낙이 없었는가를 몇번이나 돌이켜 생각해보곤 했다. 그리고 그들 두 사람의 떠들썩한 행각과 몰락을 보며 자신이 제법 잘살아왔다고 생각하다가도 그렇지만 사람이 무엇 때문에 돈 벌고 사업하며 사는지 모르겠다는 생각이 들기도 했다. 사실 이런 식의 무지막지한 룸쌀롱 술문화도 그에게는 별로 맞지 않았다. 박선녀는 그날 수수한 검정 모직 스커트와 흰 씰크 블라우스에 삼십년대식의 짙은 브라운 재킷을 입고 연한 눈화장만 했다. 머리는 생머리에 약간의 굽실한 웨이브를 준 정도였다. 하여튼 그는 나중에 박선녀가 내민 명함을 지갑에 넣었고 며칠이 지나지 않아 그녀의 룸까페로 사교처를 옮긴다.

— 아무튼 김회장님 담부터 우리집에 발걸음 뚝 끊을 거니까…… 중매턱 잊으시면 안돼요.

해몽에서 나올 때 조마담이 약간의 질투 섞인 농담을 날렸는데 그 말이 사실이 되어버린 것이다.

1985년에 김진과 박선녀는 식은 올리지 않았지만 동거에 들어갔다. 김진이 예순여섯이고 선녀가 서른둘이었다. 김진은 자수성가한 그녀에게 제일 좋은 구역의 빌라를 사주고 상가빌딩을 통째로 넘겨주었다. 두 사람 사이는 진희가 태어나면서 가족들에게도 공개된 터였다. 가족 내의 어려움은 늙은 마누라 말고는 없었다. 자식들도 다들 커서 제각기 가정을 가지고 있었고 마누라는 그 무렵에 유학중이던 둘째네가 있는 미국으로 가서 줄창 눌러앉아 있곤 했다. 어쩐지 새로 인생을 사는 것 같던 그 시절에 김진의 사업과 삶은 정말 요술처럼 술술 풀려나갔다.

김진은 대학에서 명예 정치학박사 학위를 받았고 이듬해에는 계획했던 대로 유치원부터 초중고교 대학까지 있는 사학재단을 인수해 이사장으로 취임했다. 무리없이 재산을 관리하고 물려줄 수 있고 판공비와 공사 등의 명의로 친인척들의 생계를 보장해줄 수 있는 것이 사학 운영임을 잘 알고 있어서였다.

그리고 드디어 오래전에 불하받은 서초동 오만 칠천평 아파트 부지가 기간 만료로 엄청난 재부가 되어 그의 손에 쥐어졌다. 대성건설의 김진 회장은 외국인 임대아파트를 헐고 그 자리에 백화점과 아파트를 함께 짓기 시작했다. 1989년 12월에 대성백화점이 개점하고 대성아파트까지 들어서자 재계에서 그의 자금 동원력은 일시에 상승했다. 백화점은 일년여 만에 매출순위 전국 2위를 기록했고 강남지역 중상류층에게 가장 인기있는 쇼핑명소로 떠올랐다.

그야말로 순탄하고 부유한 말년이 그를 기다리고 있었다. 약간의 당뇨가 있었지만 건강도 괜찮은 편이었다. 아들 상철에게 사장을 맡기고 자신은 회장 자리를 유지하고 있었으며 팔십이 되는 해에는 은퇴해서 제주도에 내려가 말년을 유유자적하며 살리라 생각하고 있었다.

1995년 6월의 어느날 김진은 하루종일 이상한 초조감에 시달렸다. 우선 아침에 회장실로 출근하자마자 박선녀에게 전화를 걸었다가 그녀의 앙칼진 질책만 받았다. 마흔두살의 박선녀는 아직도 팽팽한 몸매를 가진 한창때의 여자였고 정상적인 관계를 포기하지 못할 나이였다. 그런데 요즘 들어 그는 보름 동안이나 그녀의 집에 들르지 못했다. 아내가 미국에서 돌아와 모처럼 집을 지키고 있었지만 그것은 핑계에 지나지 않았다. 독실한 기독교 신자인 아내는 인근 교회에 다니며 봉사에 몰두하고 있었다. 아내는 같은 교회에서 목사가 서너 번이나 갈릴 때까지 거의 평생을 집사를 거쳐 권사로 헌신해온 터였다. 그녀는 김진을 그저 오래 지니고 있는 가구쯤으로나 여기는 듯했다.

그맘때에 어쩐지 김진은 알지 못할 외로움과 무력감에 시달렸다. 어느날은 김창수가 나타나서 누군가를 체포하러 가자고 성화였고 느닷없이 눈보라치는 만주 벌판을 헤매고 다니는 꿈도 꾸었다. 중국어로 잠꼬대를 중얼거리며 소스라쳐 깨어나기도 하였다.

인맥은 많이 남아 있었지만 민간정부가 들어선 다음부터 힘

있는 부서에는 낯선 야당 정치인들이 자리를 차고 들어가 있었다. 그렇지만 그들도 시간이 지나 조금씩 물정을 알면 장악할 수 있으리라고 그는 믿어 의심치 않았다. 귀찮은 것은 금융실명제 실시로 전보다 훨씬 은밀하고 교묘하게 비자금을 관리하지 않으면 안되는 점 정도였다.

박선녀와 통화를 끝내기가 무섭게 옥상에서 물이 샌다는 둥 틈이 벌어졌다는 둥 보고가 올라오기 시작했는데 건축사들의 진단도 명확하지 않았다.

백화점 건물에 이상이 있다고 보고된 것이 어제오늘 일이 아닌지라 이번에야말로 휴업을 하더라도 대대적인 보수공사가 필요하다고 그와 맏아들 상철은 논의를 끝낸 터였다. 다만 여름휴가철을 앞둔 황금 쎄일기간이어서 어떻게 한 달만이라도 휴업을 늦추어보려 했다.

늦은 점심을 먹고 나서 삼층 임원회의실에서 김진의 주재로 대책회의가 열렸을 때에도 겨우 오층의 폐쇄와 당분간의 영업정지만 결정했고 일반매장은 영업을 계속하면서 보수공사를 할 수 있다는 쪽으로 결론이 내려졌다.

오후 다섯시 사십분경에 갑자기 긴 전화벨소리가 울렸다. 사장인 맏아들이 수화기를 집어들었다 다급하게 내려놓고 김진을 향하여 부르짖었다.

— 지금 붕괴가 진행중이랍니다!

김진을 비롯한 임원들은 모두 정신없이 계단을 뛰어내려와

건물 밖으로 빠져나왔다. 그가 아들의 부축을 받고 보도로 몇걸음 걸어나왔을 때 백화점의 비상벨이 울리기 시작했다. 그리고 삼십초 정도나 되었을까, 거센 먼지바람이 몰아치면서 땅이 뒤흔들리는 폭음과 함께 건물이 무너져내렸다.

김진은 본능적으로 머리를 감싸고 상반신을 굽혔다가 일어났다. 먼지가 안개구름처럼 주위를 둘러싸고 있었다. 얼마 후 먼지가 바람에 걷혔을 때 그는 눈앞의 모든 것이 사라지고 빈 하늘만 남아 있는 것을 보았다.

길 가는데

땅이 있다

심남수는 군에서 의병제대를 하고 몇달 동안은 취직시험 준비로 세월을 보냈다. 십개월 이상이나 남보다 빨리 제대를 했으니 수지맞은 셈이었다. 사실 무슨 별다른 수도 쓰지 않았고 상관이나 군의관에게 뇌물을 먹인 적도 없었다. 여름에 시계청소를 한다고 부대 초소 밖 들판에서 잡초제거 작업을 하다가 독사에 물린 덕분이었다. 일렬로 늘어서서 자기 담당 라인의 무성한 풀을 낫으로 베는 일이었는데, 겨울의 눈 치우기처럼 졸병들이 내무실에서 해골만 굴리는 꼴은 못 보겠다는 주임상사의 엄명에 의한 것이었다.

남수가 풀을 그러잡고 낫을 갖다대는데 어디선가 쉬익 하는 낮은 소리가 들리더니 종아리가 따끔했다. 우거진 풀 사이로 울

굿불굿한 기다란 띠가 꿈틀거리며 사라지는 게 얼핏 보였다. 쓰리고 아프면서 맥이 풀리는 것 같았다. 작업감독을 하던 하사관이 달려와 바짓가랑이를 걷어보더니 우선 급한 대로 남수의 혁대를 풀어 물린 자리 위를 동여매고는 내무실로 업어날랐다. 상처 부위는 빠르게 부어올랐다. 하사관은 상처를 면도칼로 째고 서로 피하는 병사들 중에 누군가를 강박해서 입으로 빨아내도록 했다. 부대의 연락 지프차를 타고 한 시간쯤 떨어진 야전병원으로 후송되었다. 응급처치는 했지만 후송시간이 길어져서 그가 병원에 도착했을 때에는 온 다리가 두 배쯤 부풀고 상처는 검게 변해 있었다. 오슬오슬 추운데도 열이 났고 가슴이 답답하고 정신이 혼미해졌다. 야전병원에서 일차 조치를 하고는 다시 서울로 이송되었다. 죽을 고비를 넘기고 이주 동안이나 입원해서 간신히 회복하는 중이었는데 담당 군의관이 불러서 갔더니 진료기록을 들고 앉았다가 그에게 묻는 것이었다.

자네 인사기록을 보니 아무데 고교든데 몇회냐고, 누구 아느냐고, 내 동생이라고, 그럼 너 집이 어디냐고, 너희 누나 이름 안다고, 어느 교회 다니지 않았느냐고, 아아 그 집 아들이로구나, 얀마 좋은 기횐데 그냥 병원에서 사회루 나가지 그러냐고, 너 안그래도 당분간 쩔뚝거린다고, 근육 손상이니 수개월은 보행불편이라고. 그러고는 서류 몇가지가 부대와 병원 사이를 왕래하고 나서 남수는 제대했던 것이다.

신문기자가 괜찮다고들 해서 원서접수하고 시험을 보려니 외국어와 시사상식 기사작성 따위였다. 다른 건 어떻게 평소 실력으로 해보겠지만 외국어는 영어 외에 제2외국어까지 있어서 자신이 없었다. 전날밤에 유학 준비중인 친구 녀석 하나를 명동에 데리고 나가 당시로서는 최고급 술인 생맥주를 왕창 퍼먹이고 첫 시험인 외국어 시간만 어떻게 때워달라고 사정을 했다. 시험 시간 삼십분 전에 신문사 바로 아래 골목에 있는 다방에서 만나 최종 협의를 하고는 자신의 사진이 붙은 수험표를 그에게 건넸다. 친구는 수험표를 받자마자 걱정이 되는 모양이었다.

— 야, 니 얼굴하구 나하구는 전혀 다른데…… 걸리면 어떡하냐?

그러고 보니 심남수는 키가 크고 길쯤하니 마른 얼굴인데 친구는 키가 작고 볼이 통통한데다 안경을 썼다.

— 인마, 너 안경 벗으문 될 거 아냐.

— 안경 벗구 어떻게 필기를 하니?

— 하여튼 벗구 있다가 시험 볼 때만 다시 써라.

다방에 우두커니 앉아서 기다리기에는 지루할 것 같아서 두리번거리다 보니 다방 바로 위층에 기원이 있었다. 남수는 기원으로 오르는 계단 앞에서 친구에게 당부했다.

— 바둑 한판 두고 있을 테니까 첫 시간 끝나면 바로 와라. 내가 교대해줄게.

기원 안을 둘러보니 출근시간 뒤라 사람이 별로 없었는데 노인들 서넛이 한자리에 몰려앉아 있고 중년사내 둘은 지금 막 시작했는지 화점을 놓는 중이었다. 남수가 사내들의 바둑을 뒷전에 서서 넘겨다보는데 노인들 자리에서 구경하고 있던 짝 없는 노인이 그를 돌아보았다.

— 바둑 두시게?

— 예, 하시겠습니까?

남수는 판이 벌어진 자리에서 좀 떨어진 곳에 가서 먼저 자리를 잡았다. 노인은 마주앉더니 그에게 물었다.

— 어떻게 되셔?

— 저는 한 오급 됩니다만……

— 그럼 나한테 몇점 깔아야겠군. 난 일급이여.

심남수는 군대 내무반에서도 짜디짠 삼급이라고 쳐주던 승벽 강한 공격바둑이었는데 스스로 낮춘 것이었다.

— 첫판에는 두 점만 둘까요?

역시 노인 바둑이 만만치 않았다. 간신히 끝내기까지 버티고 보니 다섯 집 졌다. 해볼 만하다고 느끼자 남수는 군대에서 하던 식으로 내기바둑을 제안했다. 노인은 씩 웃더니 한판에 오백원을 불렀다. 파고다 담배 한 보루 값이니 내기바둑치고는 세게 나가는 편이었다. 첫판은 남수가 깨졌고 그다음 판은 간신히 만회했다. 노인은 오백원을 다시 내주고는 벌겋게 달아오른 얼굴로 말했다.

— 이거 원, 오급 바둑이 아닌데그랴.

바둑판에 머리를 처박고 있는데 어느새 첫 시간 시험을 끝낸 친구 녀석이 찾아와서 다급하게 말했다.

— 오분 뒤부터 둘째 시간 시작이다. 어서 들어가보라구.

남수는 지금 한창 대마가 죽느냐 사느냐 하는 판에 그까짓 취직시험이 문제가 아니었다. 더구나 다시 한판 깨져서 생돈 오백원이 저 노털의 호주머니 속으로 들어간 터였다. 만약에 그가 인생의 기로에서 대신문사의 기자가 되는 길을 택하여 가차없이 바둑을 때려치우고 시험을 보러 갔다면 아마도 다른 삶을 살게 되었을지도 몰랐다. 그는 친구를 한번 힐끗 돌아보고는 말해버렸다.

— 시사상식도 니가 어떻게 해봐라. 형님이 저녁에 왕갈비 사줄게.

남수의 등뒤에서 서성대던 친구 녀석은 하는 수 없이 다시 시험장으로 돌아갔다. 첫 시간에는 아무 탈이 없더니 시험지를 받고 막 쓰기 시작하자 감독자가 첫줄부터 수험표의 사진과 명부를 한 사람씩 대조하며 다가오기 시작했다. 남수의 친구가 고개를 숙이고 한창 답안을 적어나가고 있는데 머리 위에서 목소리가 들려왔다.

— 고개 좀 들어보세요.

안경을 쓴 채로 얼결에 고개를 든 그에게 감독자가 물었다.

— 원래 안경을 씁니까?

감독자가 책상에 놓인 수험표를 들고 사진과 그의 얼굴을 번갈아 노려보며 말했다. 사진은 남수의 길고 마른 얼굴, 여기 있는 건 통통하고 안경 쓴 얼굴이었다. 그는 얼결에 황급히 안경을 벗었지만 감독자가 다시 물었다.

— 심남수 씨 본인이 맞습니까?

시험 전에 본 주의사항에는 부정행위 등을 열거하고 특히 대리시험은 공무집행 방해행위로서 적발시에는 퇴장은 물론 법적으로 처벌받는다고 분명히 명시되어 있었다. 그는 벌떡 일어나 구십도 각도로 절하고 말했다.

— 죄송함다아……

그러고는 뒷덜미가 잡히지 않도록 최대한 빠른 동작으로 시험장을 빠져나와 남수가 기다리는 기원으로 돌아갔지만 그는 사정을 말해줄 틈이 없었다. 제법 숫자가 늘어난 관중들이 열오른 바둑판을 둘러싸고 있었고, 남수는 만방으로 깨지고 있었다.

제대하고 첫번째 취직시험에서 미끄러진 뒤에 심남수는 한참 집에서 빈둥거리다가 느닷없는 행운을 만나게 되었다. 사실은 어느 재수 옴붙은 날이 시작이었지만 일의 경과를 따져보건대 그날이 없었다면 남수는 얼마나 많은 나날을 백수로 헤매고 다녀야 했을까.

그날 시청 앞에서 동아일보 쪽으로 올라가고 있는데 앞에서 술취한 군인 둘이 어깨동무를 하고 다가왔다. 상병 계급장이 붙은 깡통모자를 뒤로 제껴쓰고 얼굴이 지지벌겋게 된 것이 초저녁부터 크게 한잔 꺾은 기세였다. 군대 좋다아, 기합은 할라당 빠져가지구. 자기가 얼마 전에 빠져나온 지긋지긋한 토굴 속에

서 기어나온 것들이 수도 서울 대로에서 기고만장한 꼬락서니
가 아니꼬워서 눈을 흘기며 그들을 지나치려는 순간이었다.

— 너 심상병 아냐?

남수가 부르짖는 상병짜리를 자세히 보니 함께 근무하던 부
대의 동기생들이었다. 상병이 대뜸 남수의 한쪽 팔을 잡았다.

— 이야, 민간인이다 그거지? 마이에 네꼬다이 잡숫고……

— 뭐야, 외박 나왔냐?

심남수가 그렇게 심드렁하니 대꾸하고는 달아나려 했지만 그
가 팔을 붙잡고 놓아주질 않았다. 바로 오른쪽으로 돌자마자
코앞이 무교동이라 일렬로 늘어선 게 온통 술집이었다. 결국 연
탄불에 돼지갈비 구워주는 소줏집에서 부어라 마셔라 하다보니
어느결에 열두시 통금시간이 임박했고, 헌병만 무서워하는 현
역군인들이 보무당당하게 대로를 갈지자로 가버린 뒤에 만취한
남수 혼자 술집 앞에 남겨졌다. 바가지 옴팡 쓰고 집에도 가지
못할 신세가 되어 이리저리 총알택시라도 잡으려고 뛰어다니다
열두시를 넘겨버렸는데 아니나다를까 어느 골목에서 튀어나왔
는지 방범대원 둘이 나서더니 그의 앞을 가로막았다.

— 뭐야 이거……

군바리들과 한잔하다보니 자기가 아무 힘 없는 민간인이라는
걸 잊고는 호기있게 외치고 보았다. 방범들 뒤에서 정복 순경이
나서며 경례를 붙이고 말했다.

— 을집니다!

— 씨발 여기가 광꼰데 무슨 을지로라구 그래?

— 을지비상훈련이라구. 갑시다!

그는 질질 끌려서 부근의 파출소로 갔다. 그들은 잡아온 통금 위반자들을 수집만 해놓고는 곧장 다시 잡으러 나가곤 했다. 파출소 안에는 잡혀온 취객들이 열 명 가까이 되었는데 하도 제각각이라 순경들이 질서를 잡는다고 윽박지르며 줄을 세우고는 앉아 일어서를 몇번 시켰다.

— 이 사람들 이거 동작 봐라. 다시 일어서……

하는데 심남수의 앞에 섰던 사람이 쿠다당 하더니 바닥에 쓰러졌다. 아무 소리도 없었다면 저거 돌연히 고택골로 가버린 게 아닐까 겁도 먹었겠지만 드르렁거리며 코를 고는 소리에 모두들 킥킥 웃어버리고 말았다. 순경은 화가 머리끝까지 올라서 심남수의 머리를 손바닥으로 내리치며 말했다.

— 여기가 당신들 안방인 줄 알어? 그 친구 일으켜세워.

— 여보, 여보슈……

억울한 남수가 그를 흔들었지만 그는 손가락을 세워 흔들며 중얼거렸다.

— 영등포, 영등포 따불!

— 나는 따따불이오.

남수의 맞장구에 모두들 웃음이 터지자 지서 주임이 더욱 화가 났는지 순경에게 말했다.

— 그 두 사람 유치시켜.

순경 둘이서 취객의 양쪽 팔을 껴올려서는 질질 끌고 가면서 턱짓으로 남수에게 말했다.

— 당신도 따라와.

— 어, 내가 왜요? 내가 무슨 잘못 했다구 이래요?

— 말이 많아. 얼른 들어가지 못해?

등뒤에서 지서 주임이 심남수의 등을 떠밀어 유치장에 밀어넣었다. 취객은 그대로 널브러져서 코를 골고 남수가 불평을 해댔지만 문이 철커덕 잠기더니 모두들 돌아서버렸다. 통금위반자들은 보통은 지서 내에서 시말서를 받아 벌금처리를 하고 새벽 네시가 넘으면 돌려보냈는데, 언젠가부터는 본서로 넘겼다가 즉결에 회부하기도 했다. 을지훈련 기간이라면 즉결까지 가야 할 분위기였다. 심남수도 사내 곁에 쓰러져 잠이 들었다가 사방이 훤해져서 깨어났는데 주위가 조용했다. 취해서 먼저 잠들었던 사내가 일어나 앉아 있다가 남수가 부스스한 얼굴로 일어나자 말을 걸었다.

— 여보슈, 무슨 코를 그렇게 요란하게 골아?

남수는 그가 먼저 속을 썩인 사연을 말할까 하다가 답답해서 그만두었다.

— 댁 때문에 나까지 잡혔수다.

둘이서 두런거리는 소리를 냈더니 바깥쪽에서 순경 하나가 문을 열고 들어와 기웃하며 들여다보았다.

— 아니, 당신들 본서에 안 갔네. 누가 여기 있으라구 그랬어

요?

— 알 게 뭐요. 여기 처넣은 게 누군데⋯⋯

— 에이, 귀찮아!

남수는 그 순경이 앉아 일어서를 시킨 장본인이라 불평을 한 마디 던졌다.

— 이 사람이야 인사불성이었지만 나는 멀쩡한 사람을 왜 가둬요?

— 어, 당신들 일행 아니오?

사내가 곁에서 킬킬 웃으며 말했다.

— 맞어 맞어, 우린 일행이라니까.

그가 안 그러냐는 듯이 눈을 찡긋해 보이며 남수에게 말했다. 순경이 나가버린 뒤에 남수가 투덜거렸다.

— 당신 땜에 나까지 여기 유치됐잖아요. 뭔 술을 그렇게 마셔요? 완전히 인사불성이더구만.

— 술 먹는 게 내 요즈음 직업이라서. 가만있어, 네시가 넘었잖아 이거. 잠깐만 기다려보슈.

사내가 유치장 창살을 요란하게 두드리기 시작했고 순경이 황급히 들어와서 화를 냈다.

— 어휴, 미치겠네. 또 왜 이러는 거요?

— 주임님과 면담 좀 합시다. 내 잘 아는 사인데⋯⋯

— 아는 사이 좋아하네.

한참 실랑이를 하다가 사내가 나가서 뭐라고 쑤군덕거렸는지 순경이 와서 유치장 문을 따주었고 남수도 밖으로 나왔다. 지서 주임과 사내는 정답게 앉아서 담배 한 대씩을 피우고 있었다. 사내가 주임과 헤어지는 것이 못내 섭섭하다는 듯이 따뜻한 악수를 나눈 다음 둘은 파출소 밖으로 나왔다. 그들은 자연스럽게 세종로 길을 건너 청진동 해장국 골목으로 걸어갔다.

— 어떻게 된 겁니까?

— 어떻게 되긴 뭘…… 오찌 좀 췄지.

그러면서 사내는 덜 취했으면 진작에 한장 주고 백차 타고 귀가했을 거라고 아무렇지도 않게 말했다. 해장국집에 가서 앉으니 통금에 몰려 여관방에서 밤을 새우고 나온 술꾼들이며 시발택시 운전수들이 몰려와 자리를 가득 채우고 있었다. 두 사람은 마주앉아 해장국에 모주 한 주전자를 시켜놓고 인사를 텄다. 말끔한 양복에 넥타이까지 맨 심남수에 비해서 사내는 수수하게 노타이에 합섬 점퍼를 걸친 차림이었다. 그가 알루미늄 잔에 모주를 따라주더니 제 것도 채우고 나서 잔을 치켜들었다.

— 쭈욱 드슈. 나 박기섭이우.

— 심남수라구 합니다.

— 뭘 해, 어디 직장 나가슈?

— 막 제대했어요.

— 근데 주제비가 왜 그래? 옛날 내 복장이잖아 그게……

남수는 실업자가 정장에 넥타이까지 했다고 비아냥거리는 줄 알고 약간 풀이 죽었다.

— 뭐, 취직시켜줄 능력 없으면 남의 옷차림 갖구 뭐라구 그러지 마슈. 근데 아저씨는 뭘 하세요?

박기섭이라는 사내가 씩 웃더니 한마디했다.

— 대학은 나왔겠지? 하여튼 요새 고등실업자 땜에 큰일이라니까.

심남수는 그렇게 운명적으로 박기섭과 만났다. 그는 해장국집을 나서기 전에 남수에게 명함 한 장을 주었는데 거기에는 '한강개발'이라는 글자가 큼직하게 박혀 있었다. 한강건설이 제일 잘나가는 업체라는 건 알고 있었지만 개발은 또 무슨 소린지. 박기섭은 당시에 스물다섯인 심남수보다 열 살은 더 먹어 보였다. 나중에 알았지만 서른일곱이었다. 박은 변두리 대학을 나와 당시의 말단이던 5급공무원 시험을 거쳐 공무원이 되었는데 연줄을 타고 세무공무원으로 자리를 잡았고 요령이 좋아서 종로와 중구의 알짜로만 옮겨다니다가 지난해 옷을 벗은 터였다.

박은 무슨 개발이라고 명함은 거창했지만 사실은 부동산업자였다. 그때까지만 해도 부동산이란 말보다는 그냥 복덕방이라고 불렀고 뚜렷하게 하는 일 없는 노인들이나 하는 한직에 지나지 않았다. 남수는 그냥 노느니 심심파적이나 할 작정으로 소공동에 있는 그의 사무실에 들러보았다. 그야말로 콧구멍만한 사무실이었는데 문 앞쪽에 손님용 쏘파가 놓였고 전화 받는 일 말고는 별로 할일이 없어 보이는 아가씨 하나가 작은 책상을 지키

고 앉아 있었다. 안쪽의 유리 칸막이 안에 박기섭의 사무공간이
있었다.

— 잘 왔네. 나하구 한번 열심히 뛰어보자구.

요런 한심한 사무실에서 뭘 하며 뛰자는 건지, 심남수가 깊은
생각 없이 불쑥 찾아온 자신의 행동을 후회하는 순간이었다. 박
이 전화를 걸었다.

— 어 그래요, 빨리 차를 대주슈.

잠시 후에 빵빵거리는 경적소리가 들리자 박이 상의를 걸치
며 말했다.

— 얼른 나가보자구.

사무실 앞길에 지프차를 개조한 시발택시가 서 있었다. 박이
얼른 타라고 해서 심남수는 영문도 모르고 지프차에 탔고 박기
섭은 운전석 옆에 올라탔다. 어디로 가자는 말도 없었는데 운전
수는 차를 몰아 어느새 한강교를 건너는 중이었다. 당시에 한강
을 넘어가면 영등포 아니면 지방으로 나가는 게 틀림없어서 심
남수는 어쩐지 불안해졌다. 그가 박에게 물었다.

— 어디루 가는 겁니까?

— 말죽거리라구 아나?

박기섭이 되물었지만 심남수는 무슨 보리깡촌의 지명인 줄
알고 어리벙벙해졌다.

— 어디 뭐 시골에 내려가는 거예요?

— 조 너머 국립묘지 지나면 바로 거기야.

차가 명수대 고개를 넘고 흑석동을 지나고 있었다. 한강이 굽이치며 흐르러가는 저편에 제3한강교 공사를 하는 게 보였다.

— 저놈의 다리는 삼년째 교각만 세워두고 개통은 언제 하는 건가.

박기섭이 투덜거리더니 다시 설명조로 말했다.

— 경부고속도로가 개통되기 전에는 다리가 놓이겠지. 길 가는 데 땅이 있고 땅은 돈이 된다, 이게 부동산 투자의 첫번째 원칙이야.

심남수나 보통 사람들은 무슨 물건을 만들어 팔든가 일해서 급료로 받든가 해야만 돈이 되는 걸로 알던 시절이었다. 땅이야 주거할 집이나 짓고 농사를 지어 먹거리를 생산하는 데나 쓰이는 고지식한 재산일 뿐이었다. 그것도 시골에서나 그렇지 서울 바닥에서는 중심가의 상가나 번듯한 주택가의 양옥쯤 되어야 값이 나갈 거였다. 그런데 무슨 뜬금없는 소리인가.

옛날 한양과 지방을 왕래하려면 거치는 나루가 넷이었는데 서쪽 방향은 노량나루요 가운뎃길은 동작나루와 한강나루 그리고 동쪽 방향은 광나루가 있었다. 대개는 동작나루나 한강나루를 건너 과천을 지나 죽령새재를 넘어 영남대로를 타게 마련인데 성내에서 나와 강을 건너고 한나절 걸어나오면 닿는 데가 말죽거리요, 지방에서 올라올 적에도 과천 지나서 한강을 건너기 전에 마지막으로 묵으면서 여독을 풀고 성내로 들어갈 준비를 갖추는 곳이 말죽거리였다. 조선시대에는 찰방(察訪)이 역마를 관리하던 양재역 소재지였다. 서울서 부산 가는 고속도로가 뚫리면 그곳이야말로 알짜배기 터전이 될 거라고 소문이 난 터였다.

시발택시는 먼지를 일으키며 낯익은 벽지의 작은 읍내 같은 곳에 이르렀다. 낮은 언덕과 모래벌판과 밭이 이어진 황량한 들판 가운데 씨멘트 블록으로 세운 가건물들이 비포장도로를 따라서 이십여채 늘어서 있었다. 시발택시도 길가에 대여섯 대가 주차되어 있고, 버스 종점인 국립묘지 앞을 지나 언덕을 넘어오면서도 보았지만 멀쩡한 차림의 중년층 아줌마들이 삼삼오오 무리를 이루어 이곳으로 걸어오는 게 보였다. 간판은 없지만 이들 가건물은 모두 복덕방업자들의 것이었다. 박기섭은 그런 집들 가운데 한 곳으로 들어갔다. 식당도 아니고 주점도 아니고 가게도 아닌, 차라리 그 모든 것이 합쳐진 듯 생겼고 공사장의 함바 매점 같기도 했다. 식탁이 네 자리쯤에다 입구에는 소주며 간단한 주전부리에 포장마차 정도 규모의 취사하는 곳이 있었다. 몸집이 건장한 오십대의 주인남자와 비슷한 또래로 보이는 몸뻬 차림의 아낙네가 박기섭을 반겼다.

— 박사장 말이 맞았어. 오늘 그치가 넘어오겠든데……

— 계약을 하겠대요?

— 그럼 지가 뾰족한 수가 있남? 사방이 콱 막히는 판인데.

— 몇시에 온대요?

— 그젠가 마누라짜리가 와서 그러데, 오늘 점심 먹구 오겠

다구.

— 그럼 두시쯤에나 오겠군. 에이, 여긴 전화두 없으니 매번 시간낭비라구.

박기섭이 투덜거리면서 손목시계를 보았다.

— 형수, 우리 멸치국수나 두 개 말아주.

근처에 식당 비슷한 것이라곤 이 집밖에 없는 모양이었다. 두 사람은 아낙이 말아내온 국수를 점심으로 먹기 시작했다. 박기섭이 남수에게 말했다.

— 그래두 우리가 흑석동까지는 포장도로루 왔지만 조 아래 다리공사 하는 데루 가보게. 아예 모래사장이야. 한참 걸어내려와봐야 밭두렁 사이로 오솔길뿐이야. 배밭에 채소밭에 이쪽은 논두 별루 없다네. 작년까지만 해두 그 일대 땅이 평당 이삼백원이었지. 초가집 몇채가 있는데 물론 이쪽 동네는 전기두 안 들어온다구. 근데 올해 여기 땅값이 얼만지 아나?

— 글쎄요, 일년 전에 이삼백원이라면 지금쯤 오륙백원 정도 되었나요?

— 천원이 넘었지. 우리 생각으로 제삼한강교 완공되면 처음보다 열 배는 더 뛸 거야. 경부고속도로와 다리가 모두 개통되어 서울과 연결되면 수십배가 될걸. 그게 바로 코앞이라구. 지금부터 이렇게들 난리니 이삼년만 지나면 그야말로 돈 놓고 땅 먹기가 될 텐데……

— 그러면 남의 땅을 팔아주고 사주고 할 게 아니라 직접 땅을

사두지 그러세요?

심남수가 순진하게 물었고 박기섭이 고개를 끄덕였다.

— 얘길 잘 알아듣는군. 바로 그거야. 우리도 땅을 사둬야지. 그렇지만 몇백평 사봤자 별 영양가가 없거든. 그리고 아무데나 사둘 수도 없는 일이고. 지금은 나라나 국민이나 무슨 목돈이 별루 없잖나. 우리 국민소득이 지금 얼만데…… 이백이십불이라네. 월급쟁이로 평생 쥐어짜며 저축해봐야 이십평짜리 집 한칸 장만하기도 힘든 세상 아닌가.

둘이서 점심 먹고 길가에 나가앉아 담배 한 대씩 태우고 있던 참에 자전거를 탄 중늙은이 하나가 가게 앞에 와서 기웃거리는 게 보였다.

— 왔구나! 자네 나 좀 도와줘야겠다.

박기섭이 남수에게 자초지종을 설명하고는 이러저러하게 행동하라고 일러주었다.

— 니가 한 오분쯤 뒤에 들어와라.

박기섭은 담배를 던지고는 가게 안으로 들어갔다. 그가 들어서자 땅임자가 대뜸 말을 꺼냈다.

— 적당한 값이면 내 땅 팔겠소.

— 얼마 받으시려구요?

— 글쎄 나도 시세를 알아보았는데 천오백원은 줘야겠는걸.

박기섭은 고개를 절레절레 흔들었다.

— 허, 그럼 시세를 말한 데다 파시지 그러셨어요? 멀쩡한 땅

두 현재 천원 이상 받기가 힘듭니다.

박기섭의 대답에 땅임자는 발끈하면서 말했다.

— 멀쩡한 땅이라니…… 그럼 내 물건은 무슨 하자가 있단 말이우?

— 잘 아시잖습니까? 우리두 알아볼 길이 다 있으니까요.

박기섭은 큰손인 고객을 위해서 일년 전부터 땅을 매입해주고 있었다. 이만평짜리 과수원을 샀는데 그 초입의 농가와 텃밭이 매입한 토지를 두 쪽으로 가르고 있어서 밭까지 사지 않으면 가치가 뚝 떨어질 판이었다. 몇달 전부터 눈독을 들이고 접근해보았지만 고집쟁이 늙은이가 절대로 팔지 않겠다고 버티었다. 하는 수 없이 데도리를 치기로 하고는 사람 셋을 사서 구청 직원의 작업복과 모자를 씌워 농가 앞에서 측량기구를 들고 공연히 재고 금 긋고 하는 시늉을 하도록 시켰다. 땅임자가 지켜보다가 나와서 뭐하는 거냐고 묻자 가짜 측량기사는 어벙하게 말했다.

— 우리야 잘 모르지만 길이 난다는 모양입디다.

— 어디루 길이 난다구 그래.

— 보이죠? 일루 일직선입니다.

기사가 손을 쭉 뻗어 노인의 집앞을 가차없이 찔러 보였다.

— 도시계획에는 그런 게 없든데……

— 지금 나올 리가 있나요? 몇년 지나야 발표되지요. 우리네야 뭘 압니까? 위에서 높은 사람들이 결정하는 일이라.

— 며칠 전에 구청에 들렀을 때도 그런 소리 못 들었는데.

— 헛참, 지금 가서 물어보면 담당직원도 모를 일이지요. 우리가 측량하고 기획안을 잡으면 이삼년은 있어야 도시계획으로 발표됩니다.

— 그러면 저 땅을 가르고 지나가면……

— 예, 절반은 길에 수용되겠는데요.

그런 연극이 있고 나서 사나흘도 되지 않아 말죽거리 가겟집으로 땅을 팔겠노라는 연락이 온 것이다. 박기섭이 멀쩡한 땅이니 아니니 알아볼 길이 있다느니 던져본 것은 그런 연극 때문이었다. 그러나 땅임자는 구청에서도 담당직원 아니면 모를 일을 네가 어떻게 알랴는 심사로 기죽지 않고 말했다.

— 천원 시세로는 절대로 팔지 않겠소.

그때 심남수가 문을 열고 들어섰다.

— 여기 계셨구먼. 주소지가 여기 맞죠?

노인에게 쪽지를 보여주며 심남수가 말하고는 지번까지 손가락으로 짚어 보였다.

— 맞수. 어디서 나오셨는데……

— 저두 복덕방입니다. 사장님이 가보라구 하셔서. 여기 쥔아저씨하구두 연락이 되니까요 하하.

박기섭이 발끈 화를 냈다.

— 뭐야 젊은이는…… 지금 상담중인데 어디서 난데없이 끼여들구 그래.

— 왜 그러세요. 물건 보면 흥정하는 게 상도의 아닙니까? 저

희는 평당 천삼백원까지 생각하구 있어요.

박기섭이 코웃음을 치더니 점퍼 주머니에서 서류를 꺼냈다. 구청 직인이 찍힌 서류에 지적도라는 글씨와 괄호를 치고 '안' 이라고 적힌 것이 보였다.

— 내가 웬만하면 안 보여줄라구 그랬는데 이게 계획안이오. 이 붉은 선이 도로계획선이라구. 그 지번이 맞지요?

심남수가 인상을 흐리더니 서류를 채어다가 코앞에 들고 들여다보고는 식탁에 떨어뜨렸다.

— 어, 이러면…… 천원두 힘들겠구먼.

노인이 다급하게 물었다.

— 천삼백원이라면서?

— 가만있어보세요. 사장님께 보고를 해야겠는데요……

심남수가 나가버리자 노인은 얼굴이 창백해져서 박기섭에게 대들었다.

— 당신 이거…… 소문을 내자는 거야 뭐야. 이게 어디서 빼낸 서류냐구.

— 소문이 났길래 임의루 지적도 떼어다 그려본 겁니다. 뭐 확실하지두 않은 건데 뭘 그리 신경을 쓰세요?

땅임자는 담배 한 개비를 꺼내어 불을 붙여 물고는 한동안 생각에 잠겨 있더니 천천히 일어나서 말했다.

— 평당 천원 준다구 그랬소?

박기섭은 당당하게 대답했다.

— 멀쩡한 땅이 그렇다는 얘기죠. 팔백원 드리겠습다.

결국 평당 구백원에 낙착이 되고 박이 그 자리에서 노인에게 자기앞수표를 지불해 계약이 이루어졌다. 돌아오는 차 안에서 박기섭이 심남수에게 말했다.

— 우리두 조 모퉁이에 임시 사무소라두 낼라구 그러는데 심 형이 좀 맡아줘야겠어.

— 제가 뭘 알아야지요.

— 오늘처럼 하면 된다구. 잘하든데그래?

— 저렇게 사모은 땅을 언제 팔 겁니까?

— 파는 땅이 있구, 그냥 사놓는 땅이 있구 그렇다네.

심남수가 속셈을 해보고 나서 말했다.

— 그럼 실탄이 많으시단 얘기네요?

— 지금은 남의 심부름을 해주며 조금씩 개평떼기나 하구 있지만, 우리두 곁다리를 붙어야지.

소공동 출발지점으로 돌아와 시발택시의 시간 일당을 지불한 다음 박기섭이 심남수의 등을 툭 치며 말했다.

— 오늘은 자네 교육상 내가 한잔 사야겠구먼. 입사도 축하할 겸.

— 엇, 입사요? 아니 월급이 얼만지 무슨 일을 할 건지 아무 결정두 없이 누구 맘대루 입사라는 거유?

박기섭은 남수의 푸념이 맘에 들었는지 그의 귀를 잡아비틀며 껄껄 웃었다. 숯불화로에 생고기 구워먹는 집이라면 제법 호화판인 시절이었는데 두 사람은 갈비 몇 대에 소주를 시켜놓고 마주앉았다. 박기섭은 슬슬 자신의 인생담을 펼치기 시작했다.

— 내가 말야, 학생 때는 시인이 될라구 그랬거든.

박의 첫마디가 그렇게 나왔는데 남수는 어처구니가 없어서 웃음을 터뜨렸다.

— 시요? 젤 잘 쓴 걸루 한번 대보슈. 제목이 뭔데요?

— 고독……

두 사람은 고개를 숙이고 킬킬 웃어댔다.

— 제대하구 나와보니 뭘 해먹구 살 게 있어야지. 그래 공무원 시험 보구 세무서 일자릴 잡았는데 첨엔 변두리에 있다가 오년 만에 종로 일대로 진출했지. 그게 다 요령이야. 큰 건 좀 깎아주구 작은 건 대충 봐주구, 정기상납 잘하구……

박기섭은 일제 때부터 백화점과 부동산으로 유명한 박 아무개의 사무실에 자주 드나들었다. 그가 종로 관내의 가장 굵직한 상대이기 때문이었다. 그런 부류는 기왕에 위쪽에 굵직한 선을 대놓고 있으며 일년 세금 액수가 대충 나와 있으니까 관례대로 해주면서 특별히 세수가 많이 나올 적에는 평년 수준으로 깎아준다든가 하는 식으로 좋은 관계를 유지했다.

한번은 박기섭이 사무실에 갔더니 박회장과 간부 두엇이 알 수 없는 지적도를 펼쳐놓고 열중해서 논의하는 중이었다. 그가 분위기를 눈치채고 돌아나오려 하는데 박회장이 손짓했다.

— 어이 박군, 자네두 여기 좀 앉아보게.

— 회의중이신 것 같은데……

— 뭐 괜찮아, 별일 아니니까.

그것은 남서울개발계획이라는 기획안이었는데, 한강을 가운데 두고 한강인도교라고도 불리는 제1한강교와 제2한강교 가운데쯤에 점선으로 그려넣은 다리를 중심으로 타원형의 지역을 붉은 선으로 표시한 지적도였다. 녹지니 도시구역이니 경공업지역이니 하는 표시가 다른 색으로 구분되어 있었다.

— 이건 무슨 다리인가요?

박기섭이 점선을 손가락으로 찍으며 묻자 박회장이 말했다.

— 이건 아직은 군의 작전 개념인데, 여기쯤에 다리가 하나 더 필요하단 소리지.

6·25 때 한강의 다리는 인도교와 광진교 두 군데밖에 없었는데 한강 다리를 조급하게 폭파하는 바람에 서울 시민의 대부분이 도강을 못하고 인공 치하에 놓이게 되었다. 그다음 1·4후퇴 때에도 노약자는 한강을 건너면서 큰 곤욕을 치러야 했다. 이런 사실은 서울 시민이라면 누구나 뼈저리게 경험하고 기억하는 일이었다.

박회장은 자기 생각을 말했다. 당시 서울 인구가 백오십만 정도였는데도 두 개밖에 없는 다리로 큰 고생을 했는데 지금은 그때의 배가 넘는 삼백오십만이나 된다. 그래서 세번째 다리를 놓아야만 하고 어쨌든 지금처럼 사대문 안팎에 몰려서 살 수는 없게 될 것이니 남서울개발계획을 세우게 되었다는 얘기였다. 박기섭은 그때나 지금이나 현실적인 머리가 제법 잘 돌아가는 사람이라 박회장에게 물었다.

— 그럼 회장님은 한강 건너에 땅이 많으십니까?

— 좀 있네. 하지만 필요하면 더 모아야겠지. 자네 생각엔 우리가 국가적으로 몇년 안에 이런 기획을 감당할 수 있다고 생각하는가?

— 글쎄요, 회장님이 더 잘 아시겠지만 지금 사대문 주위에 몰려사는 것은 먹구사는 일터도 그렇고, 수도 전기 도로 같은 도시 기반시설이며, 경제 교육 교통 조건 등이 서로 얽혀 있기 때문입니다. 그게 몇년 사이에 허허벌판에 이루어지겠습니까? 지금부터 허리띠 졸라매고 열심히 추진한다 해도 십여년은 기다려야 할 겁니다.

박 아무개 회장이 일찍 시작은 했지만 이듬해 회사의 경영권이 은행에 넘어가버렸고, 그는 부동산을 정리하고 다른 기업을 세워 버렸지만 부도를 내고 은퇴한다. 아무튼 박기섭은 그때에 눈앞에 불이 번쩍하는 것과 같은 새로운 안목을 가지게 되었던 셈이다.

그는 서울시가 대서울백서를 발표하던 1966년 여름에 세무서를 사직했다. 그보다 앞서서 제3한강교가 착공되었다. 실상 대서울백서란 새로운 교량이 어째서 필요한가를 합리화하기 위해서 전부터 박회장과 도시계획 전문가들이 논의해오던 남서울개발계획을 대충 승계한 막연한 기획안에 지나지 않았다.

— 그렇다구 그 좋은 직장을 때려치워요?

심남수가 핀잔을 주었더니 박기섭은 빙긋 웃었다.

— 허, 이 사람 좀더 들어봐. 누울 자리 보고 뻗는다구 다 생각이 있었지. 우리 관내에서 알 만한 사람들은 다 아는 알부자가 있었거든.

최 아무개라는 사람이었는데 그는 기업을 상대하는 사채업자였다. 이북 피난민 출신으로 전후에 남대문 동대문 시장에서 장사를 하여 점포를 늘려가더니 종로에서 청계천에 이르는 일대의 크고 작은 점포들을 싹쓸이하였다. 점포에서 나오는 보증금과 월세도 컸지만 그의 아내가 먼저 시장 상인들을 상대로 사채놀이를 하여 막대한 현금을 보유하고 있었다. 부부는 조그만 사무실을 내고 직원 몇사람을 채용하여 사금융회사를 운영했는데, 그의 관내이기도 하고 역시 굵직한 고객이라 박기섭은 용돈도 얻어쓰고 위에 상납할 촌지 의논도 하러 최사장의 사무실에 가끔씩 들렀다. 최사장과 함께 짜장면에 탕수육을 시켜 소박한 점심을 먹고 나서 박기섭은 심중에 있던 말을 슬슬 꺼내보았다.

— 서울시에서 대서울백서 발표한 거 보셨어요?

— 엉? 못 들어봤는데……

— 연초에 착공한 제삼한강교에 대해서는 좀 아시죠?

— 그건 또 머이가?

박기섭이 아는 바를 자세히 설명해주고 나서 한 해 전에 들

은 박회장의 남서울계획안에 대한 얘기까지 덧붙였다. 최사장
은 상반신을 탁자 위로 잔뜩 숙이고 박의 얘기를 들었다. 그에게
강렬한 흥미를 불러일으키는 얘기였는지 얼굴이 벌겋게 상기해
있었다.

— 지금 한강 남쪽 땅값이 얼만지 아십니까?

— 얼마나 하는데?

— 육십년대 초에 구왕실 땅과 일제 귀속재산 불하할 때 평당
백원이었지요. 헌데 지금 이삼백원꼴이랍니다. 제가 보기엔 다
리만 완공되어도 땅값이 날개를 달게 될 겁니다.

그렇게 귀띔만 하고 헤어졌는데 역시 며칠이 지나지 않아 최
사장이 세무서로 전화를 걸어왔다. 급히 좀 건너오라는 소리였
다. 신문로까지 한달음에 뛰어가니 사무실에는 최사장은 물론
그의 아내까지 나와서 기다리고 있었다. 그에게 남서울계획안
에 들어갈 지역의 땅을 사모을 사무실을 내주겠다며, 사들이는
토지 대금의 삼 퍼쎈트를 판공비로 쓰고 월급은 따로 주겠다고
했다. 박기섭은 기다렸다는 듯이 직장을 때려치웠다. 거기까지
얘기를 들은 심남수가 물었다.

— 그래서 그동안 돈 좀 버셨어요?

— 나야 뭐 쬐끔…… 아무튼 최사장두 투자금의 열 배 이상 벌
었지. 다리 착공하고 일년 만에 평당 이삼백원이 이삼천원으로
뛰었으니까. 헌데 이건 아직 시작두 안한 게임이란 말야. 전쟁
나면 한강 이북에선 옴짝달싹두 못하니까 기왕이면 강남 쪽으

로 몰릴 거란 말이지. 게다가 경부고속도로까지 생길 거란 말야.

심남수는 대번에 알아들었다.

— 우리는 선구자가 되겠군요. 그런데 남 좋은 일만 시켜주다 우린 언제 부자가 되는 거죠?

— 이 사람아, 우선 밑천을 만들어야지. 그러려면 큰 물건에 우리 것두 조금씩 얹어서 키워가야지…… 안 그래? 자넨 이제부터 말죽거리에 전용 사무실을 내줄 테니 거기 나가서 떼기 아줌마들 상대하라구.

— 떼기가 뭐예요?

— 일단 맞춤한 땅을 계약하면 인감증명 효력기간이 삼개월이니까 그동안 땅문서를 돌리는 거야. 한 바퀴에 평당 오백원에서 천원 떼기만 해도 짭짤하지. 요지는 데도리해서 우리가 샀다가 경쟁을 붙여서 올려놓을 수도 있구 말야.

— 오늘처럼 말이죠?

— 내가 통금에 걸린 날, 대뜸 자넬 알아봤지.

박기섭은 가겟집에 씨멘트 블록으로 칸막이를 하고는 간판도 없이 임시 연락사무소를 냈고 심남수가 그곳을 지키고 앉았다. 가겟집 양씨는 세를 받을 뿐만 아니라 마지막 매입자인 사채업자 최사장에게 토지를 넘기기 전에 명의를 빌려주기도 했다. 자기 명의나 마누라 명의를 내주기도 하고 또는 목도장 빌려주고 술값이나 챙기는 인근 마을 사람들의 이름을 잘도 빌려오곤 했다. 그리고 박기섭 덕분에 한 달에 한두 번씩 구전의 일부분을 수고비로 받았다. 지난번에 데도리쳤던 이만평 물건도 인감증명 효력기간인 삼개월 동안에 중간매매자들을 거치면서 여러 차례 떼기를 하고 나서 넘겼다.

그렇게 해서 최사장은 손쉽게 요지의 땅을 매입해 땅값이 열배나 오르는 것을 체험할 수 있었고 박기섭은 최사장을 위하여 땅을 매입해주면서 조금씩 자신의 밑천도 늘려갔다. 기묘한 것은 어쨌든 그 기간에 손해본 사람은 아무도 없다는 것이었다.

심남수가 말죽거리 연락사무소를 지키기 시작할 무렵에 전화가 들어왔다. 이미 전기는 작년부터 들어와 있었으나 이제 전화까지 들어왔으니 그야말로 연락사무소 구실을 톡톡히 하게 된 셈이었다. 남수는 아예 흑석동에 방을 구해놓고 자전거 한 대를 사서 말죽거리 현장까지 타고 다녔다. 아침 일찍부터 국립묘지 부근 버스 종점에서 내린 사람들이 걸어서 말죽거리의 복덕방 가로를 찾았다. 부인네들이 많았고 간혹 늙수그레한 남자들도 보였다. 아직까지는 젊은 회사원 월급쟁이들은 부동산이란 데에 눈이 뜨이지 않은 모양이었다.

남수는 사무실에 책상 하나, 접는 의자 몇개, 그리고 전화 한 대 달랑 놓고 손님을 기다렸다. 벽에는 한강을 중심에 놓고 그 아랫녘의 드넓은 농지와 임야를 나타낸 지도를 길게 이어붙여 놓았다. 1963년에 서울시를 구역확장한 행정지도에 따라 심남수가 직접 여러 색깔의 색연필로 표시해놓은 것이었다.

광주군 구천면과 중대면 중 십개 동리가 성동구에 편입되어 나중에 강동구와 송파구가 되었다. 광주군 언주면 전역과 대왕면 중 다섯 개 동리가 성동구에 편입되었으니 박기섭 심남수가 눈독을 들이던 곳이며 뒷날 강남구가 된 곳이었다. 시흥군 신동면이 영등포구에 편입되었는데 후에 대부분 서초구가 된 지역이었다. 강남구의 신사 압구정 논현 삼성 청담 역삼 도곡 대치 개포 등의 동리는 성동구 언주출장소에 소속되어 있었고 서초구 잠원 반포 서초 사당 방배 양재 우면 등의 동리는 영등포구 신동출장소에 소속된 마을들이었다. 나중에 개통되는 제3한강교를 건너 일직선으로 뻗어나간 강남대로를 사이에 두고 그 동편은 언주출장소 관내, 서편은 신동출장소 관내였다. 강남구를 이루는 지역 열여섯 개 동리는 이천오백여 가구이며 인구는 만오천명 정도였고 서초구가 되는 지역 아홉 개 동리는 이천여 가구에 인구는 만이천여명이었다.

심남수는 새벽에 출근하여 가겟집 양씨 아줌마에게 아침밥을 얻어먹고 시골장의 장꾼들처럼 몰려드는 손님을 맞았다. 그리고 점심때에는 언주출장소나 신동출장소에 번갈아 드나들면서 낯을 익힌 동서기들과 점심도 먹고 한가할 때엔 내기당구도 쳤다. 저녁에는 그들 중 친해진 몇몇에게 술을 사는 일도 빈번해졌다. 지적도에 나타난 좋은 땅의 임자들을 찾아 마을을 직접 방문하는 날도 많았다. 파악이 되지 않으면 통장이나 반장을 찾아가기도 했다. 열 군데를 돌아다니는 중에 간혹 한두 군데서 적당한 값을 쳐주면 과수원 전부 또는 밭의 일부를 팔겠다는 이들이 나타났다. 심남수가 연락사무소를 내놓고 두어 달 동안 한 짓이 대개 그런 일들이었고, 그의 수첩에는 주소지와 그 동네 통반장 집의 전화번호가 가득 적혀 있었다.

박기섭의 수완도 대단했지만 가겟집 양씨의 조언도 무시할 수 없는 것이 많았다. 이를테면 손님이 들어서면 어떤 부류가 떼기꾼인지, 어떤 부류가 투자를 하려고 토지 매입을 하려는지, 또 누가 투자금이 많고 누가 적은지 등을 눈치로 알아채야 하기 때문이었다. 새시문이 열리면서 아줌마 둘이 들어섰다.

— 여기 복덕방 맞죠?

심남수네 사무실에는 간판은 없었지만 출입문 유리창 위에 '땅 매물 있음'이라고 쓴 종이쪽지가 붙어 있었다.

— 예, 어서 오세요.

먼저 들어온 여자는 오십대쯤으로 보이는 안경 쓰고 살이 좀 찐 여자였고 뒷전에 따라 들어선 여자는 그보다는 훨씬 아래의 사십대 초반으로 보이는 마른 여자였다. 그녀가 남수를 보고는 픽 웃었다.

— 무슨 복덕방 아저씨가 이렇게 젊어.

— 저희 사장님보다는 제가 젊습니다. 어디…… 땅 보시게요?

— 저게 지적도로군요.

— 남서울계획도 맞아요?

두 여자가 각기 물었고 남수는 그사이에 재빨리 여자들이 밖에 세워둔 시발택시를 눈여겨보고 옷차림과 손을 살폈다. 살 만한 사람들로 보였지만 요새는 저런 부류가 더욱 떼기에 능숙하다고 알려져 있었다.

— 보시는 대로 제삼한강교가 세워지는 양쪽 주변의 지적도입니다. 어디 보아두 땅이라두 있습니까?

남수의 질문에 아랑곳하지 않고 안경이 물었다.

— 둘러봤자 허허벌판이든데. 언덕배기가 좋지 않을까?

젊다고 해놓고는 나이 든 여자가 남수에게 대뜸 말을 놓았다. 그는 늘 겪는 일이라 여전히 공손하게 말했다.

— 경지정리 들어가면 아무래두 평지가 좋지요. 주택가보다 상가가 나중에 전망이 있지 않겠습니까?

— 그래 언니, 이제는 개인주택이 아니라 모두 공동주택이래.

이건 덩어리가 크겠구나, 생각하면서 심남수는 가슴이 두근거렸다.

— 여긴 어디예요?

마른 여자가 손가락으로 지도의 한 부분을 짚었다. 남수가 들여다보니 성동구 언주출장소 관내의 땅이었다. 박기섭의 판단에 따르면 일대에서 노른자위 땅이었다. 가격은 양재 쪽이 두 배쯤 비싸고 인기도 높았지만, 뒷날 강남구가 된 언주출장소 관내는 모래땅이라 아직은 쳐주지 않던 시절이었다. 전문가에게서 자문을 받았든가 아니면 많이 다녀본 안목있는 선택이었다.

— 가만있자 지번이…… 네, 지금 나와 있는 땅입니다.

― 평당 얼마나 하지요?

― 그 일대가 이삼천원 수준인데 나와 있기로는 이천오백원이군요.

― 어머, 여기는 삼사천원이라든데 왜 그렇게 차이가 나는 거죠?

― 지적도 보시면 등고선이 보이시죠? 아무래도 거긴 한강변과 가까워서 저지대가 많고 모래땅이죠.

안경이 고개를 흔들면서 말했다.

― 거긴 안되겠다 얘. 양재 쪽에서 괜찮은 건 없어요?

― 아냐 언니, 내가 좀 알아봤는데 강변에서 가까운 데가 나중에 호가할 수 있대. 게다가 싸잖아……

심남수는 결심했다.

― 투자해놓고 오래 묻어두실 겁니까?

― 단기에 치고 빠지면 그것두 좋구요. 투자해놓 물건두 좋구요.

심남수가 슬쩍 던져보았다.

― 일단 계약만 해놓으시고 제게 맡겨주시면 단기이익을 빼드리죠. 투자하실 물건두 함께 매입을 하시겠다면 말이죠.

두 여자가 목소리를 낮추어 얘기를 나누었지만 좁은 사무실 안이라 다 들렸다.

― 언니야, 이런 경우를 떼기라구 한대. 우리두 한번 해보자 뭐.

— 장기투자는 조금만 해두자. 너두 여유자금이 모자라잖아.

심남수가 놓치지 않고 두 사람 사이로 파고들었다.

— 치고 빠지기라면 사천평짜리 땅이 평당 이천오백에 나와 있습니다. 밭 이십 마지기인데 네모난 게 아주 잘생긴 물건이죠.

— 가만있어봐, 평당 이천오백원에 사천평이면…… 천만원이 잖아. 너무 쎈데……

— 사모님, 걱정 마세요. 계약금은 일단 이백만원이면 되잖아 요. 저희도 백만원을 넣겠습니다. 그러면 사모님들은 나머지 백 이면 됩니다. 그다음부터는 저희가 해결해드리죠.

그날 오후는 여자들이 타고 온 시발택시에 동승해서 현장 보러 다니고 땅임자 만나느라 하루가 다 가버렸다. 이튿날 계약이 일사천리로 진행되었고 심남수의 이름과 두 여자의 이름이 공동으로 오른 계약서를 썼다. 그 땅은 사실 박기섭이 사둔 땅이었는데 이미 한 바퀴 돌려서 천원이 붙은 것이었다. 이제 세 바퀴째를 돌리려는 것이었다. 적당한 임자가 나오면 팔아서 이윤을 나누기로 했는데 역시 한 달 만에 계약자가 바뀌면서 계약금에 삼사십만원 얹어서 넘겼고 땅값은 평당 삼천원이 되었다. 심남수는 계속 굴려서 다섯 바퀴인가 떼기를 해치웠고 계약금 웃돈은 물론 땅값을 사천오백원까지 올려놓았다. 그래서는 오천원이 될 때까지 떼기를 했다가 적당한 매입자에게 팔아치우고 다시 다른 곳의 땅을 사두는 식이었다.

이것이 최초의 계약에서 인감증명 효력기간 삼개월 동안의 틈새 시간에 벌이는 일이었다. 최초의 계약자와 최종 계약자를 잇기만 하면 되는 것이다. 안경 쓴 여자는 의사 사모님, 마른 여자 남편은 은행 간부라고 했는데 다음에는 남편들까지 따라나와서 이삼년 장기투자를 한답시고 땅을 보았고 박기섭도 나와서 합세했다. 그들은 사채회사 최사장을 위해서 사모던 땅 중에서 귀퉁이의 자투리 땅을 떼어서 호가에 팔아치웠다. 떼기 손님들이 자꾸만 늘어나서 관리하는 고객만도 삼십여명에 이르렀다. 연말이 되었을 때에는 투기가 어찌나 심한지 하루이틀 사이에 계약하고는 계약금에 웃돈 받아 새로운 고객에게 넘기는 일이 폭탄 돌리기처럼 계속되었다.

삼사백원선에서 시작한 말죽거리의 투기바람은 1967년 말에 찬바람을 맞는다. 부동산투기 억제에 관한 특별조치법이 제정 공포되었는데 쉽게 말하면 양도차액 오십 퍼쎈트를 과세로 때리겠다는 엄포였다. 고하를 막론하고 조사를 하겠다느니, 관련자는 엄벌에 처한다느니, 세금포탈로 입건하겠다느니 신문마다 도배를 해대니 말죽거리 복덕방은 사방으로 흩어져버렸고 복부인 아줌마들도 발길을 끊었다. 일단 한 파도가 지나간 것이다. 막차를 탄 사람들만 손해를 보았다는 얘기가 돌았다. 강남 땅값은 이미 오륙천원대로 올라 있었다. 심남수는 소공동으로 철수하여 박기섭과 함께 점잖게 응접실이 따로 달린 사무실을 얻었다.

최사장은 박기섭을 내세워 공식적으로는 삼십칠만칠천평을 사모았지만 만약을 위해서 다른 사람들의 명의로 산 것까지 합치면 육십만평에 이르렀다. 최사장보다 한발 앞선 시기에 땅을 사모은 이가 역시 대부업을 하던 김모 사장이었는데 그는 주로 귀속농지와 문화재관리국의 불하를 통해서 사십여만평을 사들였다.

박기섭과 심남수의 한강개발은 개평떼기와 깎아치기, 씌우기 등으로 자본금을 마련해 땅도 이곳저곳에 사두었다. 대개 삼사백평에서 작은 것은 백여평짜리로 총 사천오백여평을 확보했는데 그중 작은 것들은 대개는 보기 좋은 큰 땅 주변에 알박기로 매입해 묻어두는 물건들이었다. 심남수는 처음에는 주로 떼기와 구전의 일부를 월급 대신 받았지만 실적이 오르면서 깎아치기의 몇 퍼센트를 받거나 씌우기 때에는 자신도 투자를 해서 불렸다가 지분만큼 이익을 가졌다. 남수도 삼백평 한 곳과 백여평짜리 물건 두 개쯤을 확보했다.

박기섭은 개업 초창기부터 서울시청 쪽에 드나들었는데 세무서 시절부터 알던 관리들이 몇명 있었고 주로 술친구들이었다. 진눈깨비가 부슬부슬 내리던 어느날 오후 외출했던 박기섭이 사무실로 들어오더니 심남수에게 말했다.

— 에이, 우리두 고물 찝차라두 하나 사든지 해야지……

— 운전은 누가 하구요?

— 심형이 배워서 하면 되잖아.

— 왜 어디 멀리 갈 데 있어요?

— 아니…… 이제부터 바빠질 거 같아서. 제삼한강교두 개통되었겠다, 풀방구리에 쥐 드나들듯 하게 생겼어.

그들은 작년 여름부터 거래가 뚝 끊겨서 일손 놓고 바둑이나 당구로 세월을 보내고 있었다. 착공만 해놓고 몇년을 끌던 한강 다리가 지난 크리스마스에 개통되어 해동이나 되면 강 건너에 다시 사무실을 내려던 참이었다. 박기섭이 말했다.

— 오늘 자네 나하구 요정 가서 술 한번 크게 먹자.

— 웬일요, 수입두 없는데……

— 우리가 지금 니나노할 팔자냐? 누가 사준다니 먹자는 거지.

심남수는 유리창 밖으로 흩날리는 눈발을 내다보면서 중얼거렸다.

— 날씨를 보니 술맛 나게 생겼네요.

두 사람은 시청 뒷길을 건너 무교동의 요정으로 갔다. 안내하는 방에 이르니 벌써 세 사람이 앉아서 술상을 받고 있었다. 보료가 깔리고 병풍이 둘러쳐진 상석에 마르고 잘생긴 중년이 앉았고 다른 둘은 마주보고 앉았는데 박기섭이 먼저 상석의 남자에게 허리를 굽혀 정중하게 인사했다.

— 형님, 좀 늦었습니다.

— 어어, 우리두 방금 왔어. 일루 와서 한잔해.

그는 서울시청 도시계획과장인 주인호였고 박기섭과 명함을 주고받은 둘 중에 하나는 계장, 다른 사람은 그들과 같은 부동산 업자였다. 인사와 술잔이 오고간 뒤에 주과장이 말했다.

― 아이들 들어와서 풍악 울리기 전에 사업 얘기부터 해야지. 우선 여기서 나눈 얘기는 절대로 밖으로 나가선 안됩니다. 그러면 거래 끝은 물론이구 이 바닥에서 영업두 포기해야 할 거야. 한강개발 박형하구 남서울 임사장을 내가 부른 건 뻔하잖아. 땅을 대대적으로 매입하겠다는 얘긴데, 이 일의 제일 첫번째 사항은 보안얼수요.

주과장이 검지를 입에다 갖다대고 잠시 침묵하며 좌중을 둘러보았다.

― 강남 영동 지역 일대의 땅을 사야겠어. 매입가는 최저 사천원에서 최고 육천원 한도 안에서 해야 됩니다. 시기는 물론 우리가 논의를 해야겠지만 투자시장이 고조된 적당한 시점에 매각합니다. 매각가는 평균 최하 이만원선이 적당하겠지. 소요자금은 계약금과 중도금까지만 마련하도록 하면 되겠지요.

박기섭은 별다른 질문이 없었으니 내용을 어느정도는 미리 알고 있는 모양이었다. 남서울부동산의 임사장이 조심스럽게 물었다.

― 우리야 시키는 대로 매입해드리고 구전 먹으면 된다지만, 고객에 대해서도 모르고 시장이 형성되어 그만한 값을 받게 될지도 모르는데요……

계장이 그에게 핀잔을 주었다.

― 허어, 임사장은 땅부자 김사장 뒤치다꺼리만 하다보니 영물정을 모르는구먼. 옆에 땅이 올라가면 그 동서남북이 다 올라

가는 거 아뇨? 지금은 높은 곳에서 이미 내려왔어요. 깨놓고 말하자면 청와대 측에서 지시가 있었고 시장님과 과장님 선으로 내려온 비밀사항입니다.

주인호 과장이 미간을 찌푸리며 혀를 찼다.

— 쓸데없는 소리는 집어치구. 우리도 뒷조사를 해봤는데, 내가 두 사람을 부른 것은 딴 게 아니오. 한강 남쪽에서 제일 알짜배기 땅을 많이 소유한 임자들을 당신들이 관리해왔기 때문이야. 그 사람들 물론 땅을 고스란히 모두 내놓지는 않겠지. 그러나 덩어리가 큰 것들은 우리 측에 넘겨줘야 저희에게도 이익이 크다는 걸 알려줘야지. 그리고 모자란 건 사모으면 되고. 하여튼 일시에 해치우지 않으면 소문이 나서 매입가가 너무 빠르게 오르고 그러면 우린 뒤처리가 곤란해질 거요.

박기섭이 시청에 불려가 주인호에게서 직접 들은 것이 이틀 전이었는데, 그는 그날밤에 잠을 이룰 수가 없더라고 나중에 말했다. 심남수도 그동안의 부동산업자 경험이 있는 터라 주과장의 말이 무슨 의미인지 알아듣고는 그 자리에서 심장이 터지는 줄 알았다. 남서울부동산의 임사장은 마주앉은 심남수와 시선이 부딪치면 일부러 긴장된 얼굴로 눈을 크게 떠 보였다. 흥분을 자제하고 있는 게 분명했다.

주인호가 운명적인 역할을 맡게 된 것은 그 보름 전쯤이었다. 서울시장이 막 개통된 제3한강교 주위를 둘러보러 나가자는 것이었다. 용산에 있는 육군 항공대로 가서 헬기를 타고 한강 주변과 강남 일대에서 아래로는 과천 사당, 옆으로는 잠실 송파에 이르기까지 몇바퀴를 선회했다. 지도에서 보는 것보다 훨씬 실감나는 조망이었다. 그러고 나서 시장은 주인호를 데리고 한남동의 경호실장 집으로 갔다. 창밖으로 한강이 내려다보이고 맞은편 압구정동의 언덕을 밀어 하천 부지를 매립하고 있는 한강건설의 공사장이 보였다. 주과장은 의외의 면담이라 긴장했다. 경호실장이 주과장에게 간단명료하게 물었다.

— 헬기로 영동지구를 잘 살펴보았겠지요?

— 네, 지도를 막연하게 보는 것보다는 매우 인상적이었습니다.

주인호가 대답하자 그는 고개를 끄덕이더니 다시 물었다.

— 돌아본 중에서 어디가 가장 장래성이 있고 투자가치가 있겠어요?

— 예, 누가 보더라도 탄천을 경계로 그 서부지역 일대가 가장 유망합니다.

경호실장은 옆에 앉은 시장을 바라보며 말했다.

— 그럼 그쪽 땅을 사모으면 되겠구먼.

그리고 얼마 지나서 시장이 불러서 갔더니 제일은행 전무실에 가보라는 것이었다. 거기서 자금을 줄 테니까 받아다가 우선 그 돈으로 땅을 사모으라고 했다. 주인호가 찾아가자 제일은행 전무는 책상 서랍에서 적금통장을 꺼내어 내밀었다. 원금 삼억 오천만원짜리 오래된 통장에 이자가 길게 붙어 있었다. 주인호는 이것이 대통령 선거에 대비한 정치자금이 될 줄은 몰랐고 자신이 하는 투기로 얼마만큼의 자금이 불어날지도 짐작하지 못했다.

그는 한강개발 박기섭을 통하여 최사장의 땅에, 그리고 남서울 임사장을 통하여 김사장의 땅에 접근했고 우선 큰 덩어리부터 손을 대기 시작했다. 불과 보름 동안에 주인호가 가명으로 사들인 땅이 칠만평에 이르렀다. 당시는 얼마든지 전매도 하고 가명도 쓸 수 있던 시대라 매입계약서에는 여러 주소와 이름이 사용되었다. 자금이 달리자 주과장은 시장에게 찾아가 상의했고 며칠 뒤에 시장은 공화당 재정위원장을 찾아가면 자금을 빌려줄 것이라고 일러주었다. 시장이 청와대 비서실장과 협의를 하고 비서실장은 당 재정위원장에게 부탁했을 것이었다. 3월 초에 재정위원장은 이억 오천만원씩 두 차례에 걸쳐 오억원을 입금해주었다. 그러고는 자금이 끊겼다. 당시는 권부인 청와대도 살림이 넉넉지 않았고 전국민이 평균소득 이백여 달러에 불과하던 가난한 시절이었다.

위에서 공급된 자금이 그렇게 어려웠지만 주인호의 입장에서는 최선을 다해야 했다. 자금 한도에서만 쓴다면 큰 액수를 마련할 수가 없었다. 확보한 땅을 희망자에게 높은 값으로 팔고 좀더 싼 땅을 다시 매입하여 또다시 팔고, 그런 일이 되풀이되면서 자금은 눈덩이처럼 불어났다. 처음에는 한강개발과 남서울부동산이 토지매입에 나섰지만 나중에는 대여섯 군데의 군소 부동산 업자들도 가세했다. 청와대 정치자금으로 매입한 토지가 모두 이십삼만칠천평, 동원된 자금이 십이억 칠천만원이었다.

주인호는 투기꾼이 아닌 공무원 신분이기 때문에 중간단계의 매각 대상은 개인이 아니라 비밀이 유지될 수 있는 공적 기관이어야 했다.

한편 시장과 경호실장, 주과장의 첫번째 면담이 있고 나서 며칠 뒤엔 상공부 장관이 시장을 찾아왔다고 한다. 서울시가 추진하고 있는 남서울지구에 상공부와 산하기관이 모두 들어갈 수 있는 대규모 종합청사 부지 십만평을 물색해달라는 것이었다. 청와대가 토지투기를 계획한 때를 같이하여 상공부단지 조성계획을 발표하면 미리 사둔 땅값이 더 빠르게 오를 테니 상공부도 같이 매수에 들어가는 것이 어떻겠느냐 하는 내부적인 합의가 이루어졌을 터였다.

연이어서 상공부 장관은 한 달 정도가 지나 다시 서울시장을 찾았다. 이번에는 상공부와 상공부 산하기관에 근무하는 직원들의 주택지 삼십만평 정도를 의뢰했다. 그때는 정부부처 직원 중 자기집을 소유한 사람이 많지 않았고 가졌다 해도 삼십평을 넘는 경우는 거의 없었다. 직속장관이 주선하고 서울시 도시계획국이 보증하는 사업이어서 조합 희망자가 쇄도했다. 백평과 육십오평씩 구획되었고 평당가는 육천원이었다.

주인호는 여러가지로 마음고생은 했지만 자금을 회전시키고 땅을 사고팔고 하는 동안에 그가 돌린 자금은 연 이십억원에 달했고 그에게 허용된 판공비만 해도 육천만원 이상이었다. 같은 해 여의도 시범아파트를 분양했을 때 평당가가 십사만원이고 사십평짜리 아파트가 오백십칠만원이었다. 사십평대 아파트 열한 채 값이 그에게 떨어진 수고비나 마찬가지였다. 그의 고생을 알아주었는지 새로운 시장이 부임하자마자 그는 국장으로 승진했다.

한강개발 박기섭은 물론 심남수도 그저 구전만 바라고 뛰어다니지는 않았다. 그들에게는 그야말로 인생을 바꿀 수 있는 절호의 기회였다. 개발계획을 한발 먼저 알아챈 그들은 상공부 부지 부근이나 상가를 형성할 만한 곳에 토지를 구입하기 시작했다. 처음에는 최사장의 자금에 의존하여 누이 좋고 매부 좋은 거래를 했지만 그들 자신도 군소 투기꾼들을 통해서 땅을 확보하기 시작했다. 주인호가 용역을 준 부동산업자들 모두가 자기 밥그릇을 챙기기는 마찬가지였다.

토지매입이 어느정도 끝난 다음에 서울시장은 남서울계획의 전모를 발표했다. 상공부와 그 산하업체가 들어갈 대형 종합청사 조감도와 영동 구획정리지구 도면을 공개하는 대대적인 기자회견이었다. 나날이 과밀화되는 구시가지의 인구를 한강 이남으로 분산하고 대서울의 균형발전을 위하여 중앙정부의 적극적인 지원 아래 남서울개발을 급진적으로 추진한다는 것이었다.

남서울은 이미 사업을 추진중인 영동 제1지구에다 이번에 새로 발표되는 제2지구를 합하여 모두 팔백여만평에 달하는 광역이며 서울시는 오는 1972년까지 총 백육십칠억원의 자금을 투

입, 수도 서울의 발전사상 최대 규모의 획기적인 토목사업을 전
개하여 육십만 인구가 거주할 새 시가지를 조성한다는 것.

앞으로 전개될 남서울개발은 삼성동 청담동 압구정동 학동
대치동 일대가 중심부가 될 것이며, 효과적인 인구 유치를 위해
제일단계로 봉은사 남쪽 삼성동 오만평의 부지에 상공부와 그
산하기관인 십이개 국영기업체가 들어갈 종합청사를 신축한다
는 것.

이 지역 개발을 촉진하기 위하여 앞으로도 다른 정부관서 또
는 사회단체의 유치를 적극 추진할 것이고, 이미 이전이 확정된
상공부와 그 산하기관 공무원 및 임직원 사천이백가구가 거주
할 수 있는 주택용지 삼십만평이 확보되었으며, 이와는 별도로
삼만평의 부지에 총무처가 주관하는 공무원타운이 들어설 예정
이라는 것.

남서울의 중심이 될 영동지구는 총면적의 칠십 퍼쎈트에 해
당하는 육백만평에 상하수도 완비, 도로 완전포장, 전신 전화 가
스 공동구 설비, 저구릉지대의 자연풍경을 살린 공원녹지 조성,
학교 시장 위락시설의 우선 유치로 공공시설 등 도시 기반시설
을 완전히 갖춘 이상적이고 현대적인 신시가지를 본격적으로
조성한다는 것.

이와 같은 특별기자회견은 시정의 홍보라기보다는 호소에 가
까워 보였다. 앞으로 이삼년 안에 조성될 이 신천지에 들어가지
못하는 시민은 그야말로 경제적인 무능력자가 되어버릴 것만

같은 분위기였다. 발표를 계기로 서울 시민의 강남지향이 시작되었고 땅값의 가파른 상승도 시작되었다.

주인호가 사모은 상공부와 직원주택단지 부지는 나중에 우여곡절을 겪으면서 사용처와 소유자가 바뀌어 무역쎈터와 종합전시장 공항터미널 한전 등이 들어선다. 상공부 땅은 그들에게 일체의 서류를 넘기는 것으로 끝났지만 청와대 땅은 급히 매각하여 목돈을 마련해야 했다.

주인호는 국제극장 골목에 사무실을 내놓고 박기섭과 임사장을 불러 정치자금용 땅을 급히 팔도록 했다. 그들은 이듬해까지 부지런히 이십억원의 자금을 마련하여 상납했다. 청와대 입장에서는 워낙 처음 투자한 자금이 적었기 때문에 대단히 만족했다. 여의도 사십평대 아파트 한 채가 오백만원 하던 시절이니 당시의 이십억은 실로 거금이었다.

뒤에 기댈 만한 언덕도 필요없게 된 박기섭과 심남수는 최사장에게서 떨어져나왔고 한동안 동업자로 지내다가 심남수가 독립해 나갔다. 평당 수백원 시대에 시작한 박기섭은 1971년에 평당 만오천원, 이만원이 되었을 때에 이미 한몫을 잡았지만 심남수도 이삼천원 시절에 합세했으므로 박의 아랫수 정도는 되었다. 그는 강남의 토지에서 시작하여 상가와 아파트로 옮겨갔고 여의도와 이촌동과 압구정동 일대에 사무실을 냈다.

박기섭은 건설회사를 차려 팔천평 부지에 십이층짜리 네 개

동의 아파트 건설을 시작했고 열 배가 넘는 입주 희망자가 몰려들어 대성공을 거두었다. 심남수도 땅과 아파트 상가를 정리하여 박기섭의 회사에 투자했다.

어느날 심남수가 사무실에 나가앉아 조간신문을 뒤적이고 있는데 박기섭에게서 점심이나 같이하자는 연락이 왔다. 그는 약속한 호텔 일식집에서 박기섭을 만났다. 박은 새로운 땅을 환지하여 이번에는 더 넓은 부지에 이십개 동이 넘는 아파트를 건설한다고 했다.

— 넌 어떻게 된 녀석이 그렇게 무사태평이냐?

— 형은 지금 내가 뭘 했으면 좋겠수?

박의 핀잔에 오히려 남수가 되물었다.

— 야, 그 옛날식 사업 때려치우구 와서 내 일이나 좀 도와주라.

— 글쎄…… 십년 동안 정신없이 달려와서 좀 여유를 가지려구 해요. 때려치우긴 해야겠는데, 공부나 좀 해볼까?

박기섭이 한심하다는 듯이 남수를 물끄러미 바라보다가 말했다.

— 야 인마, 장가나 가지 그러냐, 너 그 여자 때문에 그래?

— 어떤 여자……

박기섭은 더이상 말하지 않았지만 그녀가 누구인지는 그들 둘 다 알고 있었다. 심남수와 일년 반을 동거한 여자가 있었다. 그가 이촌동 맨션에 살던 시절이었는데 까페에서 우연히 알게 된 여자였다. 이혼을 했다던가, 지금은 몰락했지만 사업하는 사람들은 알 만한 기업가의 딸이었다. 그 무렵 부동산업자는 접대가 업무의 절반이어서 지방 출장도 잦았고 사흘이 멀다 하고 룸쌀롱을 드나들었다. 아침에 숙취가 남은 채로 셔츠도 갈아입지 못하고 나서는데 그녀가 거실에 앉아서 담배를 물고 한강을 내다보고 있었다. 다녀오겠다고 했는데도 아무 대답이 없었다. 그러려니 하며 집을 나서서 오후엔 역삼동 부근에서 일을 보고 있는데 그쪽 사무실로 찾는 전화가 왔다. 받아보니 사무실 여직원의 다급한 목소리가 들려왔다. 어서 댁으로 가보시라는 전갈이었다. 그는 집에 전화를 걸었지만 벨 울리는 소리만 하염없이 이어질 뿐 아무도 없는 모양이었다. 하는 수 없이 택시를 불러 타고 집으로 돌아가자 경비원이 조심스럽게 그를 불렀다.

— 사고가 나서요, 사모님이 병원에 실려갔습니다. 여기 전화좀 해보세요.

그가 명함을 주는데 들여다보니 용산경찰서 경사 아무개라고 되어 있었다. 수화기 저쪽에서 목소리가 들려왔다. 심남수가 자신을 밝히자 경찰이 물었다.

— 어디세요?

— 집인데요……

— 아직 병원에 안 가셨군요. 아침에 두 분이 다투거나 뭐 그런 적 없어요?

— 그 사람이 사고가 생겼다는데 무슨 일입니까?

수화기 저쪽의 아직 만나지도 않은 경찰관은 서슴지 않고 말했다.

— 여자분께서 베란다 창을 열고 투신했습니다.

그는 아내도 아닌 여자의 주검을 확인하러 병원에 가서 낯선 그녀의 가족들이 외면하는 가운데 영안실 구석자리를 지키던 하룻밤이 잊히지 않았다. 박기섭이 다시 차분하게 타이르듯이 말했다.

— 남수야, 형 말 좀 들어라. 너 될 수 있으면 거기 빨리 정리해. 이번에 한강아파트하구 상가에 많이 질렸지? 거기 칠 모양이더라. 특혜분양이라구 고위층이 고하를 막론하구 일벌백계하라구 그랬대나 뭐래나.

심남수는 남의 말 하듯이 심드렁하게 물었다.

— 어디야?

— 뻔하겠지…… 검찰하구 국세청 특별조사반이래.

— 잘됐네. 나 그러잖아두 한국에서 뜰 생각이었어.

— 하여튼 정리하구 바람 쐬구 돌아와라. 오래 있지 말구…… 너 여길 오래 비워놓으면 확 뒤처진다는 걸 잘 알잖아. 다른 데가 일년이면 여기선 십년이다. 시간 속도가 세계에서 젤 빠른 데라니까.

그 무렵 심남수는 같은 아파트 동의 아래윗집에 살면서 박선녀와 가까워져 있었다. 하지만 그가 박선녀를 애틋하게 사랑한건 아니었다. 그가 박선녀에게 잘 대해준 것은 아마도 옛날의 자기 회한이 겹쳤기 때문일 것이다. 그녀는 냉정하고 영악한 데가 있지만 자세히 속을 들여다보면 시속 말로 촌년이었다. 살아내려고 겉으로 차가운 척하는 게 역력히 보였다. 일본으로 떠날 준비를 하면서 그는 그녀와의 작별을 사무적으로 무덤덤하게 잘 해내는 것 또한 사내다운 일이라고 생각했다.

그는 일본에서 십년을 보내고 팔십년대 말에 돌아왔다. 그동안 박기섭의 건설회사는 엄청나게 성장해 강남 곳곳에 그가 지은 아파트들이 서 있었다. 물론 그 무렵에 심남수는 박선녀의 이름은 물론 얼굴조차도 기억하지 못했다. 심은 결혼도 했고 아이가 둘이나 있었으며 대학에 자리도 얻었다. 부동산업에 뛰어들었던 시대의 기억은 청년기의 쌉쌀한 실수처럼 가슴속 깊숙이 숨겨져 있었지만, 젊은날의 횡재가 그를 안전하게 중년기로 안착시켜준 것은 사실이었다. 구십년대로 넘어오면서 이제 정부도 형식적이지만 민주주의의 시늉을 내던 시기였다.

백화점이 일시에 무너졌을 때 그는 자신의 건축사무소에 있었다. 뉴스를 접한 순간 그가 염려한 것은 일본 체류 시절에 투자금도 회수하여 이제는 아무런 이해관계도 없게 된 박기섭의 회사에 대해서였다. 심남수는 문득 박기섭을 처음 만났을 때 그가 시인이 되려 했다던 우스갯소리가 생각나서 픽 웃었다. 그는 박에게 전화를 걸었다.

—형님, 나요…… 괜찮아?

—심교수 웬일이야, 그런데 뜬금없이 뭐가?

— 대성백화점이 무너졌다길래.

— 글쎄 말이야, 작년엔 다리가 무너지더니 이번엔 백주에 빌딩 전체가 주저앉았다니. 우리야 뭐 초기공사 해준 건데 이십 프로나 됐을까? 저건 순전히 준공단계부터 설계변경이 문제였어. 후반공사는 김진 회장이 자기네 대성건설을 시켜서 직접 했다구.

— 투자 지분은 없나?

— 왜 우리두 좀 물렸을 거야.

심남수는 그날 형제처럼 오랜 사이인 박기섭과 그렇게 평범한 대화를 나누었다. 그리고 먼지와 씨멘트 더미에 뒤덮인 백화점 붕괴현장이 저녁 뉴스로 텔레비전에 떠오르는 것을 자기집 거실 쏘파에 앉아 끔찍한 심정으로 바라보았다.

십수일이 지나서 마지막 생존자인 점원 소녀가 구조되는 장면을 보면서 그는 자기도 모르게 뜨거운 눈물을 흘렸고, 얼핏 어떤 장면이 떠올랐다. 그것은 이국에서 혼자 살 때 어쩌다 꿈속에서 보던 영상이었다. 느릿느릿 슬로우모션으로 베란다에서 잠옷 바람의 여자가 떨어진다. 하도 느려서 흰 옷자락은 펄럭이지도 않고 천천히 물결치다 정지된 빨래처럼 보인다. 순간적으로 돌린 그녀의 얼굴 정면이 멈춰 있다. 그녀는 웃는 것인지 입을 조금 벌리고 있다.

바로 그 일년 뒤에 박기섭의 우정건설은 과다한 부동산 투자에 따른 은행부채로 부도를 맞는다. 속도의 제값을 치렀다고나 할까.

4
장

개와 늑대의
시간

양태는 골목 안의 어둠속에서 한길 쪽을 내다보고 서 있었다. 정월 보름이 지난 지 며칠 되지 않아 아직도 바람은 차가웠다. 그는 신문지로 둘둘 휘감은 쇠파이프를 옆구리에 끼고 누군가를 기다리고 있었다. 중심가에서 벗어난 곳이라 밤 열시만 넘으면 거의 인적이 끊기는 동네였다. 그래도 드문드문 작은 밥집이며 가게가 있기는 했다. 저쪽 길 아래에서 두런대며 말을 주고받는 소리가 들려왔다.

— 어야, 긍께 니가 나한테 꾼 것은 갚아야제. 그냥 띠묵을라 나잉.

— 새끼야, 주먼 될 거 아녀? 요새 먼 수입이 있냐 우리가…… 참말로 답답허구마.

두 사람이 가볍게 말다툼하는 걸로 보이지만 저것들은 늘상 저렇게 아무것도 아닌 일로 타시락거린다. 홍양태는 한 팔 길이의 맞춤한 쇠파이프를 쥐고 그들이 골목 앞으로 다가오기를 기다렸다. 그는 이제 고등학교 이학년이지만 걸어오고 있는 남자들은 머리도 덥수룩하게 기르고 수염도 거뭇한 이십대의 청년들이었다. 저런 시골 껄렁패들 정도야 맨주먹으로 상대해도 둘 정도는 너끈히 보내버릴 수가 있겠지만 양태는 내친김에 두 녀석의 다리몽댕이를 감쪽같이 꺾어버릴 작정이었다.

어머니는 시장 모퉁이에서 술국도 팔고 소주와 막걸리도 팔아서 양태 남매를 길렀고 학교에 보냈다. 선술집 안쪽 마당 건너방 두 칸이 그들 세 가족이 사는 살림집이었고 대문 쪽 구멍가게 자리에다 밥집을 냈던 것이다. 점심때에는 국밥을 팔고 저녁이 되면 술도 팔았는데 처음엔 술장사를 꺼리던 어머니도 그쪽이 수입도 낫고 아무래도 귀갓길의 행인들이 불쑥 들어오는 사례도 많아서 아예 밤까지 장사를 했다.

엊그제 밤이었는데 누이동생이 울면서 마당을 건너왔다.

— 오빠야, 지금 난리났네. 언놈덜이 와서 주정하구 장판굿을 벌렸어야.

양태가 얼른 쫓아가보니 손님들은 차마 나서지 못하고 올레줄레 구경하고 섰는데 만취한 녀석 셋이서 탁자 위를 쓸어버리고 빈병을 집어서는 조리대 위의 살강에다 던지고 있었다. 와장창하면서 그릇들이 깨어지고 굴러떨어지고 김치 항아리가 박살이 나서 냄새가 진동했다.

— 왜들 지랄여, 돈 내구 가라는디 이게 무슨 행패란가?

— 아짐, 우릴 뭘로 보는 거여. 외상은 줄 수 없다? 시방 우릴
못 믿겠다는 거여 뭐여, 씨부랄.

— 아니 이 새끼들이 어서 욕질이여.

그들 중의 뚱뚱하고 목이 짧아 다부지게 보이는 녀석이 어머
니의 저고리 앞섶을 움켜쥐고 앞뒤로 흔들었다.

— 야 이년아, 니는 왜 우리헌테 욕하냐.

양태가 달려들어 놈의 손목을 잡아비틀어 떼어냈다.

— 허, 이 새낀 또 뭐여?

— 고만하슈.

녀석은 물러나지 않고 양태의 뒤통수를 손바닥으로 찰싹찰싹
내리쳤다.

— 좆만한 새끼가 어딜 나서구그려.

— 어야, 가자 가.

뒷전에서 다른 녀석이 말하자 그는 침을 찍 뱉고는 밖으로 나
가며 말했다.

— 꼬마야, 너 땜에 느이 에미 봐줬다잉.

양태는 다른 사람들의 눈도 있고 해서 그날은 참아넘겼다. 양
태가 그들 또래에서 어떤 아이인지 알았다면 청년들은 절대로
그런 실수를 하지 않았을 것이다. 양태는 한번 당한 일은 절대로
잊지 않았다. 몇날 며칠이 걸리든 침착하고 끈질기게 기회를 노

리다가 반쯤 죽여놓아야 직성이 풀리는 성미였다.

그는 중학교 때 이미 소년원 신세를 진 적이 있었다. 그를 따라다니던 동급생이 이웃 고등학교 써클 아이들에게 몰매를 맞고 입원까지 하게 되자 혼자서 그 학교로 찾아갔다. 점심시간 무렵에 교복을 벗고 까까머리에 군 야전점퍼 차림으로 학교로 들어가 찍어둔 녀석의 학급으로 직접 찾아갔다. 아직 대부분의 반 아이들이 제자리에 앉아 도시락을 까먹고 있던 시각이었는데, 양태가 교실 문을 드르륵 열자 모두의 시선이 그에게 집중했다. 그가 또래의 학생들에게 자신을 밝힐 때에는 늘 하는 말이 있었다.

— 나 지산동 양태여. 어야, 땜통이 누군지 함 나오그라이.

— 저 좆만헌 새끼는 누구여?

뒷자리에 앉은 얼굴이 시커멓고 떡대가 좋은 고등학생이 젓가락을 던지며 일어섰다. 홍양태는 중학생인데다 몸집도 날렵하고 마른 체격이라 보잘것없어 보였다. 그는 앞으로 나서는 놈이 분명히 땜통이란 걸 알고는 우선 말발로 기를 죽이려 들었다.

— 니가 좀 노냐? 야이 씨벌놈아, 논다는 새끼가 맞장을 뜨는 것도 아니고, 중학생을 다구리 봐야?

— 허, 이 새끼 알고 본께 그 좆만이 친군 모양인데 너 오늘 잘 걸렸다이. 야, 문 닫어라! 저 새끼 토낄라.

땜통이 유도를 했는지 두 팔을 벌리며 앞으로 달려드는 것을 양태는 옆으로 빠지면서 왼발 돌려차기로 휘익 상대의 목덜미를 타격했다. 땜통은 그대로 튕겨져나가면서 도시락을 먹고 있던 아이들의 책상 위로 엎어져버렸다. 그야말로 일격에 침몰인 셈이었다. 학급 아이들이 우우 몰리면서 양태를 덮치려고 달려들었고 그는 난롯가에서 쇠부지깽이를 꼬나들었다. 학교에서 주물난로에 조개탄을 때던 시절이라 부삽과 쇠부지깽이와 양동이가 놓여 있었던 것이다. 흉기를 들고 마구 휘두르니 아이들이 덤벼들지 못하고 욕설만 내지르고 있는 틈에 양태는 복도 쪽으로 난 유리창문을 와장창 부숴버리고 가볍게 뛰어넘어 달아났다. 각 교실에서 학생들이 뛰쳐나왔고 주먹깨나 쓴다는 녀석들이 마침내 양태를 운동장 부근에서 포위하여 잡고는 사정없이 다구리를 놓았다. 양태가 휘두르는 부지깽이에 맞아서 부상자가 많기도 했지만 단신으로 쳐들어와 학교에서 제일 잘나간다는 저희들의 대들보를 부러뜨린 중학생놈을 무사히 보낼 수는 없었기 때문이다. 양태는 갈빗대가 줄줄이 나가고 팔이 부러져서 한 달이나 병원에 입원했지만 어머니에게나 학교에는 뺑소니차에 치였다고만 말했다. 깁스를 풀자마자 홍양태는 그 학교의 등하교시간에 부근 골목을 지키고 서서 낯익은 녀석들의 집을 파악한 다음 하나씩 각개격파를 해나갔다. 하루는 그들이 모이는 빵집을 알아내어 야구방망이 하나 달랑 들고 쳐들어가 작살을 내버렸다. 다섯 명의 무릎을 꿇리고 형님 소리를 들은 것까지는 좋았는데, 가게가 반나마 파손된 주인의 신고로 경찰에 입건되어 그동안의 여죄가 모두 드러났고, 결국 홍양태는 소년원 출입까지 하게 된 것이다.

그러한 양태가 홀어머니의 피눈물을 목격했으니 그냥 지나갈 리 만무했다. 그는 며칠 전부터 부근 동네에서 어슬렁거리던 청년들의 뒤를 밟아왔다. 청년들이 골목 앞을 지나자마자 양태는 신문지로 둘둘 만 쇠파이프를 다리 뒷전에 붙이고 그들의 뒷덜미를 향하여 달려들었다. 그것은 표범이 먹이를 채는 것과도 같았다. 휘익 하면서 파이프를 날려 한 녀석의 옆구리를 후리자 그는 캑, 하는 소리와 함께 길옆에 나뒹굴었고, 다른 한 녀석이 놀라서 비켜서는 것을 그대로 쫓아들어가 상반신을 굽히면서 무릎께를 가격했다. 아이고메, 비명을 내지르며 그 녀석도 빈 자루처럼 풀썩 무너졌다. 무릎을 한번 더 호되게 내리치자 녀석은 기묘한 소리를 내면서 축 늘어졌고, 그는 또다시 먼저 넘어진 녀석도 정강이 촛대뼈를 바라고 후려쳤다. 두 놈이 땅바닥에 널브러져서 버둥대는 꼴을 확인한 뒤에 양태는 슬슬 뒷걸음질쳐서 어느 담 모퉁이의 빈터에다 파이프를 내던져버리고는 유유히 집으로 돌아갔다.

그로부터 한 달 가까이 지나서 같은 또래로 그의 수하 노릇을 하던 농고의 태권도 반장 영섭이라는 녀석이 조심스럽게 말을 꺼냈다.

— 희춘이 형님이 널 좀 보자구 허는디…… 워찌 한번 가볼텨?

— 뭔 일로?

— 나가 알겠냐? 꼭 좀 데꼬 오라더만.

희춘은 양태네 고등학교를 나온 뒤에 조직에 들어간 바로 윗대 선배였는데 양태는 그의 실력을 별로 신통찮게 생각했다. 그 야말로 옷 빼입고 가오나 잡으면서 술집 아가씨들 데리고 밥 사며 돌아다니는 것이 꼴 같지 않다고 생각했던 것이다. 하지만 그를 내놓고 무시할 수는 없는 것이 그의 아버지가 경찰 계통의 간부로 도경에도 있었고 어느 지방의 경찰서장도 지냈다고 해서 어려운 일이 생기면 친구들이 그에게 부탁을 한다는 소리를 들었기 때문이다.

충장로 어구의 거상당구장으로 찾아가니 그는 또래의 청년들과 셋이서 쓰리쿠션을 돌리고 있었다. 영섭이 녀석이 굽실하면서 인사를 올리자 그는 힐끗 그들을 꼬나보고는 계속 좋은 알을 골라서 쳐대다가 미스가 나자 그제야 큐대를 놓고는 자리에 가서 앉았다. 희춘이 손가락을 까딱하면서 말했다.

— 일루 좀 와봐라. 너 벨일 없지야?

양태는 그냥 고개를 약간 숙여 보이고는 그가 앉은 긴 의자 옆에 나란히 앉았다.

— 니가 지산동 애들 손을 좀 봐줬담서? 그 새끼들 다리가 톡 부러져갖고 쌍지팽이 짚고 다닌다드마.

— 나는 모르는 일인디라우.

— 야 새꺄, 뚝 허면 뒷집에 호박 떨어지는 소리제 누가 모르겄냐? 그 작것들 쪽팔려서 지 입으로 말도 못한다드만. 건 그렇고잉, 우리 큰형님이 널 좀 보시겠단다.

그렇게 되어서 양태는 충장로파의 정덕수에게 소개되었다. 희춘이 도청 뒤 한정식 골목으로 데려갔는데 정은 사십대 초반의 눈썹이 짙고 얼굴이 창백한 인상이었다. 그는 같은 또래의 사내들과 식사중이었다. 희춘이 문지방에서 큰절을 하면서 말했다.

— 양태라는 꼬마 데려왔습다 형님.

그는 건성으로 희춘의 숙인 등 너머로 홍양태를 건너다보았는데 눈빛이 날카로웠다.

— 응 그려, 밥은 묵었냐?

— 개안습다 형님.

희춘이 쿡 찔러서 홍양태도 그를 향하여 큰절을 했다. 정덕수가 고개를 끄덕이더니 양태에게 물었다.

— 니가 시방 멫살이냐?

— 열일곱입니다.

정의 일행이 혼잣말로 중얼거렸다.

—.혈기방자한 나이에 좋은 때여……

— 지금 핵교 댕긴다고?

정덕수가 물으니 희춘이 양태 대신 얼른 대답했다.

— 예, 새봄에 삼학년이랍니다.

또다시 일행이 거들었다.

— 애덜이야 곰방곰방 크니께. 거 누구여 딱부리헌테 맡기면 잘 키워줄 텐디……

정덕수는 눈을 찌푸리며 한마디했다.

— 대가리 다 큰 놈들 별명 부르는 거 듣기 안 좋구먼. 갸가 인철이 맞냐?

정이 희춘에게 묻자 그는 두 팔로 방바닥을 짚고 상체를 얼른 숙이면서 대답했다.

— 예, 그렇습다 형님.

— 나가봐라. 글고 이것은…… 애 고기나 좀 사멕이고이.

정덕수는 지갑에서 현찰을 제법 두툼하게 빼어 희춘에게 건넸다. 희춘은 영섭과 양태를 데리고 부근 생고깃집으로 가서 소주와 갈비 수십대를 시켜서 먹고 마셨다. 양태는 사실 자청해서 조직에 들어가려던 것은 아니었지만 소년원 시절부터 또래 사이에 이름이 알려져서 놀지 않는다고 말하기도 거북한 입장이었다. 그즈음은 지방도시의 깡패들 조직이 두세 개 파로 분열되어 빤한 이권을 두고 경쟁하던 시절이라 뒷골목에서 이름이 알려진 청소년들을 다른 계보에서 스카우트하기 전에 먼저 점을 찍어두는 일이 흔했다.

딱부리 인철은 당시 광주 충장로파의 행동대장이었다. 나이는 이십대 후반으로 목포 출신이었는데 호텔 나이트와 오락실을 맡고 있었다. 그와 비슷한 또래의 중간층들이 양동시장과 황금동 주점가 등을 맡고 있었다. 그의 사무실 겸 일터는 금남로 관광호텔 뒷골목 이층에 있었다. 양태는 며칠 후에 딱부리와 상견례를 했다. 다부진 몸매에 딱 맞는 정장을 잘 차려입은 인철이 양태를 쓱 한번 훑어보고는 말을 붙였다.

— 니가 중학생 때부터 빵 출입했담서, 천안 살았냐?

— 김천요.

— 인자 큰성님께 인사도 올렸고 허니 식구나 한가진디, 안직은 머 일이 없응께 시장서 놀다 불르면 피뜩 와서 일손 보태먼되제.

홍양태는 충장로파의 꼬마로 신입이 되고 나서 반년도 되지 않아 학교를 퇴학맞았는데 그것은 어쩔 수 없이 겪은 대소 수십 전의 결과이기도 했다. 다른 경쟁세력과의 충돌이 잦았고 그런 일은 대개 구역의 접경지역에서 벌어졌다. 사고를 치고 여수나 목포 전주 등지로 넘어가서 수배기간을 피했다가 돌아오니 학교에서는 이미 제적처리가 되어 있었다.

한편 홍양태와 나이 한 살 차이로 엇비슷하게 성장한 강은촌이 있었다. 홍이 십대 시절부터 홍깡이라고 불린 것처럼 강은 고등학교 때부터 성씨에 알맞게 깡으로 알려졌다. 한데 홍깡과 구별하느라고 주위에선 그를 깡도끼로 불렀다. 흉기를 휘두르지 않았는데도 그의 별명은 그렇게 굳어져 세간에 알려진 것이다. 비슷한 시기에 조폭 행동대의 최일선에 등장한 두 사람은 인연도 묘했고 쌍둥이처럼 인생이 한데 얽히게 된다. 강은촌은 나중에 성장해서 도시의 북쪽을 장악하여 북구파를 형성했다.

두 사람이 마주친 것은 충장로파가 금남로의 경계를 넘어가 새로 건설된 북구의 백화점 일대와 종합터미널 부근에 진출했기 때문이다. 북구는 엄연히 세력권이 정해진 곳이었지만 종합터미널 부근은 양쪽 파의 사각지대라 먼저 차지하는 쪽이 임자였다. 양측의 행동대가 서로 기회만 노리고 있었는데 종합터미널 부근에서 먼저 십대들이 충돌했다. 그곳은 구두터나 상점들이 많고 길 건너편에 사창가도 있어서 비슷한 나이의 토박이 똘마니들이 박혀 있게 마련이었다. 홍양태는 양동시장에서 십대 후반 이십대 초반의 청소년 십여명을 이끌고 가서 진압한 다음 전에 있던 놈들 가운데 똘똘한 애들을 윗선으로 지명해서 관리했다. 어느날 시장 사무실에 나가니 구역장 꺽새 형이 다급하게 말했다.

— 아야, 인자 나오냐? 시방 빠스 차부 애들이 깨졌다고 기양 난리장판굿이 났는디 싸게 가봐라. 애덜 판에 우리가 나설 수도 없고이.

홍양태가 눈짓으로 희춘에게 어디 놈들이냐고 묻는 시늉을 했다.

— 거 머시여 도끼란가 하는 새끼가 꼬마들 몰고 왔다등만.

그들이 십여명의 대오를 짜서 터미널 근방으로 나가보니 서너 명이 깨지고 부러져서 이미 병원에 실려갔다는 소식이었다. 그날은 저들의 동선만 대강 더듬고 며칠 동안 뒷조사를 벌여서 북구파 아랫것들이 모인다는 서방시장 쪽으로 대거 침공하기로 결정이 났다. 자가용이 없던 시절이고 차량이라야 전쟁 때 불하받은 지엠씨 트럭뿐이라 모래 실어나르는 차를 빌려서 이십여명이 올라타고 풍향동 뒷골목을 지나 시장 부근에 집결했다. 시

장 동쪽의 화물 내리는 공터였는데 어디서 소식을 들었는지 시
장통으로 들어가는 입구에 벌써 한떼가 모여 있었다. 양태는 연
장 가진 애들을 먼저 앞세우고 뒷전에 서 있는데 키가 작달막하
고 어깨가 딱 벌어진 녀석이 저쪽에서 혼자 몇걸음 앞으로 걸어
나왔다.

— 느들 죽을라고 여글 왔냐? 서루간에 지킬 건 지켜야제.

그래도 머리털 좀 길렀다는 희춘이 점잖게 앞으로 걸어나가
대꾸했다.

— 서루간에 알 만한 사이 겉은디, 느이가 먼저 넘어왔응께 우
리가 온 거 아녀?

— 니가 그 집에 오야냐? 꼭 오입쟁이맨키로 보이구마이.

— 이 새끼 주둥이 터졌다고 막말허네.

희춘이 같잖게 보고는 그에게로 나서는데 서너 발짝 거리에
떨어져 섰던 강은촌이 휘익 공중으로 뛰면서 두발당상으로 올
려찼다. 정통으로 면상을 맞은 희춘이 뒤로 벌러덩 나가떨어졌
다. 우우하면서 달려들려는 패거리를 손짓으로 제지하고 양태
가 뒷전에서 앞으로 나섰다.

— 나 양태여. 니는 누구냐?

— 통성명 좋제. 나가 은촌이여.

서로간에 상대가 누구인지 대번에 알았고 은촌이 다시 말했다.

— 한 반데 묵었으면 다른 한 반데는 양보를 해얄 거 아녀.

— 구역을 우리가 결정할 일은 아니고…… 우리도 당했응께

아프지 않겠냐?

─ 하, 자식 말이 많구마이. 너 쌈하러 왔냐, 연설하러 왔냐? 함 붙어봐야 할 거 아녀 인마.

깡도끼 은촌의 이죽대는 말에 홍깡 양태가 차갑게 웃으며 받았다.

─ 먼 체육대회 하냐? 야덜아, 조져!

양태가 손을 쳐들자마자 열을 지어 섰던 패거리가 각목과 야구방망이를 휘두르며 달려들었다. 은촌은 좌우 펀치로 선두의 녀석 둘을 해치우고는 몸을 낮추어 뒤로 빠졌고 그쪽 패거리들도 연장을 휘두르며 몰려나왔다. 은촌네 패는 소식을 듣고 대충 시장 부근에 있던 녀석들을 급히 모아온 터라 양태네 숫자의 반밖에 되지 않았고 정예도 아니어서 금방 뒤로 밀리기 시작했다. 중간이 뚫리면서 칠팔명이 널브러지자 남은 대여섯 명은 뒤로 주춤주춤 밀리며 각목을 휘두르다 일시에 달아나기 시작했다. 양태가 시장 골목 어귀에서 패거리를 불러모았다.

─ 어야, 냅둬라. 깡도끼? 차식 벨것두 아니구마.

맞아서 널브러진 일고여덟 명 가운데 북새통에 몇놈 달아나고 다섯 놈이 머리통에서 피를 철철 흘리거나 다리가 부러졌는지 움쭉도 못하고 주저앉아 있었다. 은촌에게 발로 차여 코피가 터진 희춘이 야구방망이를 집어 번쩍 치켜드는 것을 양태가 말렸다.

─ 자네 분풀이넌 됐다 허소. 글고 너는 뭐시냐, 도낀가 촌놈

인가헌테 가서 알려라이.

양태가 터진 머리통을 두 손으로 감싸쥐고 피투성이로 앉은 놈에게 일렀다.

— 느그 아그덜 우리가 데꼬 갈 텡께, 양동 오류탁구장으로 찾으러 오라구 말여.

홍양태는 트럭에 네 놈을 싣고 자기네 구역으로 돌아와 탁구장으로 몰려갔다. 피투성이가 된 녀석들을 탁구대가 놓인 홀 안쪽의 사무실에 처넣으려니 주인이 쫓아들어와 난처한 얼굴로 말했다.

— 야, 느그 합숙소로 가야지 여그서 일 치면 우짤라구 그러냐.

— 오늘 이 집 몽땅 전세여. 다이값 주면 될 거 아뇨?

눈을 부라리면서 희춘이 말하자 주인은 투덜거렸다.

— 느그들 땜시 탁구장도 못해묵겄다. 단속 나오먼 대번 폐업인디 누가 채금질 거여.

양태가 터진 안면을 씻은 희춘과 함께 시장 사무실로 가니 구역장인 껑새 형이 흡족한 얼굴로 앉았다가 반겼다.

— 우리 체면이 섰구마. 인자 딱 금 기리갖고 빠스 차부서 광주천 이남은 우리 구역여. 쩌그 럭키백화점까지 묵어야 않겄드라고. 딱부리 성이 느그들 술 묵으라고 위로금 보냈더만.

— 똘마니덜 닛을 잡아왔는디라우.

양태가 보고하자 껑새는 귀찮다는 듯이 손을 내저으며 말했다.

— 기합 좀 넣어주고 보내뻔지지 멋허러 데꼬 왔냐?

— 아녀라우, 맞았다는 종합터미날 아그들 불러다 기심 좀 살래줄라고요.

— 낭중에 협상 들올 텐디 딱부리 성 난처하지 않게 잘해라이.

희춘이 옆에서 양태의 의견을 거들었다.

— 빠따 좀 돌린다고 먼 일 있을랍디여.

꺽새 형은 그가 밉다는 듯이 곁눈으로 흘겨보면서 핀잔을 주었다.

— 얀마, 아그덜 앞에서 콧대가 나갔는디 큰소리여? 넌 새꺄 좆 잡고 반성이나 혀라. 글고 병원 가서 엑스레이 찍어야제. 냅두먼 김기수맹키로 코가 휘어부러.

— 오메, 코피가 자꾸 나네. 얼음찜질이라도 해야 쓰겄다.

희춘이 사무실에서 나가자 꺽새가 픽 웃으면서 중얼거렸다.

— 펴엉신, 실력이 안되면 연장질이라도 한달지 깡다구가 있달지, 저래갖고 우아래 관리가 되겠냐?

양태가 담배 한 대를 물고 앉았는데 방금 나갔던 희춘이 아이 하나를 끌고 되돌아왔다.

— 도끼가 애덜 찾으러 오겠담서 전화가 왔다는디요.

— 얼루 와야?

— 탁구장으루 온답디다.

— 니가 접대혀라. 나넌 이따가 슬슬 가볼 텡께.

꺽새가 그렇게 이르자 양태는 탁구장으로 가서 아이들을 불러모으고 탁주 두 양동이에 튀김이며 안주붙이를 시장통에서

사다가 마셨다. 깡도끼 강은촌이 온다는 시간에 얼큰해진 애들
이 입구에서부터 늘어서고 일부는 광주천 다릿목까지 나아가
살폈다. 은촌이 단신으로 터덜터덜 걸어서 **학생의거탑**을 지나
시장 끄트머리에 이르러서야 누군가가 발견하고 알려왔다.

　— 혼자 오는디 콱 잡아와부러?

　— 냅둬라, 지 발로 들오게……

양태는 게임 보는 의자에 앉아서 지켜보고 있었다. 은촌이 좌
우로 연장을 들고 선 아이들 사이를 거침없이 지나서 탁구장 안
으로 들어섰다. 그는 안을 둘러보다가 양태를 발견하고 앞으로
다가왔다. 은촌이 빙긋 웃으며 말했다.

　— 맡겨둔 물건 찾으러 왔는디.

　— 긍께 맨손으로 와야?

양태도 이죽거리듯 말했고 은촌이 접는 의자를 끌어다 옆에
앉았다.

　— 치료비넌 피차 마차 역마차고잉, 오늘은 인자 니덜이 이겼
응께 술이나 한잔 묵자.

　— 어야, 술 가져오니라.

험상궂은 얼굴을 풀지 않은 양태의 수하가 양동이를 거칠게
내려놓았고, 양태는 위에 띄워놓은 바가지로 탁주를 그득 떠서
알루미늄 공기에 따라 은촌에게 내밀었다. 둘은 서로 힐끗 보고
는 각자 단숨에 마셨다.

　— 니가 그렇게 쌈을 잘한담서?

양태가 묻자 은촌이 되받았다.

— 나는 누구맹키로 뒷전에 서서 구경은 안허구마.

양태가 눈을 날카롭게 떴다가 가볍게 웃고는 눈가의 힘을 풀어버렸다.

— 나가 쌈허기 싫어서 그런다. 맬겁시 힘 빼기 싫어서. 니가 맨손으로 왔응께 우리도 값을 받아야 안 쓰겄냐.

양태가 둘러선 수하들에게 물었다.

— 터미날 아그들 왔냐?

머리에 붕대 감고 다리에 깁스를 한 녀석들 셋이 절뚝이며 앞으로 나왔다. 양태가 눈짓을 하자 아이들이 사무실에 꿇려놓았던 은촌네 수하 네 명을 끌어다 탁구대 앞의 공간에 엎드려뻗쳐를 시켰다. 희춘이 지켜보다가 야구방망이를 털썩 집어던지자 터미널에서 온 똘마니 중의 하나가 집어들었다. 은촌이 의자에서 일어나며 외쳤다.

— 머시여, 니덜이 시방 빠따를 돌린다는 거여?

— 안거서 지둘려. 잠깐이면 끝날 팅께. 야, 느그들 각자 한 놈에 열 대씩 돌린다, 알겄냐?

옙, 하더니 방망이타작이 시작되고 하이고 데고, 그런 소란이 없었다. 은촌은 분을 참느라고 자작하여 탁주를 따라마시더니 저 보는 앞에서 매타작이 끝나자 벌떡 일어났다.

— 인자 빚지고 간다마는 갚을 날도 오겄지.

그는 엉금엉금 기어다니는 녀석들을 일으키고 꾸짖으며 기중

못 걷는 놈을 부축하여 나가면서 양태를 쏘아보고 말했다.

— 너 나한테 걸리믄 죽는다.

희춘이 야구방망이를 들고 달려들듯 하면서 부르짖었다.

— 저 새끼럴……

홍양태는 희춘이 쳐든 야구방망이를 손으로 잡아비틀어 빼앗고는 강은촌에게 말했다.

— 너하구는 길이 다른께 넘어오지 말그라이.

홍양태에게 그날로부터 맞수가 생기게 되었다. 구역분쟁은 결국 충장로파의 행동대장인 딱부리 인철과 북구파의 영재가 보스를 대신해서 회합을 갖고 타협을 했다. 충장로 측이 럭키백화점을 포기하는 대신 종합터미널은 접수한다는 내용이었다. 그렇지만 그런 타협은 형식에 지나지 않았고 앙숙이 되어버린 두 파의 수하들은 서로를 찾아서 눈에 불을 켜고 골목을 뒤지고 다녔다. 먼저 양태가 검거되었고 뒤이어 은촌도 후리가리에 걸렸다. 그맘때에야 미성년이었으니 오래 살아봤자 모두 일년 미만짜리 징역이었고, 선배들은 애들이 크면서 고뿔이나 홍역치레를 하듯이 대수롭지 않게 여겼다. 빵을 들락날락하고 별이 늘어갈수록 이웃 도시와 다른 도에까지 그들의 존재가 알려지기 시작하고 안면도 넓어졌다.

홍양태는 이십대 초반에 벌써 딱부리를 제치고 행동대장이 된 뒤 오랫동안 별러온 대로 태권도 선수 출신 영섭과 칼잡이 임철 등 또래와 후배들 여섯 명을 데리고 육십년대 말에 상경했다. 서울에 목포 출신 선배 오종오와 박종식 등이 터를 잡고 있었기 때문이다. 오는 무교동에 박은 북창동에 자리를 잡고 있었는데, 홍양태가 얻은 일자리는 선배들이 내놓은 무교동의 주류도매관리였다.

북창동과 무교동은 고급요정과 일식집이며 바가 많고 이른바 방석집이라 불리는 대중적인 요정도 많은 서울의 최대 환락가였다. 북창동에서 무교동과 광교를 거쳐 종로 화신 앞까지가 대강의 구역이었는데, 군사혁명 이후 뒷골목이 극심한 판도의 변화를 겪어 종로와 명동 일대는 전통적인 세가 남아 있었지만 호남세가 약진한 지역으로는 구세력들이 좀처럼 들어오지 못했다. 호남패가 이렇게 자리잡은 것은 객지 타관에서 밀리면 죽는다는 식의 억척같은 생활력과 똘똘 뭉치는 끈끈한 연대감 덕분이기도 했을 것이다. 홍양태도 늘 농담하듯이 후배들에게 말하곤 했다.

— 우리가 가진 건 달랑 두 쪽뿐인디 빨가벗고 뛰어야 안 쓰겠냐.

오종오와 박종식은 양태가 후배들을 데리고 상경하자 요정에서 조촐한 환영식을 열어주었다. 오는 양태의 소매 짧은 상의와 삐뚜름한 넥타이 꼴을 아래위로 훑어보더니 혀를 찼다.

— 야 이 사람아, 그 주제비 꼴이 뭐여? 한양에 입성을 했으니 양복이라도 몇벌 맞춰야 쓰겠다.

그는 제 명함을 내어 거기다 몇자 적어서 양태에게 내주었다.

— 광교라사라고 있는디 고향 후배가 하는 양복점여. 이거 보여주고 몇벌 맞춰입으소.

박종식은 깔끔하고 날카로운 데가 있는 오와는 달리 털털한 데다 촌사람 같은 기질이 있어서 양태의 고분고분한 모습이 재미있는 모양이었다.

— 옷맵시 좋은 서울 건달이 되었응께 인자 홍깡도 접시 좀 돌리겄구먼.

홍양태는 무교동 한복판에 여관을 잡아두고 옆방에는 아우들을 묵도록 했는데, 때깔나는 새 양복이 처음엔 세 벌이었다가 구역 안에서 얼굴이 알려지자 이집 저집 양복점에서 한 벌씩 해주어서 여섯 벌이나 되었다. 동생들도 그럴듯하게 옷을 맞추어입고 무교동과 북창동 일대의 바나 요정의 관리인으로 나가게 되었다. 그들은 교대로 오전에 양태를 수행하여 전날 내간 주류대금을 수금하러 다녔다.

전용 지프차의 앞자리에 양태가 타고 뒤에는 덩치 큰 아우 둘이 버티고 앉았다. 양태가 들어서면 아직 청소 전인 술집의 지배인 격이 나와서 정중하게 맞고는 계산대로 가 어제의 판매대금을 내주었다. 아우들이 들고 간 보스턴백이 현찰로 빵빵해질 때까지 모든 집을 돌아다녔다. 수금을 마치고 돌아와 점심 먹고 주류도매점에 나가면 아우들과 일꾼들이 트럭에 실어온 정종을 조심스럽게 개봉하여 드럼통에다 모조리 붓고는 물과 주정을 타서 새로 제조했다. 가짜 술을 조제하는 기술자들이 따로 있어서 그들에게는 특별일당을 지급했다. 오후 네시경에 다시 밀봉한 정종을 차에 싣고 각 술집에 보급하러 나가면 그날 일과는 끝이었다. 토요일이 가장 바쁜 날이고 일요일은 누구나처럼 쉬었으며 월요일 화요일도 비교적 한가했다. 목금토 삼일만 신경쓰면 별로 바쁠 것이 없는 나날이었다.

조직의 사무실은 무교동에 있었는데 오종오와 박종식이 번갈아 지키거나 함께 있을 때도 있었다. 아래층은 다방이었고 이층에 사무실이 있었다. 경리가 한 명, 나머지 사원들은 모두 비번의 조직원들인 셈이었다. 그들은 각자 유흥가에서 일을 하며 교대로 사무실에 나와서 경비근무를 섰다. 보통 때처럼 수하 두 명을 데리고 수금한 보스턴백을 들고 올라가니 박종식이 낯선 사내와 함께 앉아 있다가 손짓을 했다.

— 어, 양태 오냐? 인사 올려라. 우리 큰형님이시다.

그는 어깨가 딱 벌어지고 날렵하게 보이는 중년남자였다. 홍양태가 이름을 대며 인사하자 그는 고개를 끄덕이면서 환하게 웃었다.

— 수고가 많다지. 나 조창호라 칸다.

— 형님은 전에 서울 기시다가 대구로 낙향하셨는데 이참에 우리럴 도우러 오셨구마. 잘 모셔야 헌다, 알겠냐?

조창호는 원래가 조직 없는 도꼬다이 주먹이었는데 맞짱으로 그를 대적할 자가 없다는 소문이 있었다. 양태가 친해진 다음에 조심스럽게 물으니 그는 싱겁게도 운이 좋았을 뿐이라고 겸손하게 대답했다. 그 역시 고등학교 시절부터 싸움으로 또래들 간에 알려지기 시작했다. 십대 때부터 권투와 씨름, 유도를 배웠고 태권도를 배우기도 했는데 몇년을 단련한 것은 아니고 반년에서 몇개월씩 이것저것 알짜 기술만을 연습했다. 그는 여러가지 운동을 했기 때문에 각 부문의 약점을 잘 알고 있어서 가령 상대방이 권투하는 자세로 나오면 유도 식으로, 유도하는 놈은 씨름이나 태권도로 공략했다. 그는 유도 특기생으로 서울 변두리 대학에 입학했다가 그가 들어간 학부가 폐지되자 자연스럽게 중퇴가 되었고, 그후 한동안 중앙청과물시장에서 도매상을 하는 친척 아저씨의 일을 거들면서 지냈다.

조창호는 중앙청과시장의 경비과장을 맡았다. 당시에는 모든 채소와 청과물이 화물열차로 서울에 집결했기 때문에 서울역 앞을 무대로 한 소매치기와 양아치 뚜쟁이 각설이 등이 시장으로 몰려들어 하루에도 몇차례씩 정리에 나서야 했다. 그가 몇차례의 싸움에서 호가 나자 사대문 인근의 건달들이 도전하러 찾아오기 시작했다.

그는 모두 맨손으로 맞상대를 해서 그런 자들을 차례로 쓰러뜨렸다. 부자지 차기는 물론이고 눈 찌르기와 명치 관자놀이 인중 같은 급소 치기에서 장딴지 박아차기, 발등 밟기, 턱에 안수먹이기, 목젖 지르기, 신장이 있는 잔허리 치기 같은 싸움기술이 동원되었다. 그것도 맞서자마자 일분 이내에 타격을 하는 것이다. 그래서 구경꾼들은 모두 조의 잽싼 동작을 놓치고는 어쩐지 싱거운 느낌과 함께 귀신같은 싸움꾼이라고 혀를 내두르곤 했다. 그러나 그는 혼자서 시장바닥을 감당하기에는 너무 유명해졌다는 걸 뒤늦게 알고 일단 퇴각하기로 작정하고 낙향했다. 그리고 오종오와 박종식이 무교동에 자리잡은 뒤에 연락하여 몇 년 만에 다시 상경한 것이었다.

먼저 무교동에 터를 잡은 오종오는 여수 목포 등지의 일식집에서 회를 치던 칼잡이들이며 술집에 일을 잡은 호남 후배들을 모아 세를 형성했고 박종식도 목포 후배들과 함께 상경하여 북창동에 자리를 잡았다. 이들은 고향에서부터 연결되어 있던 터라 살아남기 위해서는 서로 협동해야 한다고 깨닫고 패거리를 합쳤다. 이들은 주류에서부터 생선과 청과물 등속에 이르기까지 도매권을 장악하는 것이 이권이라 보았고 특히 12월의 김장철이 큰 대목이라는 걸 알게 되었다. 보통 때에는 서울역 아래 염천교 부근의 수하물부에서 물량이 하역되었지만 대목철에는 용산역에서 하역과 경매가 이루어지게 마련이었다. 박종식과 오종오도 이때에는 털 달린 미군용 파카를 뒤집어쓰고 패거리를 이끌고 용산역으로 나갔다.

열차가 들어온다는 전달이 와서 역 앞의 순대국밥집에 앉았던 오와 박이 수하물부의 출입구로 들어서서 폼으로 걸어가는데 자기네 패거리 수하들이 갑자기 긴장을 하며 대열을 갖추는 것이 보였다. 박종식은 그게 싸움판 직전의 동작이라는 걸 대번

지고 다녔다. 간호사들은 그들의 험상궂은 인상에 겁을 먹고 아무 소리도 못했다. 수하들이 병실을 찾아내자 홍이 들어가 병실 안을 휘둘러보았다. 환자는 부러진 한쪽 다리에 깁스를 해 매달아놓았고 머리에도 붕대를 친친 감고 있었는데 곁에는 젊은 여자와 나이 든 여인이 나란히 앉아 있었다. 그녀들이 아내와 모친임을 홍은 한눈에 알아보았다. 얼굴을 반쯤 돌린 환자가 눈을 빛내며 그를 올려다보았다. 수하 두 명은 문앞에 버티고 섰고 홍은 말없이 두 여자를 향하여 인사를 한 후에 과일바구니를 내려놓고 꽃다발을 두 손에 들고서 정중하게 말했다.

— 나 남도상회 지배인임다. 애덜이 사람을 잘못 짚은 거 겉은 디…… 나가 대신 사과럴 허겄소.

그는 안주머니에서 미리 작성해온 합의서를 꺼내어 그에게 흔들어 보이며 말했다.

— 여그다 지장만 찍어주면 우리는 치료비 물고 사라지겄다 그겁니다.

— 안해…… 합의 안해.

환자가 목소리도 또렷하게 내뱉었고 홍은 들고 있던 꽃다발을 뒤의 수하에게 넘겼다. 녀석은 피해자와 두 여자가 보는 앞에서 신문지에 싼 사시미칼을 꺼내더니 대번에 꽃다발을 쳐버렸다. 댕강 잘린 꽃들이 무참하게 침대 위에 떨어져내렸다. 홍양태가 나직하게 한마디 덧붙였다.

— 이 사람덜 성질이 하도 급해갖고 무슨 일을 저지를지 나도

모른당게요. 오메, 칼이 아주 잘 드는 모양여.

홍양태는 모친인 듯한 여인에게 허리를 굽히고는 합의서를 바짝 들이댔다.

— 싸움은 말리고잉 흥정은 붙이란 소리도 있는디, 합의가 깨지면 병원 나온 후에도 그 바닥서 술장시해묵기는 어려울 것이오.

— 아, 안해…… 안한다구……

중얼거리는 피해자를 돌아보던 홍양태가 갑자기 그의 팔에 꽂혀 있던 링거 주삿바늘을 뽑더니 대뜸 목에다 푹 찔러넣었다. 생명에 지장은 없겠지만 약물이 뚝뚝 떨어지는 주삿바늘이 목에 푹 들어가 박혀버렸으니 곁에서 지켜보는 사람 눈에는 끔찍해 보일 만했다. 처가 애고머니 소리를 지르고 주저앉자 모친은 두 손을 비비며 빌기 시작했다.

— 제발 한번만 살려주, 내가 찍어드릴 테니 제발……

홍이 뒷전의 수하를 돌아보자 그가 인주를 들고 와서 환자의 팔을 잡고 손가락에 인주를 묻혀 서류에 꾸욱 찍었다. 홍양태가 주삿바늘을 뽑은 뒤에 다시 정중히 인사를 하고는 병실을 나가기 전에 말했다.

— 퇴원 뒤에 가게로 인사를 갈랍니다. 치료나 잘허소.

그리고 그해 연말쯤에 작은 사건이 일어났다. 건달들이 개인적으로 부딪쳐서 서로 주먹다짐을 하거나 남의 부탁을 받고 은밀하게 혼을 내주는 일은 있었지만 조직끼리의 노골적인 충돌은 거의 없던 시절이었다. 명동 모나코호텔에 있는 아이리스 클럽에서 주먹들의 송년회가 있었다. 모나코호텔에 거점을 정하고 있던 진상사파가 우두머리급 몇명과 주변에 알 만한 건달들을 불러다 주연을 베푸는 자리였다. 지방 사람으로는 부산에서 올라온 건달 두엇과 퇴계로에서 술집을 관리하는 목포 출신 이경식이 와 있었고 북창동의 박종식과 무교동의 오종오, 그리고 둘의 선배인 정학영과 조창호도 초대를 받았지만 그들은 가지 않았다.

서울도 이제 차츰 판도가 넓어져서 사대문 밖으로 뻗어나가는 중이었고 이름도 없는 새로운 세력들이 생겨나고 있었다. 애초에 이경식은 초대를 받지 않았지만 바로 위의 선배격인 남 모 대신 그 자리에 참석한 것이었다. 남은 진상사와 함께 옛날 이화룡이 명동에 거점을 잡고 있을 때부터 퇴계로를 중심으로 신세계백화점 일대와 남대문시장에서 대한극장에 이르는 알짜 구역을 관리하던 인물인데, 목포 출신이라 고향 후배들이 속속 찾아가 수하로 들어갔다. 남 모는 진상사가 행동대장을 하던 시절 그보다 조금 아래급이기는 했지만 이화룡이 이정재의 동대문사단과 맞설 때 스카라극장을 넘어 청계천까지 진출할 정도로 대담했던 전성기도 있었다. 그러나 세월이 흐르면서 차츰 아래 구역을 진상사의 후배들에게 넘기고 위쪽으로 밀려나 호텔 하나와 대한극장 부근만 지키고 있는 터였다. 이경식이 송년회에 간 것은 대한극장 건너편 충무로 어느 주점에서 있었던 진상사 수하들과 자기네 아이들의 작은 충돌에 관해서 남선배가 불편해했기 때문이다.

아이리스 클럽의 맨 안쪽에 테이블을 여럿 붙이고 의자를 옮겨 주연 자리를 마련했는데 이경식은 바깥쪽에 앉아 있었다. 진상사가 들어와 안쪽 상석에 앉고 서로 송년인사를 하고는 떠들썩하게 술잔이 돌아가던 중이었다. 이경식이 위스키를 글라스에 따라 벌컥이며 몇잔 마시더니 대번에 취기가 오르는지 목소리가 커지기 시작했다.

— 야 이 새끼야, 니가 멀 믿고 한양까지 올라와서 여그 떡 버티고 앉었냐?

그는 맞은편에 앉은 부산 애들에게 먼저 시비를 걸었다. 부산에서 올라온 자는 저희 구역에서 행동대장급 인물이었는데 이름도 모르는 녀석에게 욕을 먹고도 처음에는 점잖게 나왔다.

— 허, 이 사람이 벌써 취했나. 집에 가서 뒤비 자야겠네.

— 큰형님, 너무합니다요. 우리 형님이 워찌 이 자리에 안 오셨는지 묻지도 않으쇼?

이경식은 방향을 돌려 대뜸 진상사를 향하여 외쳤고 그 옆에 앉았던 명동 패거리 중의 하나가 되물었다.

— 그래, 망치는 왜 안 오고 니가 왔는지 말해봐라.

— 뭐라고, 망치? 야 새꺄, 우리 큰형님이 니 친구여? 어디서 별명을 불르구 그려. 아니 씨발 한번 따져봅시다이. 구역 인정도 안허고 다구리 까고 그러문서 무슨 놈으 식구요.

진상사가 점잖게 말했다.

— 쟤 누구냐? 얼른 보내든지 재워야겠다.

진상사의 말이 떨어지자마자 두어 명이 일어나 이경식의 덜미를 잡아 일으키려는데 그가 머리로 한 녀석을 들이받았다. 그가 코를 움켜쥐며 주저앉으니 기다렸다는 듯이 부산 녀석이 이경식의 턱을 돌렸고 연이어 부근에 앉았던 패거리가 이경식의 안면과 배를 가격했다. 그들은 내친김에 늘어진 이경식을 부축해서 끌고 나가 주차장에서 흠씬 두들겨팼다. 새나라택시를 불러 피투성이로 늘어진 이경식을 실어주고는 돈을 주면서 택시기사에게 말했다.

— 이 새끼 대한극장 앞에다 내려주라.

이경식이 갈빗대가 몇대 나갔네 팔이 부러졌네 하면서 호남파 주먹들이 들썩거렸고, 오종오 박종식과 그들의 선배 겸 자문역으로 있던 조창호와 정학영도 무교동 사무실에 모여앉았다. 홍양태도 오종오가 불러서 그 자리에 갔다. 오종오는 이경식과 친구여서 누구보다도 분개하고 있었다.

— 이번 일은 그냥 넘어갈 수 없는 문제여. 인자 업소마다 소문이 쫙 돌았당게.

— 그라니 워쩌겠냐? 실수는 경식이 갸가 먼저 했잖여.

박종식이 심드렁하게 대꾸하자 오종오가 화를 벌컥 냈다.

— 얀마, 너 진상사허고 오삭가삭허는 거슬 내가 모른 중 아는디 태도를 확실히 혀.

— 너 말 다했냐? 밤장사하자면 잔일에 신경쓰다 망헌다. 길 하나 사이 이웃인디 서루간에 척지면 손해라고. 즈들 집안 문제에 왜 우리가 신경을 써야?

오와 박이 말다툼을 벌이려 하자 호남 선배격인 정학영이 말렸다.

— 어야, 멀 언성 높이구 그라냐. 경식이는 내 후배두 되는디, 이참에 나나 창호가 건너가서 진상사 형한테 얘기해볼 참여. 수습책으로 경식이 팬 놈덜 사과나 받고이.

그러나 그들에게서 사과를 받는다는 게 형식에 지나지 않음을 홍양태는 잘 알고 있었다. 이미 이쪽에 오물이 튄 격이었다. 조창호가 말했다.

— 사과나 받아서 마 구겨진 체면을 회복할 수 있겠나. 이래 하문 어떻겠노? 이쪽캉 저쪽서 열 명씩 뽑아가 차례로 맞짱을 뜨자 캐라. 그라모 분도 좀 풀리고 체면도 세울 수 있겠구마는.

오종오가 픽 웃었고 박종식도 어이가 없는지 턱을 쓸며 천장을 올려다보았다. 조창호가 홍양태에게 불쑥 물었다.

— 니는 우짜문 쓰겠노?

— 그건 옛날 방식입니다 큰형님. 응징해야지라.

홍양태가 단호하게 말하자 조창호는 큰 소리로 웃어댔다.

— 이 사람 말하는 것 좀 보소. 마 주먹질도 사업인 기라.

결론이 나지 않은 채로 차차 대책을 세워보자며 자리가 일단 끝났고 사무실에는 오종오와 홍양태만 남았다. 오종오가 담배를 태우며 곰곰이 생각중이더니 홍에게 물었다.

— 너 자신있냐?

— 쓸어버립시다 형님.

홍양태는 동생들을 데리고 상경할 때부터 결심한 바가 있었다. 그것은 알몸뚱이로 타관 객지에 올라와 일어서려면 목숨을 걸어야 한다는 것이었다. 죽을 각오로 뛰지 않겠다면 기술을 익혀서 공장에 들어가든지 얌전하게 행상부터 시작하여 평생에 목 좋은 점포나 하나 장만하면 될 것이다. 그런 자그마한 일거리도 온몸을 바쳐서 매달리지 않으면 입에 풀칠이나 제대로 할 수가 있겠는가.

— 일 치고 나먼 이 바닥이 발칵 뒤집힐 거여. 한 반년쯤 잠수럴 타야겠구마. 이참에 물갈이럴 해야 쓰겄다.

— 지가 알아서 하겠습니다.

홍양태는 심복 아우들과 의논하여 계획을 세웠다. 보복은 빠를수록 좋으니 새해 첫날이 지나자마자 치기로 했다. 직장이며 가정이 휴식에 들어가 있는 기간이었다. 건달들이야 늘 구역에 나와서 지내므로 명동파도 거점에 나와 있을 것이었다. 무교동에서는 오전에 준비를 마치고 먼저 정찰조를 보내기로 했다. 그들은 모나코호텔이 마주 보이는 선술집에 들어가 동정을 살폈다. 진상사 일행이 점심을 먹고 나서 커피숍에 모일 무렵 양태의 수하는 명동파의 주요 인물들이 모여 있는 것을 확인하고 즉시 전화로 홍양태에게 알렸다.

차량 세 대에 나누어탄 십여명의 행동대는 채 몇분도 지나지
않아 모나코호텔 주차장에 도착했고 각기 각목과 야구방망이
를 들었다. 그들은 일제히 로비로 몰려들어가 커피숍으로 돌진
했다. 행동대는 커피숍에 앉아 있던 명동파의 몇몇 인물들을 타
격했다. 머리가 터지고 어깨가 주저앉고 피투성이가 되어 널브
러졌다. 정작 그들이 노리던 진상사는 보이지 않았다. 그는 마침
그 순간에 화장실에 가 있어서 요행히 화를 피할 수 있었다. 삼
분쯤이나 걸렸을까, 네댓 명의 명동파 우두머리급을 순식간에
제압하고 홍양태는 수하들을 이끌고 물처럼 빠져나왔다. 얼굴
이 팔린 아이들은 계획대로 각자 지방조직에 의탁하러 낙향했
고 양태도 시내 중심가를 피하여 변두리에 몸을 숨겼다.

이 사건 이후 서울의 판도가 두 가지 점에서 달라지기 시작했
다. 첫째는 세대교체로서 나이 든 서울의 토박이 주먹들이 다시
는 조직적 전열을 세우지 못하고 호남파가 패권을 다투게 된 것
이다. 둘째는 맞짱을 뜨거나 의협을 내세워 자유롭게 구역을 넘
나들던 전통적 의미의 건달이 사라지고 사업과 이권을 좇는 근
대적인 폭력조직이 등장하게 된 것이다. 이제부터는 주먹 대신
에 연장을 쓰는 실질적인 폭력만이 살아남게 되었다.

양태가 서울에 올라와서 징역을 산 것은 두 번인데 첫번째는
명동의 씨티다방에서 패싸움을 벌인 일로 십개월 옥살이를 했
고 두번째는 조선호텔 고고클럽인 투모로우에서 기관원에게 대
든 사건으로 육개월을 살았다. 첫번째 사고는 명동의 토박이 똘

마니들을 제거하는 과정에서 생긴 일이고 두번째는 그에게 대단히 중요한 인연을 만드는 계기가 되었다.

호남 선배 정학영과 오종오가 놀러 와 홀에서 술을 마시고 있었는데 나중에 합석한 윤무혁이란 이가 평소에 정학영을 고깝게 보았는지 슬슬 막말을 해대기 시작했다. 윤무혁은 광주 출신으로 공부도 잘하고 주먹도 있어서 또래의 서울 친구들에게 인정을 받았다. 야당의 조직국장 노릇도 했다니 수완도 보통이 아니었다. 그는 군 장교 시절에 중앙정보부에 들어가서 사회분야를 맡았다. 이를테면 밤의 뒷골목을 파악하고 관리하는 직책인 셈이었다. 윤은 정학영보다 선배였는데 서울에 일찍 올라온데다 권력기관에 있어서 옛날 자유당 시절의 일세대 주먹들과도 하게를 쓰며 지낼 정도였다. 평소부터 그런 점을 잘 알고 있던 정학영이 술김에 저도 반말로 대들었고, 윤이 정의 얼굴에 술을 끼얹었다. 곁에서 이를 목격한 오종오가 자신의 직계 선배가 당하는 꼴을 보고 인사도 없이 자리를 차고 일어서자 윤이 따라서 일어나며 오의 따귀를 때려버렸다. 홀의 곳곳에 있던 양태의 꼬마들이 이 광경을 목격했다. 정학영은 손수건으로 얼굴과 양복 가슴께를 닦으며 출구로 나왔고 오종오도 빰을 비비며 따라나왔다.

— 개새끼, 남산에 있으면 다여?

홍양태도 수하들에게 들은 말이 있어서 선배들을 배웅하면서 한마디 했다.

— 저 사람이 뭐간디…… 기양 놔둘 거요?

오종오가 양태에게 눈을 부라리며 말했다.

— 니들 나와바린께 알아서 겨라.

홍양태는 그대로 일직선으로 윤무혁 일행의 자리로 갔다. 그를 따라온 두어 명의 사내가 제지를 하려는지 일어섰다. 양태가 한 녀석의 턱을 안수로 홱 밀어젖히자 옆 테이블 위로 넘어지면서 술병과 잔이 떨어졌다. 양태는 윤의 앞에 있던 테이블을 그대로 엎어버리고는 그가 앉은 쏘파 한쪽에 구둣발을 얹으며 외쳤다.

— 당신이 누구든 간에 배때지에 칼 들어갈 팅께 앞으로 밤거리를 조심해야 할 거여.

윤무혁으로서는 정학영이나 오종오에게 준 모욕보다 몇배나 큰 망신을 당한 셈이었다. 홍양태는 이제 겨우 일어서기 시작한 이십대의 구역 똘마니에 지나지 않았던 것이다. 그렇다고 뒷골목 조무래기를 직접 연행할 수는 없었는지 윤무혁은 양태가 밀치는 바람에 뒤로 넘어져 머리가 좀 터진 동행을 시켜 폭행으로 고소해서 집어넣어버렸다. 그 바람에 양태가 육개월을 살고 나오자 선배들이 모두 교도소로 마중을 나가고 그에게 중책도 맡기게 되었다. 풀려난 지 며칠 만에 정학영이 그를 데리고 명동으로 나가서 환영연을 베풀어주었다. 그때 윤무혁이 뒤늦게 참석했고 양태는 다시 정식으로 인사를 했다. 그렇게 관계를 맺었는데, 진상사네를 무차별 폭격하고 나서 한 달쯤 뒤에 윤에게서 만나자고 연락이 왔고 홍양태는 영등포에서 그와 저녁을 먹었다. 윤무혁이 양태에게 주의를 주었다.

— 명동파는 이제 손발도 없는 셈이 되어버렸다. 그렇지만 무시할 수가 없는 것이 서울 토박이들은 연줄이 그물처럼 얽혀 있거든. 치안국에서 널 전담하는 조를 짰다더라. 하여튼 일년만 잡히지 말아라.

홍양태는 야코가 죽지 않았다. 서울 변두리로 나가 있다가도 중요한 일이 있으면 후배들과 연락하여 불쑥 나타나 구역정리를 하곤 했다. 그들이 장악한 일터를 놓치지 않으려 한 것은 서울 일원 주요 호텔의 나이트클럽과 유흥가의 관리권 때문이었다. 더구나 육십년대 말에 인천 올림포스호텔과 서울 워커힐호텔에 카지노와 슬롯머신 오락실이 개장하면서 서울 중심가의 호텔과 지방 관광호텔에까지 외국인 전용이라는 단서가 붙은 채로 기계가 설치되기 시작했다. 카지노와 슬롯머신은 돈 나오는 기계라고 할 만큼 중요한 이권사업이었다. 이제 작은 유흥가의 요정이나 바에 신경쓸 필요가 없게 된 것이었다. 윤무혁은 막 세대교체를 이루기 시작한 범호남파의 패권에 여러가지로 도움을 주었다.

북창동의 박종식 같은 호남파의 상경 일세대들 사이에서는 홍양태와 그 후배들의 갑작스런 약진에 당황하여 그들을 견제해야 한다는 의견이 많았다. 그들의 고향인 광주에서는 바야흐로 세 파벌이 맞서고 있었다. 홍양태를 중심으로 한 충장로파와 강은촌의 북구파 그리고 같은 또래로 두 사람이 떠난 뒤 광주에서 실세로 올라서는 이동수의 무등파가 있었다.

강은촌이 상경한 것은 홍양태보다 훨씬 늦은 1973년 무렵이었다. 그는 사고를 치고 광주교도소에 들어갔다가 감옥 안에서 송태섭을 만나게 되었다. 송태섭은 자유당 때부터 상경해 5·16 이후 서울지역 깡패들이 뿌리가 뽑힌 뒤에 범호남파의 대선배가 된 인물이었다. 그는 진상사 등 서울의 남은 선배 세력들과도 친밀했고 오종오 박종식 정학영 등도 모두 그를 형님으로 모시는 처지였다. 송태섭은 낙원그룹 회장과 카지노 지분 문제로 마찰을 일으켰다가 호남파 식구들과 함께 검거된 것이었다.

강은촌은 감옥 안에서 송을 비롯한 서울의 범호남파 선배들을 깍듯이 모셨다. 교도관들도 모두 지역 사람들인데다 북구파의 후배들이 잘 챙겨서 그야말로 범털 대우를 받도록 해주었다. 복날이면 개고기 수육 도시락이 들어오고 날씨가 추워지면 따끈하게 데운 정종이 식구통으로 들어왔으며 취사장에서는 그들을 위한 특식을 따로 만들어 배식했다. 담배와 술은 거의 떨어지지 않았다.

— 도끼야, 나가면 우리허고 서울로 가는 거여. 니덜이 우리 뒤를 이서야 쓰겄다.

은촌이 몇달 먼저 만기석방이 되고 송태섭 일파도 광복절 특사로 나왔다. 강은촌은 그들을 따라 서울로 갔다. 은촌에게는 고교시절부터 함께 소년원을 들락거리며 잔뼈가 굵은 두 친구가 있었는데 별명이 한방인 이대권과 꾀 많은 박광현이었다. 한방은 북창동에 먼저 터를 잡고 있던 광주 북구파 계통 아이들과 광주에서 데리고 올라간 후배들을 합쳐서 관리했고 꾀보 광현은 바와 오락실 관리를 맡았다. 그렇지만 이미 오종오와 홍양태네 패거리가 무교동 일대와 광교 청계천 명동 일부와 대한극장 앞까지 뻗쳐 있어서 구역이 너무 옹색하게 느껴졌다. 양태네 패가 중심가의 호텔과 영업장마다 자리잡고 있어서 은촌은 송선배의 주선으로 겨우 이태원에 있는 워싱턴호텔을 근거지로 삼을 수밖에 없었다.

그리고 광주와 호남권의 관리도 소홀히 할 수 없어서 강은촌은 광주와 서울을 수시로 오가는 생활을 하고 있었다. 그가 광주에 내려가 있던 새해 신정에 서울에서 큰 사건이 터졌다는 소문이 들려왔다. 양태가 수하들을 이끌고 모나코호텔을 급습하여 진상사파를 묵사발로 만들었다는 것이다. 은촌이 서울로 오니 선배들은 온통 그 얘기뿐이었다. 송태섭이 불러서 프린스다방에 나가니 박종식도 와 있었다.

— 어야 동상, 용이 꼬랑창에 빠진께 깔따구가 문다고잉, 얼척이 없구마. 홍깡 그 좆만이가 많이 커부렀다.

침착하던 박종식도 고향 사투리를 과도하게 쓰면서 흥분을 했지만 강은촌은 오히려 심드렁하게 말했다.

— 형님은 원래 오종오 선배랑 아삼륙 아녀? 나와바리도 한꾼

에 관리허시고……

　— 야야, 말 마라. 가들 찰떡이여. 띠놓기 어려워졌구마. 니가
혼 좀 내줘야 쓰겄다.

　박종식의 말에 송태섭이 고개를 흔들었다.

　— 문제는 오종오다, 양태는 행동대니께. 오종오를 보내뻔져
야 다른 놈덜이 선후배를 가리겄지야. 선배들 모두 동의헌 문제
여. 오를 은퇴시켜불고 홍양태는 적당히 손봐서 고향으로 보내
면 수습이 되겄지.

　강은촌은 한방 이대권과 북구파의 핵심 일곱 명을 데리고 오
종오와 홍양태를 잡으러 다녔다. 어느날 저녁 무교동 낙지골목
에 그가 떴다는 소식이 있어서 강이 수하들을 데리고 달려갔다.
유리문 너머로 슬쩍 넘겨다보니 맨 안쪽에 양태가 앉았는데 좌
우로 둘이 그를 호위하듯 앉고 다른 둘은 좌석 뒤쪽에 서 있었으
며 좌우 테이블에도 둘씩 마주보며 네 명이 식사를 하고 있었다.
그리고 식당도 잘 골라잡은 것이 모퉁이 집이라 길이 양편에 있
어서 그의 오른쪽에도 유리문이 있었다. 강은촌은 유리문을 열
고 안으로 들어섰고 정면 출입구와 오른쪽 유리문 앞에도 그의
수하들이 붙어서 여차직하면 박살을 내면서 돌입할 태세였다.
강은촌은 양손을 들어서 제지하는 시늉을 하고는 찬찬히 실내
를 둘러보았다. 그를 발견한 홍의 수하들이 벌떡 일어났고 모두
들 연장이 있는 안주머니와 허리께로 손이 들어갔는데 홍양태
가 빙긋이 웃으면서 손을 쳐들어 보였다.

— 니가 여긴 웬일이냐? 밥 안 묵었으면 일루 앉거라.

강은촌은 무표정하게 그들을 바라보다가 말했다.

— 맺은 놈이 풀어야제. 니가 선배들을 봐부렀담서?

홍양태가 이번에는 소리를 내어 웃었다.

— 긍께 자네가 시방 피에 복수를 하러 왔다 그거여? 고 작것들이 니 선배라 그 말이제? 여그는 우리 구역인디 휘파람 한번에 길 몽땅 막아불면 니는 독 안에 쥐여.

— 쉽게 되겠냐, 오늘은 내 간다마는 앞으로 몸조심혀라.

강은촌이 뒷걸음으로 물러나 식당을 나서자 그들은 내다보지도 않았다. 강은촌은 오종오를 찾으려고 수시로 경계를 넘어갔고 대개는 시청 뒤의 고깃집 많은 골목에 진을 치고 기다렸다. 수하들이 차례로 구역 안으로 들어가 조심스럽게 살피고 다녔다. 정찰을 나갔던 꾀보 박광현이 급하게 식당으로 들어섰다.

— 방금 전까지 오선배가 대호다방에 있는 걸 봤는디 보디가드가 넷이여.

은촌이 일어서자 수하들도 일제히 바깥으로 쏟아져나갔다. 그들은 각자 군용 대검과 도끼, 그리고 낫이며 쇠파이프며 야구방망이 등속을 가지고 있었다. 특공대의 지휘를 맡은 이대권도 대검 한 자루를 넘겨받았다. 작업에 들어가기 전에 강은촌이 그들에게 말했다.

— 어야 한방, 오선배 하나만 봐부러라. 목숨은 살리고 하반신만 못 쓰게 맹글어야제. 옆에 아그들 반항허면 적당히 패불고,

도망헌다 치면 내비둬라.

강은촌은 어려서부터 홍양태와는 계보가 달라서 그들의 선배들과 가깝게 지내지 않은 탓에 오종오의 인상을 자세히 기억하지 못했다. 무교동에서 몇번 여러 사람들에 섞여서 가벼운 인사를 한 정도였다. 그는 나란히 걷고 있던 박광현에게 말했다.

— 나넌 오선배 얼굴이 아사무사헌께, 니가 좀 아그들헌테 찍어줘야 쓰겠다.

— 나가 먼저 인사를 허면 알아서들 혀.

강은촌은 이대권에게 눈짓을 하고는 몇걸음 뒤처졌다. 먼저 대호다방 쪽으로 살피러 보냈던 수하 중의 하나가 황급하게 달려오는 게 보였다.

— 시방 호구가 다방을 나와서 이쪽 길로 내려오고 있슴다.

과연 건장한 사내들 일행이 무교동의 엠파이어호텔 주차장 앞으로 몰려오고 있었다. 장소도 맞춤하고 거리도 적당했다. 가운데 말끔한 정장 차림의 중년사내가 오종오임은 은촌도 대번에 알아볼 수 있었고 그의 양날개 중 오른쪽에는 홍양태의 직속인 임철이 걸어오고 있었다. 한방 이대권이 한 손을 품속에 넣은 채로 강은촌에게 속삭였다.

— 어쭈, 저 새끼 철이 아녀? 저게 모나코호텔 습격을 총지휘했다든디.

— 딴 놈은 냅두고 오선배만 똑 부러지게 작업혀.

박광현이 몇걸음 앞에서 걸어갔고 뒷전은 이미 연장을 꺼내들고 보도의 양편 가녘으로 걸었다. 덮치면서 포위할 작정이었다.

— 형님, 안녕하십니까?

박광현이 오종오에게 인사를 하면서 옆으로 빠지자마자 이대권의 양쪽에서 야구방망이와 쇠파이프를 쳐든 두 사람이 후닥닥 뛰어들었다. 야구방망이가 먼저 오종오의 무릎을 강타하자 그는 수숫대가 꺾이듯 풀썩 주저앉았다. 다른 하나가 휘두른 파이프는 임철의 이마빡을 노리며 날아들었는데 그는 피하면서 한 손으로 잽싸게 파이프를 휘어잡았다. 그러나 뒤이은 다른 공격조가 낫으로 그의 어깨를 찍자 임철은 낫을 어깨에 매단 채로 돌아서서 달아났다. 오종오의 호위였던 나머지 셋도 뿔뿔이 흩어져 달아나버렸고, 무릎을 강타당해 넘어진 오종오만 주저앉아 있었다. 이대권이 대검으로 그의 허벅지를 몇번 쑤셨고 연이어 도끼와 쇠파이프와 사시미칼 등의 연장질이 그의 하반신에 집중적으로 쏟아졌다. 보도에는 피가 낭자했고 길을 지나던 사람들의 비명과 고함소리가 요란했다. 오종오가 완전히 늘어져서 땅바닥에 머리를 대고 뻗었을 즈음에 그들은 일사불란하게 거리를 빠져나가 택시를 잡아타고 사방으로 흩어졌다.

홍양태의 모나코호텔 급습사건에 이어 강은촌의 오종오 난자사건은 서울 폭력조직의 전체 판도를 바꿔놓았고 전국적으로도 양쪽 파에 동조하거나 적대시하는 조직들 간에 긴장이 고조되었다. 오종오는 두 다리를 못 쓰게 되면서 은퇴하여 쓸쓸히 낙향을 선언했고, 두 파는 전쟁을 개시했다. 홍양태는 강은촌을 잡기 위해 그가 출몰한다는 소식이 있을 때마다 수십명의 특공대를 출동시켰고, 강 또한 홍보다 먼저 그를 제거하기 위해 칼잡이들을 시켜 업소들을 뒤지고 다녔다. 사흘이 멀다 하고 그들의 수하들 간에 피투성이 싸움이 터지는 형편이었다.

홍양태가 먼저 서울 시내 중심가의 호텔 관리권을 거의 모두 장악했기 때문에 강은촌이 불리한 것 같았지만, 어디서나 잘나가는 쪽은 질시를 받게 마련이라 인접구역의 다른 세력들은 강과 연대해서 홍의 세력에 대항하려 했다. 전국의 판도는 홍양태의 충장로파와 강은촌의 북구파 그리고 이동수의 무등파 등 호남의 세 개 파가 주도하여 끼리끼리 연대하는 형세가 되었다.

홍의 충장로파는 전국적으로는 양태네 식구라 불렸는데 광주 목포가 근거지였고 부산의 토착세력 중구파와 연대하고 있었다. 순천 중앙파와 전주 세계파, 국제파, 군산 해망파, 그리고 수원 안양 등의 조직이 추종세력이었다. 한창 잘나갈 때는 그의 직계 부하들만 오백여명이 넘었다. 이들은 강남 개발이 시작되었을 때 역시 선두로 진입하게 된다.

강은촌의 북구파는 서울 중심가에서 양태네 패거리보다는 세가 조금 떨어졌지만 종로 청계천 무교동의 일부를 잡고 있던 영진파와 손을 잡았고 영등포의 백호파도 그들 영향권이었다. 나중에 이들은 합세하여 강남 일부 지역에 진출하게 된다. 홍과 강의 두 조직이 서울과 경기도의 절반씩을 분할하여 세력 판도에

넣었다.

그에 비하면 이동수의 무등파는 광주에서 시작하여 대구 동성로 조직과 연계하고 이리 차부파와 전주 벼락파, 전남북의 중소도시와 충남북의 각 지역조직들과 연합했다. 홍양태와 강은촌의 전쟁에다 그 틈새를 노린 이동수의 영역 넓히기 싸움으로 전국은 이를테면 춘추전국시대로 들어서게 되었다.

강은촌의 북구파는 태평양호텔을 급습하여 양태는 놓쳤지만 그의 부하들에게 큰 부상을 입혔고 몇몇은 검거되어 징역을 살았다. 홍양태 측도 남산의 어느 호텔 커피숍에 강은촌이 있다는 정보를 입수하고 급습했으나 강은 이미 자리를 떠나고 부하들만 남아 있었다. 홍이 말릴 틈도 없이 강의 수하 몇명이 칼침을 받았다. 쌍방은 모두 칼을 품안에 차고 다녔는데 직접 쓸 일이 많지 않은 강과 홍도 예외는 아니어서 칼을 늘 소지하고 다니던 시절이라 그런 식의 습격사건은 거의 일상적으로 계속되었다. 서로의 구역에 특공대를 보내어 상대방 세력이 관리하는 업소 사장에게 접수한다고 통보하고 상대와 손을 끊으라고 협박을 했다.

어느날 송태섭 선배가 강은촌에게 연락을 해왔다. 중정의 윤무혁 조정관이 그를 좀 만나자고 했다는 것이다. 강은촌은 그가 호남 선배들과 모두 잘 알고 지내며 홍양태와도 인사를 하여 그의 뒤를 봐주고 있는 게 아닌가 생각했다. 그러나 그것이 그의 업무였다는 걸 나중에 듣고 알았다. 이를테면 그가 지하세계의 관리 담당자였던 것이다. 강은촌은 송태섭 선배와 함께 워싱턴 호텔 나이트클럽의 특실에서 윤무혁을 만났다. 윤무혁은 젊은 직원과 같이 나와 있었다. 송태섭이 그에게 강은촌을 소개했다.

— 나 윤무혁이오. 당신 요새 잘나간다면서?

그는 대뜸 그렇게 말하고는 송태섭을 향하여 말했다.

— 오종오한테는 너무한 거 아닌가. 요새 경찰 애들은 뭘 하고 있는 거야?

— 물의를 일으켜서 죄송헙니다. 진상사 형님 체면도 있고 혀서 애들이 욱하는 기분에 큰 실수를 한 것 같습니다.

강은촌이 이 자리에 잘못 나왔다는 생각이 들어서 슬그머니 일어나려는데 벌써 눈치챈 윤무혁이 눈을 부라리며 말했다.

— 어이, 좀 앉아 있어. 내가 자네한테 좀 부탁할 일이 있어서 불렀네. 양태를 찾아봤더니 어디 가서 틀어박혔는지 통 볼 수가 없어서 말야. 자네 홍양태 어디 있는지 아나?

강은촌은 피식 웃음이 나왔다.

— 저한테 물으시면……

윤무혁이 크게 웃음을 터뜨렸다.

— 왜, 서로 친구가 아니든가? 자네들 둘만 잡아넣으면 세상이 조용해질 텐데 말야. 하지만 내 담당 업무가 아니라서 그건 관심없는 일이니 마음을 놓게. 자넨 잠깐 나가 있지그래.

윤무혁은 머쓱해서 나가는 송태섭의 뒤통수를 노려보고 나서 강은촌에게 말했다.

— 이웃나라 일본만 하더라도 협객은 애국자들인데 말야, 우리네 건달들은 철학이 없거든. 내가 잘 봐주려고 해도 무슨 명분이 있어야지. 지금 시월유신을 해서 중단없는 조국 근대화를 해야 할 판에 야당놈들은 사사건건 반대하고, 재야 불순세력들은 데모나 하구 말이지. 이봐 깡도끼, 야당놈들 혼을 내줘야겠는데 아이들 동원 좀 해주지.

강은촌은 그제야 이 자리에 자기가 왜 불려나왔는지 눈치를 챘다. 그는 심드렁하게 말했다.

— 우리가 뭔 속을 알아야 정치판에 나서지라.

— 자네들이 그런 건 자세히 알 필요도 없구. 박영광이 잘 알지?

강은촌은 그가 박종식의 친구이며 모 의원의 처남이라는 것도 알고 있었다. 지금 이 자리에 자신을 데려온 송태섭의 친구 또래가 되는 범호남파의 건달이라는 사실도 알았다.

— 박선배는 무슨 일로요?

— 그 친구가 부탁하는 일인데 말야, 비주류는 지금 월남 패망한 뒤에 안보를 위해서도 유신정국에 타협해야 한다는 거 아닌가. 박영광이 매부가 비주류거든. 주류의 오야는 그 멋쟁이 영샘이고.

강은촌은 선배들이 수년 전에 기업 주주총회에 참석해서 회의장을 뒤집어엎은 일이 생각났고 이것도 그 비슷한 일이라고 대번에 이해했다. 윤무혁은 신민당의 전당대회를 반드시 중단

시켜야 한다고 말했다. 그는 술자리가 끝난 뒤에 헤어지면서 강
은촌에게 다시 다짐을 했다.

— 이건 어디까지나 야당의 내분이야. 우리 회사에서는 모르
는 일이고 이건 내 개인적인 부탁이다. 영광이한테 연락해둘 테
니 둘이서 잘해봐라. 일 끝나면 나한테 꼭 연락하구.

강은촌은 이번 일이 내키지는 않았지만 곰곰이 따져보니 어
쩌면 기회일지도 모른다는 생각이 들었다. 이튿날 박영광에게
서 어김없이 연락이 왔다.

— 너희 애들하고 밑에 똘마니들도 전부 동원해. 몇명쯤 가능
하냐?

— 한 백여명이면 되겠지요.

— 나가 현장에 나가 있을 팅께 니덜은 대으원이고 국회으원
이고 사정없이 패부러. 이번 일이 잘되면 오선배 칼침사건도 마
무리가 될랑갑다. 글고 이건 경비에 써라.

박이 흰 봉투 하나를 내밀었지만 강은촌은 피식 웃고는 받지
않았다.

전당대회 날에 강은촌은 심복들과 함께 실내에 들어가 있었
고 박영광이 군중 틈에 있다가 집어치워라 개새끼들아! 하고 욕
설을 내뱉으면서 부하들에게 신호를 보내자 각목과 쇠파이프를
든 젊은이들이 대회장으로 난입했다. 그들은 닥치는 대로 단상
의 기물을 부수고 가로막는 당원들이며 대의원들 그리고 국회
의원들까지도 함부로 폭행했다.

강은촌은 이 사건으로 육개월의 가벼운 실형을 받고 나왔다. 홍양태는 모나코호텔 사건으로 수배가 풀리지 않은 채로 그의 구역을 정리하며 잠행을 계속해야 했고 강은촌과의 구역전쟁이 계속되어 양측의 손실은 갈수록 커져만 갔다. 이때를 틈타 무등파의 이동수네 조직이 어떻게든 서울에 입성하려고 기회를 노리고 있었고 홍양태의 수하들 중에도 구역에서 세력이 커진 파들이 자립하려고 기회를 노리고 있었다.

그즈음에 동대문에서 전국적인 주류도매를 하고 있던 이승철 선배가 양태에게 연락을 해왔다. 그는 전북 출신으로 태권도 대표선수를 했고 중정의 윤무혁과는 절친한 사이였다. 그들은 주먹이 우익단체를 결성해야 사회적인 힘을 가질 수 있다고 주장해왔다. 윤이 뒤에서 영향을 주었는지 모르지만 이승철이 홍깡과 깡도끼를 중재하겠다고 나선 것은 전쟁이 서로에게 이롭지 못하고 위험하다는 선배 주먹들의 권유에 의한 것이기도 했다.

이승철은 홍양태와 만나자 갈비에 냉면이나 먹자고 교외로 나갔는데 한강변에 있는 집으로 손님도 별로 많지 않았다. 이승철은 다른 사람의 눈이 많은 시내 중심가를 피하여 중립적인 장소를 택했던 것이다. 예약된 방에 들어서니 먼저 와 있던 강은촌이 일어났다. 홍양태도 뜻밖이어서 안으로 들어서지 못하고 우물쭈물했다.

— 야, 느그들 무슨 철천지 웬수졌냐?

이승철이 너스레를 떨면서 먼저 가서 앉자 홍양태도 강은촌의 맞은편에 가서 앉았다. 강의 조직원이 며칠 전에 북창동의 호텔 뒷길에서 홍양태의 직속인 임철의 칼을 맞고 병원에 실려갔는데, 그는 아직 중태였다.

— 느이들 때문에 선배들이 얼마나 걱정하구 있는지 아냐? 서루 협력해도 충분히 먹구살 만하잖여? 이번 참에 둘이 화해혀라. 둘이서 손을 잡으면 느이들 세상여.

이승철이 간곡하게 말했지만 두 사람은 묵묵히 방바닥만 내려다보고 있었다. 홍양태가 먼저 말했다.

— 그동안 많은 사람들이 피를 흘렸고 희생이 너무 컸다. 이제 와서 너와 나 개인적인 감정으로 문제를 처리할 수는 없게 되었제.

— 우리 아그도 식물인간이 돼부렀지만 자체적으로 무마할라구 그러는디…… 인자 그만허지.

강은촌의 제안에 홍양태는 차갑게 대꾸했다.

— 너하고 친구가 될라믄 진즉에 광주서 손을 잡았을 거이다. 니가 종오 형님을 그렇게 비참하게 은퇴시켰는디 쉽게 잊을 수 있겠냐? 나는 이 모든 문제를 운명에 맡겨불란다.

강은촌은 묵묵히 앉았고 홍양태가 일어서자 이승철이 따라 일어나며 만류했다.

— 얀마, 좀 앉어봐. 밥이나 묵고 가얄 거 아녀?

— 갈랍니다 형님.

이승철은 홍양태의 가슴을 잡았고, 순간 옷자락 안에 뻣뻣하

게 서 있는 칼날을 느꼈다. 홍양태가 나가버린 뒤에 이가 강은촌
에게 물었다.

— 너두 차구 나왔냐?

— 뭘요, 뭔 소리요?

— 자식들, 느이 그러다 둘 다 죽는다……

강은촌은 이승철이 무슨 얘기를 하는지 물론 알아들었다. 상
의 옷자락으로 가리고 있었지만 그도 와이셔츠 위에 칼을 차고
나왔던 것이다.

홍양태와 강은촌의 화해는 누구의 중재로든 이루어질 수 없
었지만 그들 두 사람은 하늘의 뜻이었는지 수개월간을 동거하
게 된다.

홍양태가 잠행하면서 서울과 지방을 왕래하는 중에도 수배령
은 풀리지 않았고, 모나코호텔 사건에서 홍의 윗선으로 지목된
정학영과 조창호에게도 검거령이 떨어져 있었다. 정학영은 순
순히 잡혀서 칠개월을 때우고 집행유예로 나왔고, 조창호는 공
소시효를 절반쯤 남긴 시점에서 동향 선배인 서울지검 아무개
검사를 찾아갔다. 때마침 오종오가 심한 부상을 입고 은퇴한 사
실이 검찰에도 알려진데다, 이미 형을 살고 나간 정학영에게 책
임을 미루면서 자기처럼 선배 세대들은 오히려 말렸다는 식으
로 진술한 것이 유리하게 작용하여 조창호는 무혐의처분이 되
었다. 그리고 그 제일조건이 홍양태를 자수시키는 것이었다.

순천 부산 등지를 옮겨다니고 있던 홍은 조창호의 연락을 받고 광주에서 그를 만났다. 홍양태는 오른팔 현수만 데리고 등장했다. 조창호가 그의 어깨를 잡아흔들면서 말했다.

— 얼굴 보니 꽤않네, 팔자 좋은 모양이제?

— 형님, 오랜만임다. 제가 형편이 안 좋아 잘 모시지도 못허고……

— 난 잘 지낸다 아이가. 이 사람은 누고? 첨 보는 얼굴인데.

— 인사드려라, 우리 큰형님이시다. 나 대신 서울 일 맡아보는 동생여라우.

— 어 그랬나, 철이는 어디 가뿌고?

그때 이미 임철은 자기 길을 가겠다는 눈치를 보이고 있었고 아직 홍양태파의 내분은 알려지지 않은 때였다. 조창호가 얼마 전에 서울지검 검사에게서 들은 내용을 털어놓았다.

— 그러니께네 니만 자수하모 다 종결을 내린다 카더라. 한 육개월 안 살겠나? 마 툭툭 털어뿌고 홀가분하게 살제. 그라모 나와바리 관리도 수월코 선배들 체면도 쫌 세워주고. 내 진즉에 진상사 형한테 사과 안했나?

— 피차 개인감정은 없었지라. 낭중에 지도 사과헐랍니다. 야그가 나왔응께 이참에 형님이 서울에 전화혀서 확답을 좀 달라구 해보쇼. 그라믄 지는 신세진 분들도 있고 헌께, 여그 광주지검에 자수헐랍니다.

그렇게 해서 홍양태는 광주에서 자수하여 서울로 압송되었고 서울구치소에 수감되었다. 한편 강은촌은 같은 무렵 서울에서 검거되었는데, 강이 이전에 광주에 수감되어 있을 때 가혹하게 대했던 교도관을 그의 수하가 칼로 찌른 사건 때문이었다. 죄목은 살인미수교사였다. 서울구치소에서는 정치범과 사형수는 독방 구금했지만 조직폭력범은 일반사동에 수감했는데, 그들을 독방에 함께 넣은 것은 모종의 특별조치인 듯도 했다.

강은촌이 푸른 수인복으로 갈아입고 교도관과 함께 사동으로 들어가니 당직하던 담당 교도관이 의미있는 웃음을 흘렸다.

— 방이 좀 좁을 텐데…… 먼저 온 손님도 있고.

그는 앞장서서 복도를 걸어가며 다시 덧붙였다.

— 소란 피우지 마슈. 그러다 징벌방 가면 자기만 손해니까.

일반수 감방에서 좀 떨어져 독방이 네 칸 나란히 있는 곳에 와서 그가 문을 따주면서 말했다.

— 사십사번, 신입이오.

독방에 먼저 들어와 있던 사십사번이 담당의 어깨 너머로 강은촌을 보더니 저도 모르게 부르짖었다.

— 어야, 니가 여기 웬일여?

사십사번은 홍양태였고 강은촌은 팔십팔번이었다. 대개 구치소 측은 중요 범죄자에게 인상적인 숫자를 달아 기억하기 쉽고 부르기 좋게 해놓게 마련이었다. 홍양태가 조금 안쪽으로 물러서고 강은촌이 문에서 딱 한 걸음 내디뎠는데 등뒤에서 철문이 닫히고 철커덕, 하면서 쇠 채우는 소리가 들렸다. 먼저 들어온 홍이 그래도 고참이라고 접은 담요자락을 내주면서 말했다.

— 여그 쫌 앉거라이. 먼 일로 들왔냐?

— 별거 아녀, 아래 꼬마가 진술 잘못해갖고…… 근디 니는 모나코 땜시 들어왔담서.

— 나야 그렇다 치고, 도끼 니는 얼마 전에 정치판 껀으루다 살고 나갔잖여.

홍양태가 핀잔주듯이 말하자 강은촌은 천장을 올려다보며 말했다.

— 쓰발 한 두어 달 되는갑네. 그나저나 요 콧구멍만한 디서 우리 둘이 딱 걸려부렀다이. 나가 후밴께 문앞에서 자고 고참이 식구통 쪽으루 머리 두믄 되겄구마.

방의 너비는 문짝보다 조금 넓어서 장정 한 사람이 두 팔을 벌리면 닿을 만했다. 길이는 그래도 안쪽으로 한 키 반은 넘었다. 선반과 플라스틱 물통이 있고 안이 훤히 들여다뵈는 비닐을 댄 엉성한 문짝과 변기 칸이 있었다. 이미 11월이라 난방 없는 씨멘트 벽은 차가웠고 방 안은 냉기가 흘렀다. 그들은 담요를 깐 다음 홍양태가 밖에서 차입받은 밍크담요 두 장을 나란히 덮고 어깨를 맞대고 누웠다. 홍양태가 말했다.

— 차말로 얼척이 없구마이. 니가 들어올 줄 어치케 알았겄냐.

— 우째, 밖이서 만났다문 한칼 멕일라고야.

강은촌이 빈정거리자 홍양태는 의외로 차분하게 받았다.

— 우리 아그들 다섯 놈이 빙신 돼부렀고, 한 놈이 고택골 가

고, 꼬마들은 열다섯 명이나 징역 묵어부렀다.

— 아야 홍깡, 사둔 남말 허네. 우리도 여덟 놈이 몸 베리고, 두 명 깨지고잉, 열둘이 장기형 안 받았냐.

두 사람이 한참이나 말없이 등을 대고 반대쪽으로 돌아누워 있다가 강은촌이 말했다.

— 니가 먼저 나갈 것인디, 아무래도 내는 두 바퀴는 살어야 풀릴 거여. 인자 헐 만큼 혔으니 그만허자.

— 뭣을야? 누군 전쟁을 허고 자퍼서 혔냐? 세가 거시기허고 계보가 머시기헌께 밀리지 않을라고 이렇게 된 거 아녀. 그려, 그만허자. 동향 것덜이 서울까지 올라와 무슨 웬수를 졌다고 피를 너무 흘렸어야. 그 틈에 선배들 존 일이나 시키고 우린 인자 찍혀서 빵에 단골이 돼부렀다.

강은촌이 말했다.

— 니 나가면 옥바라지나 좀 해주라. 글고 내가 아그들한테 일러서 느이 나와바리도 존중해주라고 할 팅께.

홍양태가 말했다.

— 우리야 그렇다 치고 이동수가 문제여. 그 새끼가 언제적부터 무등파 보스여. 짜식이 물정을 몰라도 너무 모른당게. 그 아그들 부산 가서 개망신혔다더마.

— 나도 들었제. 니가 중재할라 그랬는디 어긋나부렀담서.

— 그쪽만 정리허고 우리넌 손이야 못 잡는다 혀도 서로 지킬 건 지켜야제. 안 그런가?

— 찬성이다. 이동수까지 설쳐부니 전국이 복잡혀서 안되겠더마.

그들은 일심재판 육개월이 끝날 때까지 그 모양으로 같이 자고 밥 먹고 재판받을 때는 법원 버스도 함께 타고 다녔다. 무엇보다도 그해 겨울을 나면서 둘은 서로의 체온으로 추위를 견딜 수 있었다.

홍양태는 집행유예를 받고 풀려났지만 강은촌은 실형 이년을 받고 교도소로 넘어갔다. 홍은 강이 옥중에 있는 동안 전쟁을 일방적으로 유리하게 끝낼 기회를 갖게 된 셈이었다. 그렇지만 세상사가 어찌 마음먹은 대로 풀려나가겠는가.

홍양태네는 어느 조직이나 그렇듯이 자기 구역이 넓어지고 이권이 커지면서 내분을 겪게 된다. 역시 문제는 홍이 상경할 적에 함께 올라와서 기반을 닦은 첫 세대 중에서 불거지기 시작했다. 그들은 고교시절부터 양태와 친구 사이여서 서로 말을 놓는 처지였는데 홍에게 새로운 후배들과 지방조직이 늘어나자 서열이 애매해지기 시작했다. 무엇보다도 해가 갈수록 그들의 조직에 대한 공헌도는 후배들에 비해 미미해진 반면에 물 좋은 구역에 대한 기득권은 더 주장하게 되었다. 홍양태로서도 수하들의 불만에 할말이 없어졌다.

조직이 번성하면서 행동대의 일선에 나섰던 수하들은 내놓고 홍양태 또래의 선배들을 대등하게 대해버렸다. 그들로서는 조직의 보스는 하나이고 홍양태의 옛날 친구라고 하여 보스와 맞먹거나 똑같은 대우를 바라는 것은 용납할 수 없었기 때문이다. 가장 먼저 당한 사람은 명동 씨티다방 사건 때에 함께 징역을 살았고 모나코호텔 사건 때에도 습격조에 끼였던, 광주 시절엔 농고 태권도부 반장을 했던 영섭이었다.

먼저 구치소에 홍양태의 면회를 갔던 오른팔 현수가 영섭의 근황에 대해 보고를 했었다.

— 밖에 별일 없냐?

— 사실은 땅개 형님 때문에……

— 영섭이가 먼 일 저질렀구마. 가는 면회도 통 안 오고 변한 거 아녀?

— 우리하구는 논의도 없구요 철이 형하구 후배들 구역까지 따로 관리에 들어갔습니다. 그래서 좀 따져보자구 애들을 보냈더니 영섭이 형 업소에서 묵사발을 만들어서 보냈더라구요.

홍양태는 미간을 찌푸리고 잠시 생각하다가 현수에게 물었다.

— 넌 어쩔 작정이냐?

— 다른 구역에도 좋지 않은 영향을 줄 수가 있어서 응징을 해야 한다구 보는데요.

— 니가 알아서 혀라.

며칠 후 현수는 백여명의 행동대를 이끌고 당장에 땅개 영섭네가 관리하는 호텔의 나이트클럽으로 쳐들어갔다. 손님들을 모두 내쫓고 십분 만에 클럽을 제압한 그들은 현장의 관리인원들을 모두 무릎을 꿇려놓았다. 영섭도 입술이 터진 채로 긴 의자에 앉아 담배를 뻑뻑 피우고 있었는데, 이를 발견한 현수의 수하들이 야구방망이와 쇠파이프 등으로 양다리를 집중적으로 타격했고 영섭은 바닥에 축 늘어져버렸다. 그들은 썰물처럼 현장을 빠져나가면서 업소 사장에게도 자기네가 관리에 들어간다는 것을 통고했다. 그들은 실신한 땅개 영섭을 차에 실어 병원 응급실 앞에다 던져놓고 사라졌다. 뒤늦게 소식을 전해들은 임철이 병원으로 영섭을 찾아왔다. 그는 쌍지팡이를 짚고 머리도 반나마 붕대로 휘감은 친구의 몰골을 보고는 기가 막혔다.

― 니가 이게 무슨 꼴이여? 오늘날 홍깡이 전국을 주름잡게 된 것이 우리 아니면 누구 공이냐고. 현수 이 새끼를 깨트리지 않으면 너나 나나 좆돼분다이.

영섭이 한숨을 푹 내쉬고는 말했다.

― 그거이 전부 홍깡 지시로 벌어진 일여. 면회 가서 명 받아왔다드마.

철이 비장한 표정이 되어 말했다.

― 나도 그런 소릴 들었제. 우리가 너무 커부러서 현수 새낄 키워준 거라등만. 나가 언제나 앞장서지 않았는가. 경찰에서도 임철이만 잡으면 양태파는 끝난다고 할 정도였응께. 나가 오종오 큰형님 지키려다 어깨에 낫을 찍힌 채로 구사일생혔고, 깡도끼는 홍깡보다 나럴 젤 처음으로 깨트리라고 지시했잖여. 나도 따르는 애덜이 있응께 내 길을 갈 거여.

한 달이 넘어서야 퇴원한 땅개는 곧장 광주로 갔고 다시는 현역으로 돌아오지 못했다.

임철이 홍양태와 서먹하게 된 것은 사실 그가 구치소에 수감되기 직전부터 조짐이 있었는데 땅개 영섭의 부상으로 더욱 노골화되었다. 철은 자신이 홍의 오른팔인 줄 알았다가 현수의 서열이 올라오면서 애틀랜틱호텔의 관리권을 맡을 무렵부터 불만이 쌓이기 시작한 터였다.

홍양태는 들어간 지 칠개월 만에 나왔고 현수는 그의 지시대로 임철의 동태를 예의주시하고 있었다.

양태는 출감 환영식을 겸하여 중심가 호텔에 각 구역장과 업소의 업주들을 불러서 상견례 자리를 마련했다. 그것은 자신이 돌아왔다는 사실을 확인시키려는 자리이기도 했다. 술잔과 인사가 오간 뒤에 어느 클럽의 업주 하나가 말을 꺼냈다.

— 철이가 애들을 떼거지로 몰고 와서 상품권을 강매하는데 귀찮아 죽겠습디다.

양태가 현수를 돌아보니 그가 말했다.

— 몇몇 업소가 그쪽으로 넘어갔습니다. 큰형님 지시대로 저희는 파악만 하고 있었지요.

— 그래그래, 낭중에 들어보자.

감옥에서 나온 지 일주일이 되지 않아 홍은 현수를 데리고 다니며 떨어져나가려고 눈치를 보던 구역장들을 평정하고 그 자리를 새로운 인원으로 재배치하기 시작했다. 임철은 홍깡이 나왔다는 소문을 듣고는 은신처에 숨어서 꼼짝을 하지 않았다. 현수가 수소문 끝에 철과 연결이 되는 여자를 통하여 그를 약속장소에 나오게 했다. 노인들이나 오는 전통찻집에 임철이 앉아서 여자를 기다리고 있는데 지하로 내려오는 계단으로 현수가 혼자 들어섰다.

입구가 한 군데뿐이라 임철은 그를 정면으로 상대하지 않고는 밖으로 빠져나갈 수 없는 형국이었다. 그는 혹시 현수가 자기를 보지 못했을 수도 있겠다 싶어서 고개를 숙이고 앉아 있었다. 그러나 현수는 철에게 똑바로 다가와 말을 걸었다.

— 형님, 오랜만입니다.

— 어…… 니, 니가 여긴 웬일여?

임철이 더듬기까지 하며 그렇게 말하자 현수가 앞자리에 털썩 앉았다. 현수가 철을 노려보며 먼저 내뱉었다.

— 형님, 우리 과거를 봐서라도 이럴 수 있소?

— 이것은 나하고 홍깡하고 친구끼리의 일인디 우째 너이가 나서냐? 그라고 니는 나헌티 이럴 수 있냐고.

철의 말에 현수가 대꾸했다.

— 큰형님을 배신하는 놈은 누구든지 우리가 그냥 내버려두지 않을 거요.

— 홍깡은 나쁜 놈여. 의리를 저버린 놈은 나가 아니라 양태 그 새끼여.

말하면서 철이 품안에서 칼을 뽑았고 현수도 잽싸게 칼을 빼어 상대의 옆구리에 질렀다. 먼저 칼을 맞은 철은 멈칫, 했다가 칼을 떨어뜨리고는 의자 아래로 주저앉았다. 찻집의 여주인이 날카로운 비명을 내지르며 카운터 뒤에 숨었고 종업원도 소리치기 시작했다. 현수는 몇번 더 먹일까 망설이다가 순간적으로 주위의 손님들을 한번 둘러보고는 칼을 윗옷자락으로 가리고 총총히 계단을 올라갔다.

현수가 치명타를 먹이지 못했다고 홍양태에게 보고하면서 아이들을 풀어 병원을 뒤지겠다고 했지만 양태는 그를 말렸다.

— 냅둬라, 인자 발붙일 디가 없응께.

그는 주위에 칼을 먼저 뽑은 것이 철이고 현수의 행동은 정당방위였을 뿐이라고 소문을 내게 했다.

당시는 강남 개발이 이미 시작되어 한강건설의 압구정동 아파트 분양사건이 말썽이 나기 시작한 때였다. 강북의 중심가 대부분이 개발제한구역으로 지정되고 유흥가에 온갖 규제가 실시되면서 많은 업소들이 강남으로 몰려갈 준비를 하고 있었다. 신사동 압구정동 논현동 역삼동 일대에 호텔과 술집 건물이 한 달이 멀다 하고 생겨났다. 호텔 업소와 오락장들은 성업중이었지만 강남에 건설되는 호텔의 이권을 선점하려는 조폭들의 발걸음도 빨라지기 시작했다. 건물주와 건설사는 의견이 맞을 때도 있었지만 서로의 이해관계와 인맥이 다르면 업소 선정에 이견이 생기게 마련이었고, 이는 곧바로 조폭들 간의 갈등으로 번졌다.

행동대장인 현수에게 수하 중의 하나가 사람을 데리고 왔다.

북창동 시절부터 그들 조직과 잘 아는 영업상무라는데 호텔에 입주하는 나이트클럽을 동업하자는 얘기였다. 그러잖아도 강남구 전체를 장악하려는 작업을 시작하던 참이었고 강변호텔의 오락장 지분 얘기는 이미 끝난 상태였다. 현수가 홍양태에게 보고를 했다.

— 자리가 괜찮습니다 형님. 동업조건도 그쪽에서 잘 알고 있구요, 우리 애들도 모두 받기로 했습니다. 무엇보다도 북창동 시절부터 잘 아는 사람이고 이 계통에 빠꼼이라 우리 말을 잘 들을 것 같습니다.

— 그려, 영업상무는 그렇다 치고 업주는 누구여?

— 여자입니다. 그것두 젊은 여자요. 시몽이라구 생각나세요?

— 룸쌀롱? 거 조마담네 업소 아녀?

— 지금은 룸쌀롱을 체인으로 운영해서 마담이 아니라 조회장 소릴 듣구 있지요. 이 여자는 그 아래서 바지사장 하던 마담인데 나이트클럽을 하겠답니다.

— 빨리 컸구먼. 니들이 알아서 혀라.

— 예 알겠습니다. 하지만 계약할 때는 형님이 한번만 시간을 내주셔야겠습니다.

홍양태는 강변호텔 나이트클럽 계약 당일에 부하들의 안내로 신사동 시몽에 들렀다. 전국적인 실세 보스인 그에게는 나이트클럽 동업계약이란 그야말로 하찮은 일이었고, 후배들의 구역 관리에 체면을 세워주는 업무에 지나지 않았다. 그가 박선녀를 만나본 첫인상은 매우 좋았다. 우선 말귀를 잘 알아들었고 물장사를 하던 여자라 그런지 성격이 소탈하고 화끈했다. 어떤 조건에도 토를 달지 않았으며 이쪽을 두려워하기는커녕 도리어 당차게 나왔다. 나중에 홍양태는 현수와 함께 차를 타고 가면서 말했다.

— 박선녀? 이름은 촌것인디 아주 쎄련되었구마. 미리하고 많이 닮은 것 같든디.

— 형수님 말입니까?

— 형수는 무슨…… 이제 와서.

그가 무교동 시절부터 알고 지내다 동거했던 미리라는 여인이 있었다. 모나코호텔 사건 이후 잠행하는 동안에 지방에서 몇 번 그녀와 함께 지낸 적이 있고, 구치소에 갇혀 있을 때는 면회를 오기도 했다. 그러나 그녀는 현수에게 일본으로 간다는 소식만 남기고는 홍양태를 떠났다. 나중에 일본 야꾸자와 연결이 되는 부산의 조직을 통해 그녀가 토오꾜오의 번화가 아까사까에 술집을 냈다는 소식만 들려왔다. 동업계약이 일단락된 뒤에 현수는 업주 박선녀에 대해 자세히 알아와서 다시 보고를 했다.

— 박선녀가 전에 모델을 했답니다. 조회장 밑에서 후리로 뛰다가 새끼마담을 거쳤구요. 결혼도 안했고 스폰도 없는 모양입니다.

— 박 누구라고…… 뭔 소리여?

— 블루라이트 동업자요. 형님이 관심 있으신가 해서요……

— 얀마, 내가 날마닥 기분 따라 즉석이면 몰러도…… 시방은 그런 한가한 때가 아녀.

— 죄송함다 형님.

그후에 클럽의 이익배당금이 다달이 입금될 때에도 홍양태는 박선녀에 대해 더는 기억하지 못했다. 시내 도처에 관리구역이 워낙 다양하고 넓었기 때문이다.

그 무렵 엠파이어호텔에서 강은촌의 사주를 받은 영진파와의 충돌이 있은 후에 큰 건이 터져버렸다. 부장검사가 양태파로부터 정기적인 상납을 받았고 그것은 그들의 구역을 인정하고 확대에도 협조해주는 데 따른 댓가였다는 보도가 나간 것이다. 마음을 놓고 있던 홍양태가 일부 선배 그룹과 안영진의 로비에 뒤통수를 맞은 셈이었다. 세상이 발칵 뒤집혔고 금품을 직접 주었다는 홍양태의 부하가 이년형을, 부장검사도 직위해제와 함께 구속되어 일년 육개월형을 받았다. 영진파는 행동대장 하나를 내세워 그가 모든 것을 계획하고 실행한 것으로 뒤집어씌워 자수를 시켰고 삼년형을 받는 것으로 마무리가 되었다.

홍양태는 여전히 강은촌과의 대치를 계속하고 있었는데, 모나코호텔 사건을 해결하기 위해 조창호와 자수 문제를 논의한 그 무렵에 중정의 윤무혁에게서 연락이 왔다. 본 지 오래되었으니 밥이나 한번 같이 먹자는 것이었다.

— 어때, 이번에 식겁했지? 그래도 수습은 잘된 편이 아닌가.

윤이 말하자 홍양태는 서슴없이 얘기를 꺼냈다.

— 이번 참에 부장영감님이 운이 나빴지라. 호텔 유흥업소 오락장 겉은 디서 갖다바치는 디가 어디 한두 군뎁니까? 우리야 그렇다 치구 건설사 쪽두 들여다본께 우리보다 더합디다.

윤무혁은 맥주를 쭈욱 들이켜고는 잠자코 앉았다가 말했다.

— 이번 그 껀…… 우리가 터뜨린 거야. 몰랐나? 자네 선배들은 자넬 믿지 않는다구. 사람이 더 크려면 자중할 줄 알아야지.

— 그쪽서 손을 대셨다고요?

— 그래, 이번엔 자네가 밀린 거야. 저어 위에서 지시가 내려왔거든. 합리적으로 구역을 정리하도록. 깡도끼도 잠깐 들어가 있을 거야. 자네도 자수한다니 저절로 냉각기를 갖게 되겠군.

강은촌이 야당 당사를 덮친 사건은 양태도 알고 있었다. 윤무혁은 헤어지기 전에 다짐을 주었다.

— 나라에서는 자네들을 좀더 건설적으로 지도하기 위해서 우익단체를 결성해볼까 연구중야. 아무튼 근신하고 현명하게 처신하도록 해라.

1979년 10월에 박정희 대통령이 살해되고 유신체제가 끝이 났다. 신군부가 권력을 잡기 위한 조정기에 들어간 시국이었다. 홍양태는 서울에서 어느 파보다도 우세하게 구역을 점령하고 있었고 지방도 대도시는 거의 그들을 추종하는 세력이었다. 다만 전국적으로 조직이 커지다보니 임철 사건과 같은 내분이 벌어지는 게 문제였다. 양태는 계엄령이 무엇을 의미하는지 실감나게 알 수는 없었지만, 5·16군사정변 이후에 건달들이 어떤 참혹한 꼴을 당했는지는 선배들에게 자세히 들어 알고 있었다. 그는 우선 내부를 단단히 하면서 조직정비를 하는 기간을 갖기로 작정했다.

이듬해 봄 어느날, 홍양태가 강남의 조직 사무실에 들렀는데 현수가 헐레벌떡 들어왔다. 현수는 순천 중앙파의 보스인 김 아무개를 데리고 왔는데 그가 서울에 올라와 있는 동안 바로 아래급 행동대장이 반기를 들었다는 것이다. 양태는 때가 때인지라 사건이 커지는 것을 원하지 않았다. 그는 누군가 선배급을 보내어 중재를 해보자고 했지만, 현수는 그런 식으로 미지근하게 처리하면 다른 지역에서도 비슷한 일이 터질 수 있다며 일벌백계로 다스려야 한다고 주장했다.

그는 현수를 비롯해서 솜씨 좋은 싸움꾼 십여명을 거느리고 행동대원은 광주에서 보충해서 순천 현지에 내려갔다. 중앙파 보스가 남은 부하들을 그러모았는데 양태네까지 합하여 육십여명쯤 되었다. 반대파 우두머리가 죽도봉공원에 있다는 정보가 들어와 그들은 중앙동 부근의 사무실에서 차를 나누어타고 몰려갔으나 다시 공원에서 버스터미널 쪽으로 이동했다는 연락이 왔다. 그들이 차를 몰아 터미널 뒤편의 공터에 내리자 앞뒤로 그들을 기다리던 반대파가 몰려나왔다. 이를테면 함정이었다. 처음부터 연장질을 할 계획은 아니었지만 위기를 느끼는 순간 과격해지게 마련이었다. 광주에서 온 행동대원들이 사시미칼과

낫을 꺼내들었고 반대파 조직원들도 쇠파이프 등으로 무장한
터였다. 양측이 부딪쳤고 모두 사정없이 상대에게 무기를 사용
했다. 이 싸움에서 사시미칼에 찔린 반대파 조직원 하나가 죽고
몇명은 중태에 빠졌으며 양측의 부상자는 각각 이십여명 정도
였다. 시민들의 신고를 받고 본서에서 기동대까지 몰려나왔지
만 경찰은 끼여들지도 못하는 무서운 싸움판이었다. 이런 현장
이 지역방송에 보도되었고 중앙의 신문에도 크게 나갔다.

　홍양태는 상경도 못하고 광주 외곽의 어느 여관에서 은거하
고 있다가 군경 합수부의 추적으로 검거되었다. 현수는 때마침
급한 일로 상경한 직후여서 체포를 면했고 계엄이 해제될 때까
지 강원도로 도피하여 숨어지냈다. 신군부는 광주항쟁을 강경
진압하고 나서 연이어 사회치안을 바로잡는다는 명목으로 삼청
교육대 설치와 깡패 소탕을 선언했다. 강은촌도 석 달쯤 뒤에 범
죄단체 조직 혐의로 군법재판에 추가 기소되었다.

　어느날 밤 구치소에 수감된 홍양태가 보안과장실로 불려나가
자 군복 차림의 사내 둘이 기다리고 있었다. 구치소 앞에 4분의
3톤 차량 한 대가 서 있고 화물칸에는 호로가 씌워져 있었다. 양
태가 수갑을 찬 채로 화물칸에 오르자 단독무장을 한 헌병 둘이
기다리고 있다가 개머리판으로 그의 머리며 등판을 수없이 내
리찍었다.

　— 엎드려 이 새끼야!

　양태는 육군본부 헌병대로 끌려갔다. 취조실로 들어가니 기

다리고 있던 헌병 중사가 낡은 군작업복을 던져주었다. 양태가 군작업복에 뒤축 없는 검은 고무신을 신고 두리번거리는데 문이 열리면서 덩치 좋은 헌병 네댓 명이 들어섰다. 그들은 손에 군용 목침대 구조목을 들고 있었고 들어서자마자 아무 말도 없이 홍양태의 전신을 두들겨패기 시작했다. 머리통이고 등짝이고 허리고 다리며 가리는 데 없이 몽둥이가 날아들었다. 홍양태는 처음에는 비명을 질렀지만 나중에는 머리가 터지면서 혼쭐을 놓았는지 의식을 잃었다가 양동이의 물을 뒤집어쓰고 나서야 퍼뜩 정신이 들었다. 양태가 팔다리를 움직이기 시작하자 또 한참이나 매타작이 계속되었고 그는 다시 축 늘어졌다. 홍양태는 정신이 혼미한 채로 부축을 받아 의자에 앉혀졌다. 헌병 둘이 아직도 그의 등뒤에서 침대목을 들고 지켜보는데 책상 앞에 앉아 있던 중사가 홍양태에게 말했다.

— 야이 깡패 새끼야, 니가 그렇게 잘나갔다면서? 너를 조사하다 때려죽여도 좋다는 게 상부의 명령이다. 너 같은 쓰레기는 건전사회를 이룩하기 위해서도 깨끗이 치워버려야 한다는 거야. 이제부터 내가 묻는 말에 네, 아니오로 대답한다, 알겠나?

양태가 미처 대답을 못하고 잠깐 머뭇거리자 헌병들은 기다렸다는 듯이 번갈아 몽둥이를 날렸고 홍양태는 다시 바닥에 쓰러졌다. 억지로 그를 일으켜앉히고는 중사가 말했다.

— 대답이 없으면 무조건 맞는다. 혐의를 부정해도 맞는다. 너에 대한 범죄사실은 이미 여기 다 나와 있어. 조사중에 네깐 놈

하나 죽여도 사고처리하면 끝나는 거야. 홍양태, 너는 범죄단체의 두목으로 계엄하에선 총살감이야, 알겠나?

양태는 저절로 뻣뻣한 목소리가 되어 넷, 하고 얼른 대답했다.

— 그렇지, 살려면 그렇게 대답을 해라. 너 이 새끼 그동안 검찰 경찰에 상납하면서 니 맘대루 주물렀지? 그리고 계엄하에서 패싸움하고 살인까지 저질렀다. 니가 우리 군을 뭘로 본 거야? 이번에 사람 찔러죽인 일도 니가 다 지시했지?

— 아닙니다.

— 허 이 새끼, 아직 정신을 못 차렸군.

말이 떨어지기가 무섭게 다시 매타작이 계속되었다. 기절하면 양동이로 찬물을 퍼붓고 취조가 다시 이어지곤 했다. 홍양태는 계엄사령부가 있는 육본 헌병대 영창에서 조서가 다 마무리될 때까지 구금되었고, 그의 행동대원들도 모두 보통군법회의에서 군법재판을 받았다. 홍양태는 징역 십오년형을 받았으며 칼로 사람을 찌른 광주의 행동대장은 무기징역이었다. 다른 부하들도 모두 오년 이상의 중형 처리가 되었고 항소와 상고는 기각당했다.

강은촌도 수감중에 군법재판소로 다시 끌려가 범죄단체 조직 등의 혐의로 십삼년을 추가로 선고받았지만 홍양태보다는 운이 좋은 편이었다. 재판중에 계엄령이 해제되어 항소심 재판은 민간법정에서 열렸고 재심 재판부에서 오년 육개월의 실형을 선고받았다.

홍양태와 강은촌 모두 장기구금되면서 조직은 남은 후배들이 어떻게든 끌고 나갔지만 사실상 그들의 이름은 사라졌다. 조직은 와해된 것처럼 보였고 새로 구성된 여러 개의 후배 조직들이 각 거점에서 연대하는 수준이었다. 이동수의 무등파가 이런 빈 틈을 비집고 서울에서 세력을 넓혀갔다.

교도소에서도 홍양태는 전국 교도소에 들어와 있는 각 지역 주먹들의 실질적인 보스로 행세했고 밖에도 아직은 그의 세력들이 있어서 영향력이 있었다. 그는 정기적인 면회를 통하여 부하들에게 지침을 내렸다. 강은촌 역시 교도소에서 밖으로 명령을 내보내곤 했다. 그들은 둘 다 무등파 이동수의 약진을 주시하고 있었다.

강은촌과 홍양태는 서로 떨어져서 수형생활을 했지만 출감하는 후배들과 바깥 조직원들이 연결해주어서 비둘기도 날리고 속내도 은밀하게 주고받을 수가 있었다. 애증이 얽힌 관계였다고나 할까. 그들은 누군가 먼저 나가면 옥바라지를 해주기로 약속했는데 지키지 않아서 서로를 원망한 것처럼 알려졌지만 사실은 조금 달랐다. 치안당국의 감시를 받는 처지에 둘이 연결되었다는 증거를 남길 수는 없었을 것이다. 그리고 그들의 관심사는 면회나 영치금 따위가 아니라 바깥의 조직관리였다. 그들은 힘을 합하여 서울에서 무등파 이동수를 견제하지 않으면 안되었고 부하들은 과거를 잊고 서로가 연대하도록 하자는 약속이 있었다.

김현수가 홍양태의 대리인 노릇을 한 것처럼 한방 이대권이 강은촌의 구역을 관리하고 있었다. 둘 다 연합세력은 거의 떨어져나가고 자기 구역만 지키는 정도였다. 이대권은 도박장과 유흥업소를 경영하고 있었는데, 그가 무등파 조직과 갈등이 생겨자신의 업소 부근에서 난자당하는 사건이 일어났다. 한방 이대권은 엠파이어호텔 주차장 앞길에서 홍양태의 선배 오종오를 습격하여 은퇴시킨 장본인이고 홍깡 측과의 삼년 전쟁에서 늘 선두에 섰던 강은촌의 오른팔이었다.

아직 복역기간이 남아 있던 모범수 강은촌은 교도소장과 면담하여 귀휴 신청을 했고 일주일간의 허가를 받았다. 그는 자신의 북구파를 옹호해주던 예전 범호남파 선배들도 만났고 이대권과는 술 한잔을 하고 호텔방에서 함께 자면서 많은 얘기를 나누었다. 이대권은 옛날처럼 상대방을 한방에 보내버리는 최일선의 주먹이 아니었고 후유증으로 다리마저 절고 있었다. 이가 담배연기를 공중으로 길게 내뿜으면서 말했다.

— 세상이 많이 변했어야.

강은촌도 이대권의 말에 맞장구를 쳤다.

— 선배들도 많이 변했더만.

— 그 사람들 믿지 말어, 지금 이동수와 동업도 허고 구역도 갈라묵고 안헌가. 미안허다, 옥바라지도 제대로 못허고……

사실 강은촌도 이대권에게 섭섭한 감정이 없지는 않았다.

— 니가 옥바라지를 못헌 거허고 이건 별개의 문제여. 그렇다

고 대뜸 보복에 나선다 치면 당국에 찍힐 것이고. 기회를 보자고, 나가 몇달 뒤면 곧 나올 팅께.

1986년 초에 강은촌은 형 만기를 채우고 감옥에서 나왔다. 오년 육개월이란 기간은 긴 세월이었고 그가 관리하던 서울 일원의 북구파는 보잘것없이 위축되어 있었다. 십오년형을 받고 수감중인 홍양태의 조직도 그의 남은 후배들과 운 좋게 살아남은 후계자 김현수가 있었지만 전에 비하면 군소조직에 지나지 않았다. 서울은 강북과 강남 모두 호랑이 없는 동산이 되어버렸다. 그 빈자리를 이동수의 무등파가 장악하고 있었던 것이다.

이동수는 제법 정치력이 있었는지 과거에 홍양태와 강은촌이 각기 후원세력이나 고문으로 모시던 선배들을 자신의 영향권으로 끌어들였고, 이제는 전국적인 연대를 펼쳐나가고 있었다. 선배들은 하나같이 강은촌에게 세상이 달라졌으니 사업이나 하면서 은인자중하라고 충고했다. 그러고는 이동수의 리더십에 대해서 은근히 칭찬하는 말을 덧붙이는 것이었다. 그에게 신민당사 습격을 무리하게 권유했던 박영광 선배까지도 이동수와 싸우지 말고 협력하라고 권유할 정도였다.

구십년대에 가서 슬롯머신 사업으로 거부가 되고 정치자금과도 결부가 되는 전대진 전대일 형제도 그 무렵에는 궁전호텔 오락장에서 종업원들과 밤을 새우며 영업을 하던 업주에 지나지 않았다. 오락장 바로 옆에 붙은 나이트클럽은 강은촌의 왼팔이랄 수 있는 꾀보 박광현이 관리하고 있었다. 나중에 양태파의 김현수가 건설자재 납품과 상가분양 등의 사업으로 기업가로 변신한 것처럼 북구파의 박광현도 성인오락장 체인의 회장이 되었다. 팔십년대가 이들 인생의 갈림길이었던 셈이다.

강은촌이 석방된 지 한 달쯤 지나서 박광현과 오락장 전대일 사장과 점심을 먹고 있는데 알 만한 후배가 찾아와 인사를 했다. 그는 원래 강은촌의 조직원이었고 지금은 박광현의 나이트클럽에서 영업부장을 하고 있었다. 그런데 그의 얼굴이 엉망으로 터져서 눈과 입술이 퉁퉁 부어 있었다. 그가 박광현에게 뭔가 말을 전하고 사라지자 강은촌이 물었다.

— 느이 아그 사고쳤냐? 안면이 묵사발이 되었구마.

— 차식 쉬고 있으란께…… 무등파 아그들한티 맞아부렀다더만.

강은 옆에 딴 식구인 전사장이 있다는 사실도 잊고 대번에 분통을 터뜨렸다.

— 새끼덜이 해도 해도 너무하구마이. 한방이 당한 것도 시방 참고 있었는디 내가 나온 중 뻔히 알면서 이쪽을 건드려?

— 송선배가 시켰다더만. 먼 사방탁잔가 골동품을 구해노라고 한께 광주에다 연락만 해놓고 차일피일 미룬 거여.

송태섭은 호남 직계도 아니었고 예전 자유당 때 동대문 사단의 행동대장을 하던 늙다리였다. 그저 범호남파의 선배로 대접을 해주던 처지였다. 그가 실세로 떠오른 이동수를 믿고서 권력을 행사한 셈이고 무등파가 아무렇지도 않게 구역을 넘어와 남의 식구를 하찮은 일로 징벌한 것이다. 박광현의 하소 겸한 푸념에 강은촌은 물컵을 식탁 위로 내리쳤다. 유리잔이 깨어지면서 물이 사방으로 튀었다.

— 이것덜이 우리럴 아조 좆으로 뭉개구마.

동석한 오락실 전사장이 얼굴을 찌푸리고 손수건을 꺼내어 상의 옷깃을 닦으면서 빈정거렸다.

— 흘러간 물로 본 거지. 세상인심은 냉정한 거요.

— 어야, 당장 아그들 모아서 송가 놈도 잡아오고, 이동수 어디 있는지 파악허소. 나가 무등파 이 새끼덜 싹 쓸어버릴랑게.

그래도 한때는 전국을 양태파와 함께 반분했던 북구파의 여력이 있어서 일시에 백여명의 행동대가 모였고, 송선배를 잡으러 집으로 쳐들어갔는데 그는 기미를 알고 지방으로 튀어버린 뒤였다. 동시에 연장을 가진 행동대가 이동수의 사무실을 급습했지만 몇몇 수하들만 지키고 있다가 분풀이를 당하고 병원으로 실려갔다.

강은촌의 성질과 깡을 아는 선배들은 다시 진저리가 쳐지는 과거의 전쟁 국면으로 가는 일은 막자고 나서서 둘을 달랬고 이동수가 먼저 화해를 청해왔다. 강은촌은 이대권을 칼로 찌른 놈들과 박광현의 영업부장을 때린 자들을 보내어 응징을 받게 하면 없던 일로 하겠다고 통보했다. 강은촌의 부하들이 그들을 야구방망이로 죽지 않을 만큼 두들겨팬 뒤에 말썽은 종결되었다.

강은촌은 그맘때부터 현실에 눈뜨기 시작하고 이를테면 철이

들었다. 건달들의 친목을 도모하자며 그가 제안하여 새마을축구대회를 열었는데, 자유당 시절부터의 늙은 선배들과 범호남파의 일세대 상경파 주먹들 거의가 왔고, 구속된 양태파의 대리인 김현수도 동생들을 이끌고 참여했다. 후배들이 서로를 몰라서 자꾸 싸우게 되니 얼굴이라도 익히자는 취지였다고 그들은 말했다. 어쨌든 그들도 군사정권 치하에서 되도록 변화하고 살아남으려 애를 썼지만 쉬운 일은 아니었다.

장기형을 받은 홍양태가 교도소 안에서 영향력을 명맥이나마 이어간 데 비해서 강은촌은 석방과 재수감을 되풀이하게 된다. 반목하는 세력들을 모아 친목 축구대회를 연 지 한 달 만에 다시 폭행사건을 일으킨 것이다. 인천의 호텔 이권 문제로 부하들을 시켜 사장에게 칼침을 먹인 일이었는데, 서울고검 부장검사의 이권과 관련된 이 사건으로 강은촌은 징역 오년에 보호감호 칠년까지 받아서 이제는 홍양태보다 형기가 더욱 늘어나버렸다.

강은촌이 구속되고 두 해가 지난 1988년 9월 한창 서울올림픽에 세간의 관심이 집중되던 어느날, 강남의 건설사 사무실에서 김현수가 그의 직계 부하들과 함께 인천 사건에 참여했던 오 아무개를 만났다. 현수는 물론 홍양태의 대리였고 오씨는 강은촌의 연락을 받아 나온 것이었다. 현수의 부하가 말했다.

— 큰형님께서 은촌 형님과도 합의를 보았다고 하십니다.

면회를 다녀온 부하가 홍양태의 지시를 전하자 오씨가 말했다.

— 우리도 연락을 받았습니다. 저희 큰형님께서도 이번 일은

양태 형님의 결정에 따르랍니다.

　그것은 충장로파와 북구파가 합의하여 무등파의 이동수를 깨뜨린다는 내용이었다. 김현수가 곰곰이 생각해보더니 의견을 냈다.

　— 서울 측에서 직접 손을 대는 것보다는 지방조직이 일을 맡아주면 좋겠는데……

　— 광주에서 상황파악을 하고 타지방 애들이 원정을 가는 게 안전하겠죠.

　부하의 의견에 김현수가 고개를 끄덕이고 말했다.

　— 이 일은 사건이 터진 뒤에도 우리만 알고 있자구. 큰형님들이야 안에서 소식을 들으실 테고. 오형은 그쪽 식구들에게 나중에 설명해주쇼.

　김현수는 은밀하게 광주의 후배들에게 지시했고 순천 중앙파에서 특공대 다섯 명을 선발했다. 얼마 후 이동수가 광주에 내려왔다는 정보가 들어오자 특공대에 행동개시의 명이 떨어졌다. 그들은 심야에 순천을 출발하여 광주에 닿자마자 그대로 이동수의 집으로 직행했고, 담을 뛰어넘어 집 안으로 들어갔다. 안방으로 짓쳐들어간 그들은 자고 있던 이동수를 야구방망이로 연타하여 실신시켰고 연달아 칼잡이들이 그의 하반신을 난자했다. 이동수는 재기할 수 없을 정도로 불구가 되어 은퇴한 뒤 미국으로 이민을 떠났고, 광주와 서울에서 지휘권을 잃어버린 무등파는 여러 계열로 분파되었다가 일시에 몰락했다. 조폭의 연대기는 이제 세대교체와 더불어 새로운 장으로 넘어가게 되었다.

이듬해 5월 강은촌은 서울의 대학병원에 입원해 있었다. 그는 연초에 폐암진단을 받고 형집행정지가 되어 수술한 뒤 회복병동에서 요양하는 중이었다. 부하들이 번갈아가며 병실을 지키고 있었는데 몇번 병문안을 왔던 김현수가 사람을 보냈다.

— 선배님, 인사 올립니다. 저희 큰형님께서 귀휴를 나오셨습니다.

— 뭐야, 양태가? 언제?

— 어제 나오셔서 내일 아산 온천호텔에 묵으십니다. 내일까지 사람들을 만나보고 고향에 내려가신답니다. 현수 형님이 알려드리라고 해서……

이튿날 밤 당직의사의 회진이 끝난 뒤에 강은촌은 이대권 박광현 등과 함께 승용차편으로 서울을 빠져나갔고 부하들도 연락을 받고는 아산으로 갔다. 아산 호텔에는 홍양태 계열의 조직원들 백여명이 몰려와 있었고 강은촌의 조직원들도 삼십여명이 찾아왔다. 아랫사람들은 커피숍이나 바에 삼삼오오 모여앉고 강은촌과 핵심 몇사람만이 홍의 방으로 안내되었다. 홍양태는 특실에 앉았다가 들어서는 강은촌을 맞았다.

— 이게 누구여? 참말로 오랜만이시.

귀휴를 나온 홍양태는 말쑥하게 양복을 차려입었고 오히려 밖에 있던 강은촌은 환자복을 갈아입고 나선 길이라 콤비에 티셔츠 차림이었다. 핼쑥하게 여윈 강은촌과 악수하면서 홍양태가 눈시울이 그렁그렁해서 말했다.

— 아프단 소식은 들었구마. 워찌 몸은 괜찮은가?

강이 홍의 어깨를 툭 치면서 말했다.

— 한쪽 떼어부렀구먼. 자네도 옥살이 징허게 허네이.

— 그려, 징글징글허구마. 허허, 세월 참 빠르다. 구년이 휙 가
부렀네이.

홍이 쏘파에 털썩 주저앉더니 허공을 올려다보며 그렇게 중
얼거렸다. 그들은 광주를 근거로 한 세 파벌의 친목을 도모하고
서열을 정하는 얘기만 했다고 소문을 냈지만, 그런 귀중한 만남
의 자리에서 실속없는 얘기나 나누었다는 것은 사실이 아닐 터
이다. 강은촌이 먼저 말을 꺼냈다.

— 거 이동수가 안됐네. 이민가부렀담서?

— 그랬다더만. 그쪽 아그들도 정리를 해야 쓸 것인디……

강은촌이 말하자 홍양태가 현수 쪽을 힐끗 돌아보았다.

— 느그들 쪽에 뭔 연락 없었냐?

— 그놈들 몇갈래로 쪼개져서 아래 애들이 개인적으로 수습
하구 있습니다 형님.

— 자네 인자 석방이제, 형집행정지람서?

홍의 말에 강은 피식 웃었다.

— 보호관찰 안 당하겄는가? 근신해야제.

— 그려도 나보다넌 나슬 것이네. 밖이서 사부작사부작 정리
좀 혀. 우리들 모두 같이 살아얄 거 아녀?

— 새마을축구단 하드끼?

— 그래, 그거 말여.

홍양태와 강은촌은 지하층의 바에 내려가 양쪽 파의 부하들로부터 일일이 인사를 받았고 동석해서 오랜만에 술 한잔을 들었다. 암수술을 받은 강은 보리차를 마시며 시늉만 냈고 홍양태는 실로 오랜만에 술에 흠뻑 취했다.

그러나 강은촌은 다시 한 해를 겨우 넘기고 1990년 5월에 재구속된다. 청우회라는 범죄단체를 조직한 혐의였다. 청우회는 회원이 오백여명에 이르고 간부만 이십여명 가까이 되었다. 그들은 과거를 씻고 건전하게 살자는 모임이라고 주장했고, 친목회가 조직된 뒤로는 계파들 간에 싸움도 없었으며 구역 하나 빼앗은 곳이 없다고 항변했지만 사건의 발단은 다른 데 있었다.

강은촌이 앞서 1989년 초 형집행정지가 되어 나온 뒤, 예전에 홍과 강이 치열하게 전쟁중일 때에 둘을 만나게 했던 이승철 등의 선배들이 그야말로 건전하게 나라를 위한 단체를 만들자면서 호국청년회를 제안했다. 많은 선배들과 후배들이 가입해 회원이 거의 이천여명이나 되었다. 공공연하게 알려진 바로는 이는 당시 안기부 기조실장이던 엄상택의 기획에 따른 것이었다. 이름이 약간씩 다르기는 했지만 지방에서도 비슷한 취지로 건달들의 우익청년회가 결성되었다. 강은촌의 청우회도 이러한 흐름에 부응한 면이 있었다. 결국 이들은 이듬해 범죄와의 전쟁이 선포되면서 강은촌이 구속되던 시기를 앞뒤로 하여 거의가 구속당했다. 정부로서는 이들을 정치적으로 이용한 뒤에 대외적으로 깡패소탕이라는 사회적 이익도 챙긴 셈이었다. 게다가 알고 보면 도박장과 슬롯머신을 둘러싼 지하경제의 규모가 점점 거대해졌고 그처럼 은밀하고 안정된 정치자금원이 없었기 때문이다. 그러려면 상납 라인을 일원화할 필요가 있었을 것이다.

강은촌은 박광현의 소개로 호텔 오락장 사업을 하던 전대진 전대일 형제를 알게 되어 1986년 무렵에 가까워졌다. 전씨 형제는 이삼년 만에 서울의 오성급 호텔 거의 모든 곳에 슬롯머신을 갖춘 대형 오락장을 벌여놓았고 팔십년대 말부터는 지방 호텔에도 도박장과 오락장을 개설하기 시작했다. 전대진이 안기부의 엄상택과 의형제를 맺을 정도로 가까워져 강은촌도 그들과 친하게 지냈다. 전대진 형제의 입장에서는 역시 현장관리는 강은촌과 그의 조직이 아니면 감당할 수 없다고 보았던 것이다. 전씨 형제는 제주도에 카지노를, 광주의 신설 호텔에는 오락장을 개업하면서 관례대로 강은촌의 조직에 이십 퍼센트의 지분을 내놓았다. 하지만 어느 세계에나 경쟁자가 있게 마련이어서 군사정권 시절부터 도박업계를 독점해온 낙원그룹의 원회장은 전씨 형제와 강의 조직이 카지노 업계를 넘본다고 생각했다. 원회장은 당시 정권과 강력한 유착관계에 있었으며 비자금 관리를 맡은 정권의 실세들 중에도 장애가 되는 이들을 걷어내야겠다고 생각하는 사람들이 있었다.

강은촌은 이런 실정도 모르고 원회장에게 간접적인 압력을 넣을 생각을 했다. 그는 청우회가 결속되고 얼마 뒤 낙원그룹의 호텔 카지노에 오백여명을 몰고 가서 연회를 벌였다. 복도에도 로비에도 카지노에도 레스또랑과 클럽에도 그의 조직원들이 험상궂은 기세로 돌아다녔고 이것은 확실한 위협이 되었다.

원회장은 이런 사실을 정권 측에 호소했고 그 결과 강은촌과 청우회 간부들은 범죄단체 조직 혐의로 전원 구속되었던 것이다. 전씨 형제의 업소는 느닷없는 국세청 특별세무조사를 받고 백억이 넘는 추징금을 물어야 했다. 안기부 기조실장 엄상택은 전씨 형제에게 당신들이 살길은 원회장과 협조하는 것뿐이라고 귀띔을 해주었다. 강은촌과 청우회가 와해된 뒤 전씨 형제는 엄상택도 쩔쩔매는 실세 정치인에 줄을 대어 사업을 계속해나갈 수 있었지만, 결국은 정권이 바뀌고 정치권과 도박업계의 유착 관계가 드러나면서 양측이 모두 구속되었다.

앞서 재구속된 강은촌은 징역 십오년에 보호감호 칠년을 선고받았다. 강은촌과 그의 동료들은 정치인과 관계를 맺는 것이 권력의 비호는커녕 이용만 당하고 가혹하게 뒤통수를 맞는 일임을 깨달았다. 이는 우익조직 결성을 권유하고 나서 그 명단을 고스란히 범죄와의 전쟁에서 일망타진용으로 써먹은 사실만으로도 충분히 알 수 있었다.

길고긴 수형생활이 계속되었다. 강은촌은 청송감호소에서 자살하려다 미수에 그쳤다. 그는 아침마다 숨찬 목소리로 찬송가를 부르며 일과를 시작해서 그를 지켜보는 후배들을 쓸쓸하게 만들었다.

1995년 3월에 홍양태가 석방되었다. 홍양태 역시 강은촌처럼 주위에서 내버려두지 않았고 스스로도 재기해보려고 애를 썼다. 그는 늘 무엇엔가 쫓기는 사람처럼 보였다.

대성백화점이 무너지던 날 홍양태는 제주 카지노에 있었다. 룰렛에서 시작하여 바카라와 블랙잭에 이르기까지 닷새 동안 몇바퀴를 돌았는지 몰랐다. 그는 마지막 심야에 손을 털었는데 수억원을 잃었다. 부하들이 거처 마련에 보태쓰라고 주식에 넣어 불려준 돈을 모두 잃은 셈이었다. 그냥 털고 일어설 수가 없어서 머리도 식힐 겸 로비에 나가 앉아 있었다. 그러고는 텔레비전 뉴스에서 되풀이하여 보여주는 붕괴현장의 폐허를 멍하니 바라보았다. 홍양태는 찬 주스를 마시면서 잠시 앉아서 무감각하게 뉴스를 보다가 김현수에게 전화를 걸었다. 착 가라앉은 목소리가 들려왔다.

— 형님 어디 계세요?

이제는 같이 늙어가는 동생의 말에 그가 대답했다.

— 제주여. 방금 몽땅 털리고 나왔구마. 어야, 내 앞으로 입금 좀 시켜주라.

전화기 속에서 김현수가 한숨을 내쉬고는 말했다.

— 어쩔라구 카지노엘 또 가셨습니까?

— 어이, 인자 두번 다시 오먼 니가 내 형여……

아무 말 없이 전화가 끊겼다.

5장

여기 사람 있어요

임정아는 그날 아침에 늦게 일어났다. 동생 순아가 그녀를 조심스럽게 흔드는 바람에 눈을 실낱같이 떴다. 둘이 누우면 가득 차는 비좁은 방으로 아침햇빛이 환하게 비치고 있었다.

— 언니야, 출근 안해? 지금 여덟시가 훨씬 넘었다구.

— 으응…… 오늘 나 비번인데……

정아는 홑이불을 머리 위로 뒤집어쓰며 돌아누웠다. 잠결에도 백화점에 출근하지 않는다는 안도감 때문에 더욱 달콤한 느낌이었다. 간밤에 고교시절부터 단짝이던 혜숙이 찾아와 밤늦게까지 도란거리며 얘기를 나누다 열두시가 넘어서 돌아갔던 것이다. 정아는 스무살이고 동생 순아는 열여섯살이었다. 순아는 어릴 때 소아마비를 앓아서 초등학교만 나오고는 언제나 홀로 빈집을 지키며 자랐다. 몸이 그런데도 그녀는 뭔가 가족들에게 도움이 되려고 두 팔로 버티고 무릎걸음으로 다니면서 언니와 엄마의 출근 채비를 도와주려고 애썼다. 순아가 조심조심 마루에 차려진 밥상을 끌어다 문 가까이 놓으며 말했다.

— 그래두 밥 먹구 나서 또 자.

정아는 돌아누운 채로 동생의 목소리를 듣다가 갑자기 소스라쳤다. 그녀는 상반신을 벌떡 일으켰다.

— 아아, 출근해야지!

그녀는 흐트러진 머리카락을 두 손으로 움켜쥐며 진저리를 쳤다. 어제 같은 매장의 언니가 집안일이 있다며 자기의 다음 비번날과 바꿀 수 없겠느냐고 사정을 해왔다. 정아는 자신도 집안에 무슨 일이 있을 때에 누군가 대신 일해줄 사람이 없을까 발을 동동 구르며 애태우던 것이 생각나서 선선히 그러마고 약속을 한 터였다.

— 비번이라면서?

순아의 말에 정아는 결심한 듯이 홑이불을 걷어치우며 일어섰다.

— 누구랑 바꿨어. 아, 얼른 가야 해.

초여름 햇볕으로 집 안은 후덥지근하게 무더웠다. 집은 열댓 평이나 될까 하는 옛날 산동네식 간이주택인데 방 두 칸에 마루와 부엌과 욕실 겸 수세식 화장실이 달려 있었다. 그녀는 부엌 옆에 붙은 화장실에서 함지에 담아둔 물을 퍼서 우선 머리를 감고는 벗은 몸 위에다 찬물을 들이부었다. 처음에는 소름이 끼칠 정도로 차게 느껴졌지만 두세 번 반복하자 온몸이 시원해졌다. 머리를 털고 얼굴에 대충 화장을 하고 옷을 갈아입기까지 십분 정도나 지났을까 서성대고 있는데 순아가 말했다.

— 아침 안 먹구 가?

— 됐어, 넌 먹었니?

— 언니 나가구 나면 먹을라구.

— 왜 먼저 먹지 그랬어?

정아는 밥상을 내려다보며 엄마와 아버지가 먹고 나간 흔적을 살폈다. 반찬들이 반쯤 비워져 있고 밥알과 양념이 상 위에 붙어 있는 게 보였다.

— 엄만 먼저 나가셨어. 아부진 주민회관에 가셨을 거야.

정아가 두리번거리는데 마루에 놓인 전화기 탁자 위에 만원짜리 지폐 한 장이 보였다.

— 이게 뭐야?

— 응, 엄마가 두고 가셨어. 오늘 차비하구 용돈이래.

— 웬 거금?

보통 때는 삼천원씩 주던 엄마가 무슨 기분 좋은 바람이 불었는지 만원씩이나 놓고 간 것이다. 정아는 나가기 전에 동생에게 정답게 말했다.

— 오늘 너 좋아하는 햄버거 사다줄게.

— 정말? 잘 다녀와.

임정아는 아침부터 어쩐지 행복하고 기분이 좋았다.

백화점 지하 일층에는 식품부 아동복점 잡화점 등의 매장이 있었는데 보통 오전에는 손님이 별로 없었다. 정아가 근무하는 아동복점도 오전에는 손님이 띄엄띄엄 들르는 편이라 둘이 근무하면서 교대로 앉아 있거나 다른 매장의 친한 직원들을 만나러 가기도 했다. 그래도 정아는 입사 일년차인데다 나이도 가장 어리기 때문에 거의 모든 매장직원이 언니 오빠여서 남들처럼 요령을 피울 수는 없었다. 정아는 아침을 거르고 나와서 열한시쯤 되니까 배가 고파 견딜 수가 없었다.

— 언니, 나 먼저 점심 먹구 오면 안될까?

— 너 또 아침 안 먹었구나.

함께 근무하는 명희 언니가 정아에게 고개를 끄덕여주었다. 정아는 입안이 깔깔하기도 하고 일식우동 생각이 나서 엘리베이터를 타고 오층 식당가로 올라가는데 그날따라 엘리베이터 바닥이 가끔씩 흔들리고 뭔가 부딪치는 듯한 쇳소리가 들려왔다. 문이 열리자 복도와 계단 앞에 테이프를 쳐놓았고 가운데는 출입금지 팻말과 당분간 폐장한다는 글이 써붙어 있었다. 돌아가려고 다시 엘리베이터 앞에 서 있는데 직원인 듯한 아저씨들이 지나가다 그녀를 돌아보고는 말했다.

— 뭐야, 지금 엘리베이터 기다리나?

— 네, 방금 타구 올라왔는데요……

그는 함께 있던 다른 직원에게 말했다.

— 삼층까지만 통행시키고 위로 오층까지 폐쇄하라니까.

그녀는 하는 수 없이 비상계단으로 해서 지하 일층으로 되돌아갔다. 그맘때에는 오층 식당가의 기둥과 벽에 균열이 가고 천장 일부가 뒤틀려서 내려앉기 시작한 뒤였다. 정아는 식품부로 가서 김밥 몇줄에 오뎅국물을 종이컵에 담아가지고 아동복 매장으로 되돌아갔다. 윗사람에게 걸리기라도 하면 혼이 날 짓이지만 목요일 오전이라 손님도 없었고 식당가까지 폐쇄된 터여서 변명할 거리가 있는 셈이었다. 역시 명희 언니가 주위를 두리번거리며 말했다.

— 팀장님한테 걸리면 혼날 텐데……

— 이상해, 무슨 공사를 하려는지 오층 식당매장이 모두 문을 닫았어.

그녀들은 밖에선 잘 보이지 않는 카운터 아래쪽에 의자를 놓고 김밥이 담긴 스티로폼 곽을 올려놓았다. 번갈아 하나씩 집어 먹고 국물도 마시면서 점심을 오분여 만에 해치웠다. 언니가 커피를 뽑아온다면서 자리를 비웠는데 나이 많은 여자와 딸인 듯한 젊은 여자 둘이 와서 신생아용 옷가지며 소품들을 골랐다. 말하는 걸로 보아 며느리가 아이를 낳은 모양이었다. 손님들은 수입품 코너에서 모든 물건을 골랐는데 합쳐보니까 정아의 한 달 월급보다 훨씬 비싼 값이었다. 명희 언니가 두 손에 종이컵을 들고 오다 당황해서 얼른 카운터 뒤로 숨기며 합세했다. 또다른 손님이 와서 아동 캐주얼복 몇벌을 사갔다.

정오 무렵부터 에어컨이 작동되지 않아 실내가 차츰 무더워지기 시작했다. 그리고 오후 네시까지 한산했다. 가끔씩 어디선가 쿵 하는 소리며 무엇을 두드리는 듯한 둔탁한 소리가 들려와 정아는 위에서 공사가 진행중인가보다 생각했다. 입사동기에 고교동창인 친구 혜숙이 이층 숙녀복 매장에 근무하고 있었는데 다섯시 반쯤에 아래로 내려왔다. 오후 휴식시간이라 정아가 구내전화로 그녀에게 간식 먹으러 가자고 전했던 것이다. 정아와 혜숙은 푸드코트에 가서 비빔쫄면을 먹고 쏘프트아이스크림을 먹으면서 어젯밤에 남겨둔 수다를 잔뜩 풀고 나서는 지하 일층 에스컬레이터 앞에서 헤어졌다. 그때가 다섯시 오십분쯤이었다. 지하 일층의 절반 이상을 차지하는 식품부는 저녁 찬거리를 사러 나온 여자들로 붐비는데다 에어컨이 꺼져 있어서 손님들이나 점원들 모두가 후줄근하게 기분이 좋지 않아 보였다.

정아가 카운터 앞에 섰을 때 갑자기 우르르하는 요란한 소리가 들리고 바닥이 쿵 소리를 내면서 흔들렸다. 천장에 붙은 장식물들이 매장 가운데로 떨어져내리기 시작했다.

— 정아야, 나가자!

정아는 명희 언니가 외치는 소리를 들었고 순간 바닥이 흔들리면서 주위가 먼지로 가득 차서 아무것도 보이지 않았다. 위에서 뭔가 한꺼번에 덮치면서 그녀는 아래로 굴러떨어졌다.

사방은 캄캄했다. 뒤통수가 척척해서 손을 대보니 통증이 느껴졌다. 씨멘트 덩이에 맞아 피가 흐른 것 같았다. 정아는 침착하게 하늘색 유니폼 상의를 찢어 머리에 댔다. 손발을 조금씩 움직여보았다. 손을 뻗으니 손바닥이 위를 가로막은 씨멘트에 닿았고 옆으로는 몸을 굴려도 두세 바퀴는 될 만한 공간이 있었다. 정신을 차리자 사방에서 신음소리와 살려달라는 말소리가 들려왔다. 어린아이들 울음소리도 들렸다. 바로 가까운 곳에서 사람 목소리가 들려서 정아는 힘껏 소리쳤다.

— 거기 누구 있어요?

— 정아야…… 나 좀 구해줘. 허리를 움직일 수가 없어.

명희 언니 목소리였다. 머리 위쪽에서도 식품매장에 근무하던 아줌마의 목소리가 들려왔다.

— 나는 한쪽 팔과 다리가 어디로 없어졌나봐……

첫쨋날 밤이 지나간 것은 또렷이 기억할 수 있었다. 누군가 명희 언니 부근에서 말을 걸어왔기 때문이다. 정아가 그녀에게 물었다.

— 우릴 구해주겠죠?

— 그럼요, 어떤 세상이라고. 조금만 참으면 누가 올 거예요.

정아의 위쪽에 끼여 있던 식품매장 아줌마가 몇시간 동안은 신음소리를 내더니 좀더 시간이 지나자 잠잠해졌다. 정아는 명희 언니를 불렀다.

— 언니, 괜찮아?

— 아, 팔도 안 올라가…… 움직이지 못하겠어.

— 언니, 정신차려, 구조대가 올 거야. 포기하지 말고 기다리자.

또 얼마나 지났을까, 등뒤가 젖어오기 시작했고 만져보니 물이 자박자박 차오르고 있었다. 위에서 장맛비가 며칠째 내리고 있는 듯했다. 덕분에 지하 삼층 주차장의 차량이 불타면서 퍼져가던 연기가 사라졌다. 너무 목이 말라서 물을 손바닥으로 모아 몇방울 입가에 떨어뜨려보았지만 녹냄새가 심해서 마실 수가 없었다. 그나마 물이 몸에 닿고 머리도 적시자 갈증은 한결 나아졌다.

— 아, 정아야, 자꾸만 물이 차올라와……

명희 언니는 정아보다 좀더 아래편에 있는 모양이었다. 물이 꼬르륵 넘어가며 숨차하는 소리까지 들렸다. 그녀가 간신히 중얼거렸다.

— 나 먼저 간다. 소식 좀 전해줘.

그녀 곁에서 두 사람이 죽어간 것이다. 정아는 몇번 더 불러보다가 갑자기 엄습하는 두려움에 입을 다물었다. 아무도 대답하지 않았다. 시간이 사라져버리자 잠들었다 깨어났다 하는 일이 되풀이되었다. 심한 악취가 풍겨서 정아는 이리저리 몸을 뒤척였다. 왼쪽 위를 더듬다가 뭔가 잡혀서 만져보니 누군가의 손가락이었다. 씨멘트 부서진 틈새로 죽은 아줌마의 손이 비어져나와 있었다. 정아는 갑자기 혐오와 두려움이 몰려와 돌아누우면서 씨멘트 더미를 밀어내려고 몸부림쳤다.

— 누구…… 사람 없어요?

— 임정아 씨, 나 아직 살아 있어요.

아, 그래 명희 언니 근처에 다른 아줌마가 한 사람 더 있었지. 정아는 반가운 나머지 울음이 터졌다.

— 우리 둘뿐이군요.

— 사방에서 소리가 났어요. 구조대가 작업중일 거야.

정아는 그녀가 스스로를 진희 엄마라고 소개한 생각이 났다.

— 오른팔은 괜찮으세요?

— 팔이 아니라 어깨인 것 같아. 상반신에 아무런 감각이 없어요.

— 며칠이나 지났을까요?

정아의 물음에 진희 엄마가 대답했다.

— 여긴 캄캄해서 밤인지 낮인지 모르겠어요. 자다 깨다 했는데……

목도 마르고 기운도 빠져서 두 사람은 서로의 존재를 확인만 하고는 곧 대화를 끊었다. 멀리서 아득하게 들리던 소음도 그쳤고, 깊은 밤중이거나 새벽인 것 같았다. 추위에 떠는 듯한 신음 소리가 들려와서 정아는 눈을 떴다. 역시 칠흑 같은 어둠뿐이었다. 구멍 속은 낮에는 열기가 가득 차지만 한밤중이 되면 제법 서늘해지기 때문에 잠이 들면 체온이 떨어지며 한기가 엄습했다. 옆의 아줌마가 다급하게 부르짖는 소리가 들려왔다.

— 진…… 진희야……

— 여보세요, 아주머니!

정아가 그쪽으로 머리를 돌리고 외치자 소리가 뚝 그치더니 말했다.

— 아, 꿈꿨어요. 아가씨 몇살이에요?

— 스무살이에요.

— 좋은 나이네. 우리 딸은 언제 그만큼 크고. 아가씨한테 내 이름 말해줬나?

— 아뇨, 진희 엄마라구 하셨지요. 장보러 나오셨다구요.

— 그래, 무슨 일이 있을지 모르니까…… 내 이름 알아둬요. 나는 박선녀라구 해요. 여기 백화점 회장님 친척인데…… 어느 매장 근무했다구?

— 아동복이요.

— 우리 둘이 꼭 살아 나가서 재밌게 지내자구.

— 그래요, 사모님.

— 앞으로 꼭 하구 싶은 게 뭐야?

— 돈 벌어서 내 동생 전동휠체어 사줄 거예요.

— 그게 비싼가?

— 엄청 비싸죠. 집두 이사가야 해요. 평지에다 공원 근처에 이사가면 순아를 데리고 나갈 수도 있고……

— 그래, 그거 내가 다 해줄 수 있어.

박선녀가 그렇게 말하자마자 임정아는 머릿속으로 그리던 그림들을 지워버리고 말을 끊었다.

— 나 재력이 있는 사람야. 근데 그게 다 무슨 소용인가……

박선녀가 혼잣말로 중얼거리자 임정아가 천천히 말했다.

— 내 동생 휠체어를 왜 사모님이 사주죠? 그러구 집두요. 저는 임시직인데요. 우리 부모님은 시골서 올라와서 여태껏 일만 죽도록 하구두 산동네를 못 벗어났지요.

— 그러니까 앞으론 잘살아야지.

— 그렇지만……

정아는 이어서 단호하게 말했다.

— 사모님이 다 해줄 수 있단 말씀 다신 하지 마세요.

정아는 엄마 아버지가 결혼하고 낳은 두번째 자식이었다. 오빠가 있었다고 하지만 어려서 죽었다는 얘기만 들었다. 정아가 태어났을 때 아버지가 지금의 집터에 처음으로 집을 지었다고 했다. 십년 전에 다시 대폭 수리를 했고 마당에 있던 수도를 안으로 끌어들여 그나마 부엌과 수세식 화장실을 만들었다. 그리고 방과 마루에도 연탄보일러를 설치했다. 정아는 초등학교 때는 모르다가 중학생이 되어 같은 반 아이들의 집과 비교할 수 있게 되자 자기네가 얼마나 보잘것없는 곳에 살고 있는가를 깨달았다. 그녀가 집이 너무 작다거나 겨울철에 언덕길이 미끄럽다고 불평하면 엄마는 호되게 야단을 쳤다.

— 이 집 장만하느라구 느이 엄마 아부지가 인생을 바쳤어, 이 철없는 년아!

엄마의 말을 그저 살려고 고생깨나 했다는 소리로 들어넘기던 정아도 고등학생이 되어서야 엄마에게서 그들의 살아온 이

면 조적이나 타일 붙이기에 철근 콘크리트 치기 정도는 능숙하게 해냈다. 그는 건축공사장에서 조역일로 출발해 십장이 신임하는 일꾼이 되었다. 판수 청년은 점순 처녀가 얹어살던 바로 그 앞방의 민자 언니 남편 형근과 고향 친구였다.

어느 일요일에 민자 언니가 모처럼 가리봉오거리에 나가서 영화를 보자고 하여 점순이 그네 부부를 따라나갔더니 판수 청년이 나와 있었다. 점순은 어색하게 민자 옆에 붙어앉아 영화를 보았다. 서영춘과 배삼룡 구봉서 등이 나오는 코미디영화였는데 판수가 하도 크게 웃어대는 바람에 점순은 조마조마했다. 혹시나 주변의 관람객들이 그들에게 나가달라고 하지 않을까 공연히 걱정한 탓이었다.

영화를 보고 나와서 중국집에 가자느니 아니다 그 돈 있으면 간단히 장봐가지고 집에 가서 해먹자느니 형근과 민자 부부가 다투다가 결국은 삼겹살 두어 근과 두부 한 모를 사가지고 집으로 갔다. 물론 남자들은 소주 네 병을 사들고 흐뭇해서 입을 길게 찢으며 앞장을 섰다. 민자 언니가 두부와 감자를 쑹덩쑹덩 삼겹살도 큼직하게 썰어서 한데 넣고는 파와 고춧가루를 듬뿍 쳐서 얼큰한 공사장 찌개를 끓였다. 둥근 쟁반 모양의 밥상이 들어오는데 복판에 덩그렇게 찌개냄비 하나에 김치 한 보시기가 전부였지만 냄새는 근사했다. 마침 병따개가 없어서 민자가 당황하는데 판수 청년이 콧바람을 핑하니 날리더니 숟가락을 바투 대고는 뼁 하면서 순식간에 마개를 따버렸다. 점순은 얼마나 신

기한지 판수에게 한번 더 따보라고 졸랐고 결국은 네 병을 다 따
놓고 말았다. 형근이 혀를 찼다.

— 야, 그렇게 다 따버리면 김 나가잖여?

— 괜안해, 몽땅 뱃속에 부어버릴겨.

살림이 그래봬도 소주잔은 있어서 수저 옆에다 하나씩 올려
놓았는데 점순이 살펴보니 잔이 넷이었다. 술병 마개를 딴 판수
가 묻지도 않고 형근과 민자 잔에 따르고는 이어서 점순 앞의 잔
에 병주둥이를 기울였다. 점순은 얼른 잔을 들어 겨드랑이 쪽으
로 끌어당겼다. 싫다는 시늉인 셈이었다. 판수 총각이 눈을 크게
부라리며 말했다.

— 오메, 스무살이면 성인인디?

— 괜찮아, 한잔하지 머.

민자가 기다리는 것처럼 자기의 채운 잔을 마시지 않고 쳐들
고 있었다. 점순은 할 수 없이 잔을 내밀었고 판수가 그녀의 잔
을 채웠다. 그들은 건배, 하면서 잔을 부딪치고는 단숨에 들이켰
다. 점순은 그날 난생처음으로 소주를 마셨다. 쓰고 독해서 코가
찡하고 눈물이 핑 돌았다. 그들은 자연스럽게 친해졌다. 점순은
정말로 판수를 동네 오빠라고만 생각했지 그가 설마 자신의 남
편이 될 줄은 꿈에도 생각 못했다고 뒤에 몇번이나 말했다.

다음 일요일에는 판수가 둘이서만 나가자고 하여 영화를 보
고 나서 이번에는 정말 중국집에 갔는데 그가 짜장면과 탕수육
을 시켜주었다. 짜장면은 그녀가 서울에 올라와서 몇번 먹어본

적이 있지만 탕수육은 그날 처음 먹어보았다. 한 달에 일요일이 네댓 번은 돌아오지만 공단 노동자들에게는 쉬는 날이 두 번밖에 없었다. 주야간 열두 시간씩 교대근무에 언제나 연장근로가 붙어 있었기 때문이다. 월말이면 납품 기일에 맞춘다고 휴일도 반납하곤 했다. 그들은 쉬는 날이면 우선 늦잠부터 실컷 자고 그동안 밀린 일들을 해치워야 했다. 고향에 편지 써보내기, 빨래와 청소하기, 친구나 애인 만나서 소박한 식사나 술 한잔 같이하기, 그리고 최소한의 문화행사로 영화 구경이나 음악다방에서 차 한잔하기 등등이었다. 그러니 김점순과 임판수는 두어 달에 한 번쯤이나 만날 수 있었다.

이듬해 임판수가 김점순에게 청혼을 했다. 아니 청혼이라기보다는 함께 사는 게 어떠냐고 물었던 것이다. 그들 또래의 비슷한 처지의 남녀가 기왕에 타향에서 쪽방에 새우잠을 자는 형편이라면 둘이 함께 벌면서 생활비도 줄이고 저축도 해가면서 몇 년 뒤에 정식으로 혼인을 하자는 것이었다. 부모에게 기별하고 혼사를 치르고 할 여유도 시간도 없었다. 그러다가 헤어지는 사람들도 많았지만 식도 올리지 못한 채로 그냥저냥 아이 낳아 혼인신고만 하고 사는 이들도 많았다. 사실 판수가 점순에게 직접 의사표시를 하지는 않았고 민자 언니를 통해 조심스럽게 물은 셈이었다.

— 저 말야…… 판수씨가 그러는데 자기 이사갈 거라든데.

민자가 뜬금없이 그렇게 말했고 점순은 영문을 몰라서 말없이 눈만 동그랗게 뜨고 바라보았다.

— 친구하구 같이 살다가 혼자 방 얻어서 나간대나. 백지장도 맞들면 낫다더라. 우리두 그랬어. 보증금 있는 사글세라면 집두 괜찮은 편이야. 둘이 보태면 금방 전세금 장만할 테구……

점순은 무슨 얘긴지 대번에 눈치를 챘지만 아는 척하지 않았다. 결국은 그 다음달의 휴일에 판수가 그녀를 다방으로 불러내어 속내를 털어놓았다. 점순도 그동안 생각해볼 여유가 있었기 때문에 마음속으로는 결정을 내리고 있었다. 그녀는 사년 동안이나 가족과 떨어져 살았고 서울 천지에 아는 사람이 아무도 없었다. 밤새도록 일하고도 불량이 나와 반장에게 호되게 당하거나 독감이 들어 며칠 동안 앓을 때, 또는 야근 끝내고 천근만근 무거운 몸으로 차디찬 방에 돌아와 누웠을 때면 옆에 누군가 있었으면 했다.

둘은 시흥 근방에 쪽방을 하나 얻었고 시장에서 이것저것 당장 생활에 필요한 세간을 사들였다. 비닐로 만든 비키니옷장이며 양은 쟁반 밥상에 그릇과 수저와 목재 찬장도 샀다. 점순은 구로공단 일을 그만두고 시흥의 작은 편직공장에 일자리를 얻었다. 스웨터를 짜는 가내수공업 정도의 일터였는데 직공은 이십명이 채 되지 않았지만 도급일이어서 자기가 일한 만큼 가져올 수 있었다. 밤을 새우든 주말에 쉬든 정시퇴근을 하든 한 달 작업량만 채우면 되었고 노임도 제법 좋은 편이었다. 그 대신 숙런공으로서 책임을 져야 했다. 불량은 엄격하게 가려내어 본인이 보상하게 되어 있었다. 어느날 공사장에 일 나갔던 판수가 얼굴이 불콰해져가지고 쇠고기도 두어 근 떠서 신문지에 싸들고 들어왔다.

— 점순아, 우리두 집 짓구 살아보자.

— 웬일이야, 어디서 천금이 생겼나? 무슨 수로 땅 사고 집 지을 돈까지 장만한담?

— 지금 난리가 났다더만. 형근이네두 벌써 이사갔어.

이제는 점순이 정말 궁금해져서 얼른 되물었다.

— 언니네가 집 지을라구 이사갔단 말예요?

— 그려, 광주대단지라구 엄청난 대처가 생긴다네.

전후복구 시기에서 육십년대 말에 이르기까지 전국 각처에서 수많은 사람들이 일자리와 좀더 나은 생활을 위해 서울로 몰려들었다. 처음에는 월남한 피난민들이 서울 중심부의 동대문 남대문 청계천 등지의 시장을 삶의 근거지로 삼아서 아직 주택가가 형성되지 않은 도심지의 언덕과 산등성이에 모여들기 시작했고, 육십년대로 넘어오면서는 고향을 떠나온 이농민들이 외곽지역의 빈터를 차지하고 곳곳마다 마을을 형성했다. 이런 곳을 정착지라고 부르던 행정부처에서는 도시 변두리가 거의 포화상태에 이르자 무허가 판자촌을 강제철거하는 수밖에 없었다. 이 또한 정착지 정비사업이라고 불렀다. 쫓겨난 도시빈민들이 다른 지역으로 몰려가 다시 무허가 건물을 짓는 바람에 오히려 정착지가 서울 주변부로 확산되었다. 강제철거는 철거반과 판자촌 주민 사이에 끊임없는 충돌을 불러오고 치안이 불안정해지는 악순환을 가져왔다. 뭔가 근본적인 해결책 없이는 도시 빈민 문제는 해결될 것 같지 않았다.

미아리 월곡동 봉천동 신림동 사당동 시흥동 영등포의 외곽과 용산역 주변 등이 정착지였고, 해방촌이라든가 동대문 밖에서 왕십리에 이르기까지, 서대문 밖과 마포와 만리동 신촌 일대, 금호동의 언덕바지 등은 전쟁 뒤에 급속하게 형성된 초기 정착지였다. 육십년대 말에 서울시는 강남에 중산층을 위한 새서울 계획을 세우는 것과 동시에 도시빈민들의 정착지를 서울에서 더 떨어진 경기도 일대의 외곽에 형성할 작정이었다.

경기도 광주군 중부면에 위치한 수진리 탄리 창곡리 상대원리 복정리 단대리 등의 삼백만평을 부지로 선정했다. 그로부터 삼년 동안에 오십만 인구를 수용할 수 있는 신도시를 개발하여 무허가 판자촌 주민 삼십만을 우선적으로 집단이주시킨다는 계획이었다. 이러한 계획에 드는 예산은 이백육십억에 달해서 세원이 부족한 서울시로서는 정상적으로 시행할 능력이 없었다.

꾀를 낸 기획이라는 게 경기도 땅을 평당 사백원에 산 뒤 철거민을 보내 신도시를 건설하면 자연히 땅값이 오를 것이고 결과적으로 서울시는 땅을 팔아 시설투자비와 행정지원비를 뽑아낸다는 것이었다. 그리고 흉물이 된 도심지의 무허가 판자촌 일대를 재개발하고, 특히 경제적 가치가 높은 상업지구인 청계천 주변을 복개해서 그 부지를 처분하면 또다시 막대한 경제효과로 도심지 정비의 재원을 충당할 수 있으리라는 기대도 있었다.

임판수는 고향 친구 형근이 먼저 광주대단지를 찾아 떠난 뒤에도 마음을 정하지 못하다가 자신도 시골의 가족을 모두 불러다 정착지로 가련다는 공사장 동료의 말에 크게 흔들렸다. 판수는 점순과 의논하고는 이튿날 당장 단지에 가서 형편을 알아오겠다며 집을 나섰는데 소주잔이라도 들이켰는지 거나해져서 저녁 늦게야 돌아왔다.

— 아니, 일도 안 나갔으면서 무슨 술을 날마다 마셔요?

점순이 은근히 화가 나서 닦달을 했으나 판수는 신이 나서 말했다.

— 이거 봐, 이제야 우리도 대한민국 국민이 된 거여. 나라에서 집 없는 백성들에게 땅을 나누어준다는 소리제. 한 가구에 골고루 스무 평씩 준다는디.

— 공짜루요, 그냥 주는 거냐구요?

— 머라더라…… 에, 또 그란께 분양한 택지는 적당한 시기에 입주자에게 매도한다…… 이것이 판다는 소리겠지.

— 우리 형편에 무슨 돈으로 땅을 사요?

— 철거민이란 증거만 있으면 땅을 띠어준다더만. 십년 동안에 나눠낼 수 있다든가 머라든가. 글고 집도 건축허가 없이 지 맘대로 지서도 된다는 거여. 건설비는 입주자 부담이지만 서울시에서 일부 보조한다고 머 그런 소리가 들리더만. 그라고 구로

공단맨키로 공장이 들온다니 일자리도 있고이.

김점순은 들떠 있는 임판수와는 달리 어쩐지 불안하고 마음이 놓이지 않았다. 세상이 그렇게 호락호락하지 않을뿐더러 가난뱅이들만을 위한 천국이 있을 것 같지 않았던 것이다.

— 아무튼 우리도 그쪽으로 가보세. 사람들이 많이 모여들면 뭔 수가 나도 나겠지.

— 허허벌판이라든데 어디서 먹고 자려고 이사를 가요 가기를……

— 거기가 시방 천막촌이더라고. 벌판에 천막이 수백채여. 전입신고하면 분양신청할 수 있고 거처도 마련해준다는디.

임판수는 먼저 공사장 동료의 도움을 받아 그가 살던 영등포 철로변 무허가 판잣집의 방 한칸에 세를 든 것처럼 주소지를 정했다가 한 달 뒤에 퇴거하기로 했다. 그러고는 그 주소지를 가지고 광주출장소로 가서 전입신고를 하면 분양권을 얻을 수 있다고 생각했던 것이다.

임판수가 광주출장소에 신고한 것은 1971년 3월이었다. 때마침 제7대 대통령 선거철이었고 공화당의 박정희 후보와 신민당의 김대중 후보가 팽팽하게 맞서고 있었다. 여당에서는 광주대단지의 미래에 대한 매우 낙관적인 공약을 내걸고 있었다. 그해 여름까지 정지작업과 간선도로 개설, 하천 준설공사 등을 모두 끝내고 백육십만평의 택지를 조성한다고 했다. 택지가 조성되고 분양이 이루어지면 대금도 분할상환할 수 있고 나라의 보조를 받아 자기집을 지을 수 있으며, 또 경공업 공장이 들어와 일자리도 마련될 테니 촌놈 어느 누구든 서울 가까운 곳에 살 수 있다는 소리였다. 그리고 경제활동의 중심지인 서울까지의 소요시간을 한 시간 이내로 줄이기 위하여 정기 버스노선을 운행하고 서울시에서 쓰다 폐기한 전차도 다시 사용한다는 것이었다.

임판수가 들떠서 무조건 가재도구를 꾸려 이주한 것처럼 개발 붐이 일어난 광주단지에 가면 집도 얻고 일자리도 생긴다는 소문이 나자 전국의 농어촌과 소도시의 이농민 영세민이 몰려들기 시작했다.

판수와 점순이 전입신고를 마치고 임시 거처로 지정받은 현장에 가보니 드넓은 벌판에 군용천막이 끝간데 없이 펼쳐져 있었다. 천막 주위로는 배수로를 파두었고 산동네에서처럼 적당한 거리에 비교적 널찍한 공터를 두고는 다시 빽빽한 천막이 줄지어 있었다. 천막과 천막 사이에는 줄을 걸어 빨래를 널어놓았다. 천막의 번호를 들고 헤매다가 간신히 안쪽에서 찾아냈지만 먼저 입주한 다른 가족들이 자리를 내줄 생각을 하지 않았다. 출장소에서는 무조건 비비고 들어가 자리를 잡아야 한다고 미리 주의를 주었지만 임판수 부부는 입구에서 쭈뼛거리다 돌아서버렸다. 부부는 할 수 없이 형근 부부가 있는 천막을 찾아헤맸다. 한두 번 가본 곳인데도 도무지 찾을 수가 없었다. 낯익은 언덕바지와 공중변소 천막을 기억해서 한 시간 가까이 돌아다닌 끝에 간신히 민자를 만날 수 있었다.

— 언니, 우리 왔어!

점순이 먼저 천막 입구에서 빨래를 널고 있던 그녀를 발견하고 반가워했다.

— 아이구, 정말 이사왔네. 짐은 워쩌고?

언니가 묻자 판수가 말했다.

— 입주할 동을 찾구 있었지라. 형근이는 공장 나가고?

— 나도 시방 몸이 안 좋아서 사흘째 일도 못 나가고 있어요. 여기선 출근하는 게 전쟁판이어요. 모두들 새벽부터 수십리씩 걸어나가야 해요.

점순이 천막 안쪽을 들여다보니 지함을 깔고 위에다 가빠천을 씌우고는 담요와 이부자리를 펼쳐두었는데 거의 맨바닥이나 다름없어 보였다. 몇몇 아낙네들은 구슬 꿰기며 봉투 붙이기 등의 잔일을 하고 있었다. 그래도 이곳은 널찍한 게 빈자리가 많아 보였다. 점순이 물었다.

— 우리 여기 와서 지내면 안될까나?

— 그래 일루 와, 네 집밖에 안되니까…… 그리고 형근씨가 여기 십호장이야.

그러니까 형근이 천막 열 동의 대표라는 얘기였다. 점순은 눈물을 글썽이며 가슴을 쓸어내렸고 판수도 참으로 오랜만에 소리내어 한숨을 푹 내쉬었다. 이삿짐이라야 이불 한 채와 옷보따리 몇개, 취사도구를 몰아넣은 함지며 양동이가 전부였다.

공사장의 운송부 아저씨에게 담배 한 보루 사주고 삼발이에 이삿짐을 달랑 싣고서 판수 내외가 형근네 천막동에 당도하니 한창 저녁 취사시간이었다. 집집마다 천막 앞쪽에 내놓은 연탄 화덕이 여럿 되었는데 각자 식구들을 위한 식사준비중이라 연기와 가스 냄새가 천막촌 주위에 가득 차 있었다. 형근네가 이미 화덕 하나를 쓰고 있어서 판수네는 그냥 양식만 보태어 함께 지어먹기로 했고, 아침마다 오는 물차 앞에 줄을 서서 물을 받아오는 건 사내들이 번갈아하기로 했다.

임판수는 며칠 뒤에야 듣던 것과는 사정이 좀 다르다는 걸 알게 되었다. 무조건 정착지의 무주택 주민으로 전입신고만 하면 분양을 받을 수 있는 게 아니라 이전 주거지에서 퇴거하면서 무슨 딱지를 받는다는 것이었다. 그러나 그것도 무허가 판잣집이든 블록집이든 주인에게만 해당하는 일이었다. 집주인인 동료의 방 한칸을 빌렸던 세입자여서 그는 딱지를 사야만 한다는 얘기였다.

— 뭐 집 없는 사람들에게 땅을 스무 평씩 분양해준다더니 그럼 딱지 없는 사람들은 여기 없단 말여?

판수의 볼멘소리에 형근이 말했다.

— 그란께 이순이지.

— 그건 또 어느 년 이름여?

— 영순이가 딱지 임자고, 일순이가 딱지 산 놈이고, 맨 꼬래비 이순이가 어디 남는 자리라도 없을까 무허가로 버텨볼라는

놈여. 하여튼 내가 출장소허구 좀 통헌께 어찌 싸게라도 구해보자고.

— 뭣을야?

— 고노머 딱지 말여.

이튿날부터 틈만 나면 아침이고 저녁이고 상관없이 형근과 판수는 출장소로 가서 담당자에게 따지고 사정하고 애걸했다. 너무 억울하지 않으냐. 철도연변 정착지 사람들은 철도청에서 우선적으로 분양권을 주었다는데, 주소를 보면 알다시피 거기서 살던 사람이다. 돈 없어서 남의 무허가 쪽방 얻어 살지 누군들 판잣집이라도 주인 되고 싶지 않은 놈 있겠느냐. 역시 한 닷새 쫓아다니며 하소했더니 지겹기도 하고 딱하기도 했는지 제안을 해왔다.

일터가 너무 멀고 노부모가 있어서 도무지 천막촌에서 버틸 형편이 아닌 사람이 딱지를 도로 팔려는데 십삼만원을 부른다, 그걸 사도록 연결은 해주겠다는 것이었다. 십삼만원은 공사장 일꾼이나 공단노동자에게는 엄청난 목돈이었다. 판수와 형근은 의논을 했다. 판수가 섭섭하기도 하고 앞이 막막해져서 형근에게 물었다.

— 자네는 어뜨케 딱지를 구했능가?

— 십만원에 샀지. 지난번 그 옥탑방 보증금 빼고 고향에도 기별해갖고 보탰구먼.

판수는 이리저리 머리를 굴려보았다. 점순에게서 목돈이야 나올 게 없지만 그래도 편직공장에서 기계를 맡고 있으니 열심히 일하면 앞으로 빚 갚는 데는 큰 도움이 될 터였다. 그가 저금한 돈이 팔만원 정도 있고 어디서 이만원만 융통하면 십만원은 빠듯이 채울 수 있을 것 같았다.

이번에는 판수는 빠지고 형근이 나서서 임자를 만나 흥정을 시작했고 한 열흘 기한을 두었다가 다시 교섭해서 간신히 십일만원에 낙착되었다. 그는 공사장 십장에게 가서 애걸하여 간신히 이만원을 가불했고 형근이 꿍쳐두었던 만원을 보태어 어렵사리 딱지를 얻었다. 사실 그 무렵은 천막촌에 들어온 많은 철거민들 중에 일자리도 없고 분양도 부지하세월이라 분양권을 팔고 서울로 되돌아가는 사람이 늘어난 때였다. 그래도 다행인 것은 여름이 되면서부터 부동산업자들이 몰려와 딱지를 매점하기 시작해 딱지값이 십오만원 이십만원까지 오른 것이었다. 판수와 형근은 그나마 천행이라며 가슴을 쓸어내렸다.

대통령 선거가 4월 말에, 국회의원 선거가 5월 말에 있었는데 선거에 나선 후보자와 운동원들은 광주대단지를 지상낙원으로 만들겠다는 공약을 남발했다. 그러나 그곳에 수십만명을 모아놓으면 저희끼리 이리저리 도시를 꾸려가리라고 여긴 정책 담당자들의 예측은 어긋나기 시작했다. 우선 기반시설이 전무했고 일자리가 많은 도심지에서 한참이나 먼 거리인데다 대중교통도 없어서 난민촌을 퍼다가 버려놓은 것에 지나지 않았다. 선거가 모두 끝나고 여름에 접어들 무렵 광주대단지에는 철거민

십만명에 전매입주자 삼만여명, 무작정 이주한 만오천명, 거의 십오만에 달하는 사람들이 몰려들어 있었다. 천막촌은 차고 넘쳐서 그 주위에 블록으로 벽을 세우고 골판지로 지붕을 덮거나 아예 판자로 대강 얼기설기 엮은 가건물들이 늘어가고 있었다. 물론 전기 수도 그리고 하수도 따위도 없었다. 구역을 지어 살수차가 와서 하루에 한번 물을 공급해주었지만 한두 양동이로는 식수로만 써도 그리 많은 양이 아니었다. 어쨌든 사람들은 곧 당국의 대책이 있을 거라며 힘들고 지옥 같은 나날을 버티고들 있었다.

모아놓으면 서로 주고받아 먹고살 수 있으리라던 서울시의 생각은 비현실적인 공상에 지나지 않았다. 그들은 어느 누구도 남에게 줄 만한 것을 가지지 않은 사람들이었다. 아무런 자급자족의 여건도 마련되지 않은 황무지에 갑자기 버려진 신세가 된 단지 주민들은 기아상태에 빠졌다. 집단적인 실업상태가 계속되자 일부 사람들은 대단지에서 서울까지 칠십원의 왕복 차비를 들여가며 도심지로 들어갔지만 하루 차비마저도 벌어가기 힘들었다. 노동도구인 리어카나 지게를 가지고 나가야 하지만 그러자면 버스를 탈 수 없어서 서울까지 한나절 길을 걸어가야 했다.

선거열풍이 지나고 서울시가 분양토지 전매행위 억제조치를 취하자 토지 투기업자들은 하나둘씩 단지를 떠났고 부동산매매가 한산해지면서 개발 붐도 사그라들기 시작했다. 서울시는 더

이상의 전매행위를 막겠다는 명분 아래 전매입주자가 6월 10일까지 집을 짓지 않으면 불하를 취소할 것이며 분양토지 이십평을 평당 팔천원에서 만육천원씩에 불하하고 대금은 일시불로 하되 7월 말까지 상환하라고 통고했다. 발부된 통지서에는 만약 기한 내 납부하지 않으면 해약은 물론 법에 따라 육개월 이하의 징역이나 삼십만원 이하의 벌금을 부과하겠다는 위협적인 단서까지 붙어 있었다. 서리 내린 데 눈 내리는 식으로 경기도가 가옥취득세 고지서까지 발송했다.

이제는 돈을 벌어 천천히 내 집을 짓겠다는 계획이 헛일이 되어버렸다. 판수와 형근은 그나마 조금 남겨두었던 돈까지 탈탈 털어 블록과 씨멘트를 구해서 벽을 세우고 루핑으로 지붕을 덮은 두 평짜리 건물을 각각 이어서 지었다. 부부가 함께 잘 방 한 칸에 취사공간을 보태도 예전에 살던 구로동의 옥탑방보다 작은 규모였다. 공사장에 나가는 판수가 건자재를 싸게 구입하고 두 사람이 직접 일하여 노임도 들지 않았기 때문에 많은 돈을 들인 것은 아니지만 없는 살림에 한 달 양식거리를 여축할 비용마저 다 써버렸다. 그래도 젊고 일자리가 있는 그들조차 이렇게는 한두 달도 더 버티기 어렵겠다고 하는 판이었으니 시골서 올라온 식구 많은 이농민들은 굶는 집이 태반이었다. 모두들 돈은 떨어지고 일거리는 없고 막벌이를 하려 해도 서울 도심지는 멀고 고향에 되돌아갈 수도 없게 되었으니 하루 끼니가 걱정이었다.

주민들은 전매권 입주자들을 중심으로 '광주대단지 토지불하가격 시정대책위원회'라는 기다란 이름의 모임을 조직하고 정부 측에 자신들의 의사를 적극적으로 건의하기에 이르렀다. 결의사항은 분양가격 인하, 불하대금의 십년 상환, 감세와 구호 대책 등이었다. 그러나 서울시는 오히려 분양가격을 팔천원에서 만이천원으로 올려받겠다고 통보했고 주민들의 불만은 폭발 직전이 되었다.

주민대책위는 7월 말까지 결의내용이 관철되지 않으면 실력 행사에 들어간다는 단서를 붙인 진정서를 주민 서명을 받아 서울시장과 경기도지사 앞으로 제출했다. 그러나 당국은 진정서에 아무런 반응도 보이지 않았고, 주민들 사이에서 '당국이 우리를 죽이려고 계획적인 조치를 취했다'는 얘기가 돌면서 대책위는 투쟁위원회로 돌변했다. 그들은 요구사항이 담긴 전단지를 만들어 집집마다 돌렸고 8월 10일에 규탄궐기대회를 열기로 했다. 무허가 건물의 담벼락과 길모퉁이마다 '우리는 더이상 속을 수 없다!' '모이자 뭉치자 궐기하자!' 등의 벽보가 어지럽게 붙었다.

주민들이 궐기를 준비하던 시기에 흉흉한 소문까지 떠돌았다. 가장이 일하러 나가서 며칠 동안 돌아오지 못하자 남편을 기다리던 임신부가 혼자서 출산하고는 굶주림에 실성하여 갓난아이를 삶아먹었다는 믿지 못할 얘기였다. 나라와 사회의 버림을 받았다는 분노와 함께 주민들 사이에 퍼진 그러한 소문은 폭동의 도화선이 되었다.

8월 10일, 잔뜩 찌푸린 하늘에서 비가 추적추적 내렸다. 성남 출장소 뒤편 언덕에 아침 아홉시부터 사람들이 몰려들기 시작 했다. 남녀가 뒤섞이고 노인과 청장년에서 어린애들까지 있었 다. 인파는 차츰 불어나 오전에 삼만명에서 오후에는 육만여명 에 이르렀다.

— 오늘 비도 오니 잘되었네. 자네 일 나갈 거여?

형근이 넷이 둘러앉은 아침 밥상머리에서 판수에게 물었다.

— 지금 우리가 일 나가게 됐어? 몽땅 죽느냐 사느냐 하는 판 인디.

— 맞어, 우리 부녀자들도 나가서 구호 한 자리라도 보탤 참 이우.

점순이 말하자 민자도 거들었다.

— 리본도 달고 피켓도 들고 그래야지.

대책위에 들어간 형근은 먼저 나갔고 판수는 점순과 민자와 더불어 출장소 쪽으로 올라가는데 진창인 자동차 길로 사람들 이 하얗게 몰려올라가고 있었다. 길목에서 청년들이 리본과 전 단지를 나눠주었고 모두들 공사장에서 집어온 듯한 각목이며 곡괭이자루 삽 등속을 하나씩 들고 있었다. 판수도 누군가 쥐여 주는 각목을 받았다.

전단에 적힌 글들은 이러했다.

'백원에 매수한 땅 만원으로 폭리 말라' '살인적 불하가격 결 사반대' '공약사업 약속 말고 사업하고 공약하라' '배고파 우는 시민 세금으로 자극 말라' '거짓정책 쓰지 말라 단지시민 안 속는다' 주민들 가슴마다 매단 리본에는 '살인적인 불하가격 결사 반대'라고 적혀 있었다. 청년들은 '허울 좋은 선전 말고 실업군중 구제하라'라는 큼직한 플래카드를 들고 시장이 나타날 길목에 나가 버티고 서 있었다.

약속한 시간을 훌쩍 넘기도록 서울시장은 나타나지 않았고 비만 쏟아져내리기 시작했다. 비에 흠뻑 젖으며 한참을 기다리던 군중은 '시장이 우리를 속였다' '사람 취급을 하지 않는다'라며 흥분하기 시작했다. 시위군중의 눈은 분노로 불이 붙은 것처럼 보였다. 그들은 관리사업소로 몰려가 차량과 기물을 때려부수기 시작했다. 본관건물로 몰려가 벽에 걸린 사업계획도 사진 서류 들을 내다가 불태웠고 민원실의 유리창을 모조리 깨어버렸다. 흥분한 주민들은 관용차량을 불태우고 소방차 파출소를 파괴했다. 관리사업소 본관건물이 연기에 휩싸이자 시위군중은 지나가는 버스나 트럭 등을 빼앗아타고 단지 입구인 수진리 고개까지 진출해서 경찰기동대와 투석전을 벌였다.

서울시경 기동대와 광주경찰서 기동대를 합친 병력 팔백여명이 도착하여 진압하려 했지만 오후 들어 더욱 불어난 수만명의 주민들에게는 역부족이었다. 최루탄과 돌팔매가 난무하다가 경찰들은 일정한 거리에서 길목만 막고 시위군중이 스스로 해산하기를 기다리는 수밖에 없었다. 저녁 다섯시 반이 넘어서 모든 요구조건을 들어준다는 소식이 전해지자 그제야 사람들은 뿔뿔이 흩어졌다.

　서울시가 내놓은 수습책은 이러했다. 전매입주자의 토지불하 가격은 원 철거이주자와 똑같은 조건으로 평당 최고 이천원선으로 낮춰주겠으며, 주민들의 복지를 위해 구호양식을 방출한다. 주민들이 요구한 토지취득세 면세는 경기도 당국과 협의해서 부과를 보류하고 면세 혜택을 적극 추진한다. 공장을 빨리 가동시켜 실업자를 구제하도록 한다.

　폭동이 일어난 다음날 수습책이 더욱 구체적으로 정리되었다. 내무부는 광주대단지를 성남시로 승격시킨다. 시장을 내정하여 광주대단지를 사실상 독립된 지방자치제로 운영 관리토록 한다. 자조근로 사업으로 일인당 3.6kg의 구호 밀가루를 지급한다. 대단지 개발을 위한 공장건설, 주택건립 작업에 박차를 가하여 9월부터 하루 삼천명선으로 취업인원을 늘린다. 한 달 내에 광주대단지와 경부고속도로 서초리 인터체인지를 잇는 도로를 개통, 직행버스를 운행함으로써 서울과의 거리를 사십분대로 단축한다. 가을에는 경기도가 성남단지 월동대책을 위해 구억여원의 예산을 확정하고 정부는 서울시 주관인 대단지사업을 경기도에 이관, 경기도가 앞으로 삼년 동안 오십육억원의 사업비를 투자, 성남단지를 서울시의 위성도시로 개발하도록 확정한다.

　주동자와 과격시위자 이십여명이 재판을 받고 실형 이삼년 또는 집행유예 일년여를 받았으며 연행된 나머지 사람들은 며칠 구류를 살고 나왔다. 판수는 점순이 옆에 붙어 따라다니는 바람에 큰길까지 나서지는 않아서 군중 속의 한 사람으로 무사했고 형근도 대책위에 들기는 했지만 한두 번 참고조사만 받고 풀려났다.

점순은 늘 그 시절을 떠올릴 때마다 정아에게 이렇게 말했다.

— 정말 지긋지긋해서 그때로 돌아가고 싶지 않구나. 바로 이 자리에 있었지만 네 평짜리 집에서 오년이나 더 살아야 했거든.

태호 오빠 아버지가 형근이 아저씨라는 건 정아도 잘 알고 있었다. 친척 같은 그들이 바로 옆집에 살다가 봉천동으로 이사간 것이 십여년 전이었다. 그들 식구는 아직도 가정 대소사를 서로 거들며 지내는데 엄마는 툭하면 민자 아줌마에게 전화를 걸어 한 시간이 넘도록 살아가는 사정을 얘기하곤 했다. 엄마는 형근이 아저씨가 일찌감치 중장비운전을 배운 것을 늘 부러워했고 아버지도 그때 목수일을 그만두고 기술을 배웠어야 했다고 한탄했다.

— 그때 정호가 태어났지.

엄마는 눈물을 훔치고는 더이상 말을 하지 않았다. 정아는 수없이 들어서 얼굴도 모르는 오빠가 어떻게 태어나고 죽었는지 본 것처럼 잘 알고 있었다. 태호와 정호는 두 살 터울로 차례로 태어났다고 한다. 형근과 민자는 구로공단에서 각 라인의 반장을 하고 있어서 직장을 옮기지 않았고 태호를 낳은 뒤에도 동네의 놀고 있는 소녀에게 아이를 맡기고는 번갈아 연장근무를 빼먹고 퇴근하여 아기를 돌보며 그럭저럭 살았다. 임판수와 김점순도 아이를 낳게 되자 두 집은 돌림자까지 맞추어 이름을 정호라고 지었다.

점순은 시흥의 편직공장에 그대로 나갔는데 민자네보다는 노임이 적었지만 근무 형편은 나아서 저녁에 정시퇴근을 할 수가 있었다. 낮에는 소녀를 데려다 맡기고 퇴근하면 점순이 두 아이를 돌보았다. 방 안에서 기어다닐 때까지는 그런대로 괜찮았는데 정호가 세살이 되어 밖으로 나다니기 시작하면서 열세살짜리 소녀와 다섯살의 태호 그리고 세살 난 정호가 골목길에 놀러나갔다가 사고를 당했다.

단대리시장 부근은 스무 평짜리 가건물들이 늘어선 하천변이었는데 축대가 높은 곳도 있고 냇가에는 물 깊은 웅덩이도 있었다. 소녀가 아이들을 데리고 나가 논다고 천변에 갔는데 태호와 정호는 그녀가 나물을 캐는 동안 부근에서 개구리를 쫓고 있었다고 그랬다. 소녀가 열중해서 쑥을 캐고 있는데 태호가 뛰어와서 외쳤다.

— 누나야, 정호가 없어졌다!

소녀는 한 시간쯤 헤매다니다 집에 돌아와서는 눈이 퉁퉁 붓도록 울고 앉아 있었다. 점순이 돌아와 파출소에도 알아보고 나물 캐던 물가에도 가보고 했는데 웅덩이에서 익사한 시신이 발견되었다는 주민신고가 들어왔다.

— 우리는 다신 애를 안 낳으려구 그랬다. 그래두 너 태어났을 적엔 교회서 운영하는 어린이집이라두 있었으니 다행이었지.

임판수는 둘째아이가 딸이라고 실망하지 않고 매우 좋아했다. 그리고 그해에 저금한 돈을 털어 가건물이 들어앉은 스무 평짜리 집터에 열다섯 평의 집을 지었다. 안방과 마루 건넌방 부엌이 있는 단출한 구조였다. 좁지만 화단이며 수도가 있는 마당도 생겼다. 무엇보다도 담과 대문이 있는 집이었다. 이미 네 평짜리 간이주택에서 형근과 민자네가 먼저 자기 땅에 집을 짓고 나간 다음이었다. 점순은 딸 정아에게 늘 얘기했다.

— 암만 생각해도 니가 우리집 복덩어리다. 너 태어나고 집 지었지, 살림이 조금씩 피었지, 순아만 건강하게 잘 길르면 내나 느이 아부지나 별 여한이 없어야.

정아가 태어난 뒤로 강남에 건설 붐이 일어나 임판수는 공사장 일감이 떨어질 날이 없었다. 건설업계가 중동으로 진출하면서 국내에서는 건설인력이 더욱 달려 미장공인 임판수의 일당은 처음에는 사천원이었다가 대번에 육천원으로 뛰어올랐다. 그리고 잠실에 아파트단지가 형성될 무렵에는 일당 만원 시대가 되었다. 그만한 숙련 일꾼도 찾기 힘들어 판수는 십장이 되었고 노임도 전보다 몇배나 올라 일당은 만오천원에서 연이어 이만원에 이르렀다.

같은 무렵에 김점순은 시흥의 편직공장을 때려치우고 파출부 일을 나가게 되었다. 남편이 그냥 집에 들어앉아 살림이나 하라는데도 점순은 공사장 십장이라는 것이 평생 업도 아니겠고, 언제 불경기가 닥쳐서 일손을 놓게 될지 모르니 아직 기운이 있을 때 한푼이라도 더 벌어야 한다고 생각했다.

남의 집안일 돌보는 일을 식모살이나 다름없이 천하게 여기던 때였지만 점순은 첫아들 정호를 잃고 상심이 컸던 탓에 일을 시작했다. 파출부로 나가면 하루종일 일한다 해도 직장인들의 퇴근시간 전에 귀가할 수 있었고 경우에 따라서는 오전 오후로 나누어서 나갈 수도 있었다. 수입은 일정하지 않아도 집에서 정아를 돌볼 수 있는 시간적인 여유가 조금이라도 더 있다는 점이 마음에 들었다. 기독교단체에서 도배와 청소와 파출부 일을 소개해주었는데 도배와 청소는 신축아파트 입주가 거의 일상적으로 있던 시절이라 일거리가 끊이질 않았다. 하지만 도배는 몇주 동안 교육을 받아야 하고 숙련공이 될 때까지는 노임도 형편없어 처음부터 생각하지 않았고, 역시 교육을 받긴 하지만 기간이 짧아 해볼 만하다고 여긴 청소일은 용역회사의 일당떼기가 어쩐지 불안했다.

점순의 입장에서는 자기도 살림하는 가정주부로서 역시 파출부 일이 속 편하다고 생각했던 것이다. 입주 식모처럼 식구 아닌 식구로 눈칫밥 먹으며 이 소리 저 소리 듣지 않아도 되었고 할일 끝내면 집으로 돌아오고 마음에 맞지 않으면 이튿날부터 못 나가겠다고 짧게 통보해주면 그뿐이었다. 주인이나 일하는 사람 입장에서 보더라도 파출부는 아파트살이가 만들어낸 매우 편리

하고 깔끔한 취업제도였다.

점순은 일주일에 나흘을 일했는데 보통은 월요일에 찾는 데가 많았고 수요일과 주말, 금, 토요일에도 많이들 찾았다. 점순은 월수는 오전 오후로 나누어서 그리고 금토는 하루종일 일했다. 그녀가 다니는 집은 두 집이었다. 한 집은 무슨 보안 계통이라는 육군대령의 집이었고 다른 한 집은 중소기업 사장네였다.

대령네에 비하면 사장의 집은 늘 평온하고 적적했다. 두 부부와 늦자식으로 둔 아들 하나뿐이어서 집은 언제나 텅 빈 것 같았다. 고등학생인 아들은 입시를 앞둔 터라 새벽부터 학교에 나갔다가 학원까지 들러서 한밤중에나 돌아온다고 했고 점순이 오전이나 오후에 일을 가면 오늘은 무엇을 해달라는 주인여자의 메모만 거실 탁자에 놓여 있을 뿐 아무도 없을 때가 많았다. 오전에는 집안 청소를 안방부터 거실 화장실에 이르기까지 말끔히 해놓고, 점심은 남은 밥 있으면 먹고 없으면 라면으로 때우고, 오후엔 메모 내용대로 장을 보아다가 간수할 건 냉장고에 넣고 김치를 담그고 밑반찬에 찌개나 국을 끓여놓고 돌아오는데 그때까지 아무도 나타나지 않는 날이 대부분이었다. 주인남자는 사장이라 정신없이 바쁘고 아주머니는 여고 교사라는데 퇴근이 늦은 모양이었다. 어느날인가는 문을 따고 들어가니 낯선 사내가 쏘파에 앉아 있었다.

— 누구요?

— 누구세요…… 전 여기 일하러 왔는데……

혼자서 텔레비전을 켜놓고 앉았던 남자가 고개를 끄덕였다.

— 아, 아줌마시군요. 서로 볼 기회가 없어서……

남자의 얼굴에 희미하게 웃음이 떠올랐다가 사라졌다. 점순은 어쩐지 불편한 느낌이 들어 처음부터 뭘 해야 할지를 모르고 안방문을 여는 것조차 주뼛거리게 되었다. 하여튼 주인남자는 어찌된 일인지 몇주가 지나도록 늘 집 안에 있었고, 어느날은 그녀가 일하는 동안 자리를 비켜주느라고 그러는지 아파트 앞 놀이터에 나가서 우두커니 앉아 있는 게 베란다에서 내려다보였다.

하루는 그 집에 갔더니 집 안이 볼썽사납게 어질러져 있었다. 안방의 장롱이 열려 있고 옷장이 반나마 비었다. 살펴보니 아주머니 옷만 남고 주인남자의 옷은 모두 사라졌다. 서재의 책상과 의자며 책꽂이와 책들도 사라졌다. 한숨을 내쉬고는 안방부터 차례로 치우고 있는데 바깥에서 인기척이 들려왔다. 나가보니 어느새 아주머니가 돌아와 식탁에 앉아서 커피를 마시고 있었다.

— 아니 웬일이세요?

점순이 물으니 주인여자가 말했다.

— 오늘 조퇴했어요. 집 안이 엉망이죠?

— 네, 무슨 일이 있었나요?

여자가 아무렇지도 않게 말했다.

— 그 사람 집 나갔네요. 별거하기로 했으니까……

나중에 들으니 가방을 만들어 수출하던 주인의 회사가 망했다고 했다. 노임체불로 고소당해 집에도 있을 수 없게 되었는데 아파트는 여자의 명의로 되어 있어서 간신히 남아났다는 것이다. 다시 빈집에 가서 청소하는 일이 몇달 되풀이되고 나서 어느 날 저녁에 일을 마치고 나오는데 경비실 앞에 낯익은 그 주인남자가 기다리고 있었다. 그는 차 안에서 차창을 내리고 점순을 조심스럽게 불렀다.

　— 아주머니, 저 좀 보세요!

　점순이 다가가서 인사를 하자 그가 차문을 열고 내려서 말했다.

　— 아주머니, 미안하지만 저를 좀 도와주시겠습니까?

　— 무슨 일이……

　점순은 불안하기도 하고 집에 돌아갈 시간이라 마음이 바빠서 머뭇거리다 얼결에 차에 올랐다. 주인남자가 점순을 안심시키려고 그랬는지 차를 천천히 몰아 아파트 구내를 빠져나가면서 말을 꺼냈다.

　— 집사람이 저를 자꾸 피합니다. 아주머니가 그 사람을 좀 데려와주시면 됩니다.

　점순은 이미 들은 얘기도 있었지만 아이 낳고 함께 살던 부부가 형편이 조금 어려워졌다고 별거를 하는 것도 그렇고 더구나 서로를 피한다는 것은 이해할 수가 없었다. 그만한 일이라면 자기가 좀 번거롭더라도 도와주고 싶은 마음이 들었다.

　— 저는 지금 나가시 일 해서 먹구삽니다. 남은 게 이 차 한 대

뿐이지요.

주인남자가 시키지도 않은 말을 꺼냈다. 점순은 나가시가 자가용으로 손님을 태워 불법영업하는 일인 줄은 알고 있었다.

— 술집 웨이터들 몇푼 주고 주차비에 기름값 떼면 그저 혼자 밥 먹을 만이나 합니다.

점순이 다른 해줄 말이 없어서 그냥 한마디해보았다.

— 아들도 있는데 부인과 합치지 그러세요. 무조건 잘못했다고 빌어보세요.

— 그게 그렇게 간단한 일이 아닙니다. 제가 같이 살면 온통 빚쟁이들이 그 사람 학교루 몰려가니까……

— 그래두 잘살려구 하시다 그리되었으니, 빚은 앞으로 사시면서 함께 해결할 수 있을 텐데요.

— 글쎄나 말입니다. 저로서는 이번이 마지막입니다. 오늘은 어떻게든 설득을 해봐야죠.

차가 아파트 밀집지역을 지나 한적한 길에 접어들었고 새로 뚫린 널찍한 도로와 갓 심은 작은 가로수며 파헤쳐진 언덕이 보였다. 짓다 만 연립주택이며 아파트의 씨멘트 벽과 철근과 건축자재 더미들이 군데군데 널려 있었다. 새로 지은 아파트단지 앞의 상가건물에 불이 훤하게 켜져 있고 차들이 붐비고 있었다. 차는 더이상 안으로 들어갈 수 없을 정도로 밀려서 도로 한쪽에 마구 세워졌고 상가 앞길은 몰려든 사람들로 가득 찼다. 그는 난감한 듯이 차창을 내리고 그쪽을 내다보다가 길옆에 차를 댔다. 주인남자가 내려서 뒷문을 열어주고는 점순에게 말했다.

— 저 속에 어딘가 그 사람이 있을 겁니다. 수고스럽겠지만 아주머니가 그 사람을 좀 찾아다가……

하면서 두리번거리다가 길 건너편에 있는 전통찻집을 힐끗 쳐다보더니 이어서 말했다.

— 저 집으루 데려다주시면 됩니다. 저기서 기다리겠습니다.

점순은 찻집과 인파가 몰려 있는 쪽을 번갈아 바라보다가 내키지 않는다는 듯 주춤거리며 사람들 사이를 비집고 들어갔다. 파카나 외투를 걸친 여자들이 보온병이며 담요와 가방 따위를 들고 상가의 계단과 처마밑에서 서성대고 있었다. 뭔가 차례를 기다리는 긴 줄이 늘어섰는데 복덕방 업자들이 자기네 고객을 점검하는지 이름을 부르며 인파 사이를 뛰어다녔다. 분양사무실이라고 쓴 종이가 붙은 사무실 앞에는 감색 점퍼를 입은 회사 직원이 질서를 지키라고 연방 떠들어대고 있었다. 슬리핑백과 가방과 담요를 가진 부부들과 털모자 달린 파카를 입은 젊은 자리꾼들이 흥정을 하는 게 보였다. 번호표 받고 자리를 지켜주는데 시간당 얼마라고, 또는 비싸다고 번호표만 받아달라고, 아니면 표는 있으니 자리만 지켜달라고 수군거렸다. 점순은 그들 틈에서 스웨터 차림에 어깨에 숄을 두른 주인여자를 찾아냈다.

— 사모님 여기 계셨군요.

— 아줌마가 여긴 웬일이에요?

— 아저씨가 오셔서 사모님 좀 찾아달라구 하셔서……

여자가 건성으로 듣고는 두리번거리는데 복덕방인 듯한 남자가 다가와서 몇몇 사람들에게 번호표를 나눠주었고 그녀도 받아줬었다. 주인여자가 돌아서더니 점순에게 재빨리 말했다.

— 나는 여기서 자리를 비울 수가 없어요. 아줌마, 그이에게 가서 이걸 전해주세요.

그녀는 점순에게 서류봉투를 내밀면서 덧붙였다.

— 이건 법정서류인데요, 그이더러 자기 이름 옆에 도장만 찍으면 된다구 그러세요. 그럼 나는 이만 바빠서…… 나중에 집에서 봐요.

점순이 찻집에 가서 서류봉투를 전해주었을 때 주인남자는 고개를 떨구고 묵묵히 서류만 들여다보았다. 점순은 보통날보다 훨씬 늦게야 집으로 돌아갈 수 있었다.

대령네 역시 그가 국회의원이 된 뒤부터 여자가 생겼는지 다툼이 잦아지더니 아예 딴살림을 차렸다는 소리가 들렸다.

점순은 그뒤에도 일하는 집을 바꿔가며 몇년을 보냈는데 사람마다 모두 제 나름대로의 걱정과 근심이 끊일 날이 없다는 걸 알았다. 임판수와 김점순 부부에게는 정아 동생 순아가 소아마비로 두 다리를 못 쓰게 된 일이 가장 가슴 아픈 일이었지만 그 밖에 별다른 걱정은 없었다.

아버지 임판수는 정아가 여고에 들어간 지 얼마 되지 않아 공사장에서 사고를 당했다. 건물 골조 밖으로 잇대어놓은 작업대가 무너져서 삼층 높이에서 굴러떨어진 것이다. 다행히 겉으로는 큰 부상을 당하지 않았지만 허리를 다친 것 같았다. 그뒤로 임판수는 힘을 쓰지 못했고 툭하면 누워서 며칠씩 쉬어야 했다.

김점순은 생각다 못해 다른 생계대책을 세우기로 했다. 작은 평수의 서민아파트라도 분양을 받아보려고 부부가 모아오던 적금을 허물어서 식당을 차린 것이다. 산동네로 들어오는 삼거리 모퉁이에 건물 일층을 월세로 얻어서 생선구이집을 했는데 밥도 팔고 술도 팔았다. 판수가 연탄화덕에 생선을 구웠고 점순은 아줌마 한 사람을 데리고 주방일을 도맡았다. 그러나 어찌된 일인지 손님이 차츰 떨어지면서 한산해졌고, 늦은 밤에 귀가하는 젊은이들이 고등어 한 마리 구워놓고 소주로 시간을 죽이는 자리만 한 두엇씩 있을 뿐이었다. 결국 그들은 식당을 때려치웠다. 점순은 다시 시내의 고급 한정식집에 일을 나가기 시작했다.

아마도 식당이 성공했더라면 정아는 상급학교에 진학할 수도 있었을 것이다. 그래도 정아는 동네의 다른 소녀들에 비해 운이 좋은 편이었다. 학교에서 백화점과 기업 쪽에 추천서를 써주었고 면접에 통과한 것이었다. 판수는 처음에는 소일거리라도 한다며 행상을 다녔는데, 도로교통법 위반으로 몇번 벌과금도 물고 경범죄로 유치장도 드나들더니 의욕을 상실했는지 비슷한 처지의 동네 아저씨들과 어울려 지내기 시작했다. 주민회관에 모여 동전치기나 화투도 하고 날씨 좋은 오후엔 윷도 놀면서 하루를 보내곤 했다. 점순은 차라리 그게 훨씬 속 편하다고 했다. 그리고 부쩍 정아에게 의지하려는 기색이 보였다.

첫월급을 받아오던 날, 정아는 당시 젊은이들이 하던 대로 부모님 내복을 사고 순아를 위해서는 생일도 아닌데 큼직한 케이크를 샀다. 순아가 어릴 적에 한번 먹어보고는 늘 잊지 못하던 것이었고 사실은 정아도 먹고 싶었다. 아버지와 순아가 먼저 잠들었을 때 엄마가 가만히 건넌방으로 다가와서 문을 빼꼼히 열고는 정아를 불러냈다. 오랜만에 맏딸과 엄마가 마루에 마주앉았다.

　─ 네가 취직도 하구 월급도 받아오게 된 게 너무 꿈만 같다.

　─ 인제 시작인데 뭘…… 더 열심히 몇년 다니면 월급두 많이 오를 거야.

　─ 그래, 우리 식구 앞으루 무슨 어려운 일이 있겠냐. 집두 있겠다, 너하구 나하구 둘이 벌면 금방 저축도 많이 할 수 있을 테구. 부자들두 무슨 걱정이 그리 많은지 우리보다 별로 잘사는 것 같지두 않더라.

　─ 엄마, 내가 나가는 점포에 오는 손님들 보면 정말 돈 잘 쓰더라. 내 월급의 몇배 되는 애들 옷을 여러 벌씩 사가는 거야.

　─ 우리 여사장님이 예전에 광화문 근처에서 요정을 했다는데, 거기서 높은 사람들이 지도 펴놓고 색연필로 표시하며 땅을 나누고 그랬대. 앞뒤를 맞춰보니 느이 아버지 잠실 아파트단지 짓는 데 일 나가던 그 무렵이야. 뭐 그런 걸 알았더라도 우리야 땅 사모을 돈은커녕 하루 벌어먹기도 어려운 때였지만.

　─ 그래봤자 좋은 차에 널찍한 집에 사는 거지 머. 세끼 밥 먹

구 사는 건 마찬가지야. 우리가 남에게 해 끼치구 산 적 없잖아. 엄마, 나 정말 열심히 살 거야.

— 요즘은 넥타이 매고 사무실에서 일하는 이들도 집 한칸 장만하려면 마흔살이나 되어야 한다더라. 너 시집갈 때쯤이면 우리집 형편도 좀 나아질 테지.

— 씩씩한 우리 엄마 때문에 모두 잘될 거야.

정아는 엄마를 끌어안았고 점순도 딸을 꼭 안고 등을 토닥여주었다.

임정아는 엄마에게 안겨 있다가 뭔가 짓누르는 느낌이 들어 눈을 떴다. 눈앞에 한결같은 어둠이 가로막고 있었다.

— 정아씨, 임정아 씨…… 괜찮아요?

저쪽에서 박선녀가 그녀를 찾고 있었다. 정아는 땀에 젖은 이마와 목덜미를 끈적한 손바닥으로 훔쳐내며 말했다.

— 아아, 꿈꿨나봐요.

— 우리가 여기 있은 지 며칠이나 되었을까?

— 글쎄요, 자다 깨다 했더니 잘 모르겠어요.

— 이러다가 나는 여기서 끝날 거 같아……

박선녀의 목소리는 잔뜩 잠겨 있었다. 정아는 두려움 때문에 뭐라고 위로의 말도 해줄 수가 없었다. 조금 전인가 며칠 전인가 아득한 어느 시간에 사람들에게 소식 전해달라고 한 뒤 목소리가 끊긴 명희 언니가 생각났던 것이다. 그리고 위쪽 어딘가 좁은 틈에 끼여 있던 아줌마의 딱딱하게 굳은 손가락도 떠올랐다. 그녀는 어둠속의 씨멘트 더미 위를 차마 더듬어볼 수가 없었다.

또 몇시간이나 지났을까, 낮게 기침하는 소리가 들리고 앓는 듯한 신음소리가 들려왔다. 무서운 생각이 들어서 정아는 그쪽으로 고개를 돌리고 말을 걸었다.

—사모님, 박……선녀 사모님 괜찮은 거죠?

—우리 딸 진희…… 나중에 꼭…… 찾아봐줘요.

—여보세요, 어디 아프세요?

—아, 추워 너무 추워……

정아는 자기도 모르게 땀에 젖은 얼굴에 손바닥을 대어보고는 다시 그녀를 불렀다.

—나 이제부터…… 잘 거야……

그러고는 목소리가 끊겼다. 임정아는 마음을 진정시키려고 소리를 질렀다.

—그래요, 푹 주무세요. 깨어나시면 우리는 구조되어 있을 거예요.

주위가 다시 고요해지자 어둠 저쪽에 사람이 있다는 게 얼마나 든든한 일이었는지 그녀는 새삼 깨달았다. 정아는 땀에 젖은 옷자락이 다리 사이로 감겨오자 어깨에서부터 북북 찢어서 옆으로 젖혔다. 그리고 두 다리를 허우적거리며 허물 벗듯이 발가락으로 한쪽씩 밀어내리며 아랫도리를 벗었다. 알몸이 되자 그녀는 손으로 가슴과 배와 허벅지를 이곳저곳 만져보고 쓸어보왔다. 아, 나는 살아 있어!

멀리서 들리던 기계소리가 아주 가깝게 머리 위에서 울려왔다. 뭔가 쇳덩어리 같은 것으로 위쪽 어딘가를 긁어대는 듯한 느낌이었다. 그래 저건 포클레인 소리일 거야. 희미하게 빛이 스며드는 대낮이 될 때마다 공사장의 소음이 들려왔던 것이다. 누군가를 불러보려 했지만 입이 말라붙어서 아무 소리도 나오지 않았다. 시끄럽던 기계소리는 차츰 멀어져갔다. 양쪽 옆의 콘크리트 더미가 밀려들어와 이제는 팔을 제대로 펼 수가 없었고 오른쪽 무릎은 펴기도 힘들었다. 엄마가 날 기다리구 계셔. 희망을 잃으면 안돼. 나는 꼭 살아 나가야 해.

갑자기 누군가 씨멘트 판을 해머로 내리치는 소리가 들렸다. 왼쪽의 씨멘트가 떨어져나가면서 환한 빛이 새어들었다. 갑자기 눈이 부셔서 눈을 제대로 뜰 수가 없었다. 정아는 가라앉은 목이 찢어지도록 외쳤다.

— 여기 사람 있어요……

손전등 불빛이 움직이는 게 보였고 남자의 굵은 음성이 들려왔다.

— 거기 누구 있어요?

— 살려주세요.

구조대원들 수십명이 몰려들었다. 그들은 가로 일 미터 세로 일 미터 오십, 높이 오십 쎈티 정도의 틈새에서 발가벗은 임정아를 구조해냈다. 백화점 건물이 무너진 지 십칠일 만이었고 그녀가 마지막 생존자였다. 그들은 먼저 공간을 넓히기 위해 바닥을 파고 벌거벗은 조난자를 담요로 감싸서 끌어냈다.

— 저쪽에도 사람이 있는데……

눈에 수건을 덮고 들것에 옮겨지던 임정아가 그렇게 중얼거렸지만 구조대원들은 누구도 대꾸하지 않았다. 이미 포클레인으로 씨멘트 더미를 치우다가 부근에 있던 시체 세 구를 발견했던 것이다. 둘은 많이 훼손되어 있었고 하나는 비교적 말끔했다. 잔뜩 흐렸던 하늘에서 오후부터 천둥번개가 치며 소나기가 쏟아져내리기 시작했다.

오래전부터 대담이나 인터뷰 기회가 있을 적마다 언젠가 '강남형성사'에 대해서 한번 쓰고 싶다고 말해왔다. 그러나 옛날처럼 그야말로 '광복 반세기'식의 대하소설로 쓸 수는 없고 그런 접근은 낡은 방식이라고 생각했다.

나는 처음에 우리네 인형극인 '꼭두각시놀음'을 떠올렸다. 동작과 연기가 사람인 배우에 의한 것이 아니라 조종되는 인형의 그것이기 때문에 움직임이 부자연스럽거나 과장되어 있으며, 포장 뒤에서 조종자가 웅얼거리는 대사까지도 동작처럼 우스꽝스럽다. 그러나 이 우스꽝스러운 소격효과야말로 너무도 복잡해서 종잡을 수 없는 인생을 조형적으로 전형화해준다.

저 삼십여년에 걸친 남한 자본주의 근대화의 숨가쁜 여정과 엄청난 에피쏘드들을 단순화하고, 이를테면 꼭두각시, 덜머리집, 홍동지, 이심이 등등처럼 캐릭터화하면 어떨까 하는 생각을 갖게 되었다. 그리고 그 인형 같은 캐릭터들은 남한사회의 욕망과 운명이라는 그물망 속에서 서로 얽혀서 돌아가고 그러면서 모르는 사이에 역사가 드러나게 하면 어떨까.

나는 성수대교와 삼풍백화점이 차례로 무너지던 1995년 무렵을 일단 정치적으로는 형식적 민주주의 시대의 출발로, 경제적으로는 개발독재가 종언을 고하면서 한국 자본주의가 스스로 재생산구조를 갖추게 되는 시기로, 그리고 문화적으로는 사회변혁에 대한 열정으로 지식인의 머릿속에서만 형성되어온 민중이 걷잡을 수 없는 소비사회의 적나라한 대중으로 휩쓸려들면서 욕망에 얽혀가는 시대였다고 생각한다. 그래서 이 소설은 바로 그즈음에서 시작하여 거꾸로 현재의 삶을 규정하는 최초의 출발점을 향하여 거슬러올라간다.

이른바 '몽자(夢字)류 소설'은 『구운몽』『옥루몽』, 그리고 중국 고전인 『홍루몽』 등으로 수십편이 되는데, 잘 알다시피 주인공이 꿈속으로 들어가 새로운 인물로 태어나 파란만장을 겪다가 꿈에서 깨어나는 과정을 통하여 자아의 깨달음을 얻는다는 식으로 규정되어 있다. '몽유(夢遊)류 소설'은 주인공이 현실에서의 자아가 변하지 않은 채 그대로 몽환의 세계를 주유, 방황하다가 돌아오는 것으로 전자와 구분된다. 그러나 내가 보기에 중국 고전 『홍루몽』은 주인공이 다른 이로 태어나는가 아니면 현실의 자기 그대로인가 하는 구분이 문제가 아니라, 서서히 몰락해가는 상류 가족의 일상을 보여주면서 현실세계가 어째서 변해야 하는가를 드러내준다는 점에서 문제적이다. 지금 여기서 벌어지고 있는 사람살이가 어쩌면 꿈과 같이 덧없는 가상의 현실이라는 것을 보여주는 것이다.

그런 의미에서 나는 이 소설의 제목을 '강남몽(江南夢)'이라고 정했다.

2010년 6월

황석영

『강남몽』은 반세기에 걸친 한국 현대사의 방대한 사건을 다룬 만큼 구상 단계부터 주변 여러 사람의 도움을 받아 신문, 잡지 기사와 단행본, 인터넷 등에서 수집한 자료들을 참조했다. 작품에 많은 도움이 된 주요 참고자료를 아래에 밝히며, 이 자료들을 만든 많은 분들의 노고에 감사의 뜻을 표한다.

송건호 외 『해방전후사의 인식』(전6권), 한길사 1979~89

한국사회사연구회 엮음 『해방 직후의 민족문제와 사회운동』, 문학과지성사 1988

정용욱 「해방 직후 주한미군 방첩대의 조직 체계와 활동」, 『한국사론』 53호, 2007

브루스 커밍스, 김동노·이교선 옮김 『브루스 커밍스의 한국현대사』, 창비 2001

존 R. 메릴, 신성환 옮김 『침략인가 해방전쟁인가』, 과학과사상 1988

임종국 『실록 친일파』, 돌베개 1991

반민족문제연구소 『청산하지 못한 역사』(전3권), 청년사 1994

제민일보 4·3 취재반 『4·3은 말한다』(전5권), 전예원 1994~98

역사문제연구소 『제주 4·3 연구』, 역사비평사 1999

손정목 『서울 도시계획 이야기』(전5권), 한울 2003

『서초구지』, 서초구 1991; 『강남구지』, 강남구 1993

방성수 『조폭의 계보』, 살림 2003

조성식 「김태촌·조양은 40년 흥망사」, 『신동아』 2007년 6월; 「시라소니 이후 '맨손싸움 1인자' 조창조가 털어놓는 '주먹과 정치'」, 『신동아』 2008년 9월 (『대한민국 주먹을 말하다』, 동아일보 2009로 출간)

이병천 엮음 『개발독재와 박정희시대』, 창비 2003

『경기도사』 제8~9권, 경기도사편찬위원회 2005~2009

『경기도사자료집: 1970년대편』(전3권), 경기도사편찬위원회 2009

그밖에 포털싸이트 네이버와 다음의 현대사 자료들.

황석영 장편소설
강남몽

초판 1쇄 발행 • 2010년 6월 25일
초판 18쇄 발행 • 2010년 11월 15일

지은이/황석영
펴낸이/고세현
책임편집/박신규 이상술
펴낸곳/(주)창비
등록/1986년 8월 5일 제85호
주소/413-756 경기도 파주시 교하읍 문발리 513-11
전화/031-955-3333
팩시밀리/영업 031-955-3399 · 편집 031-955-3400
홈페이지/www.changbi.com
전자우편/literat@changbi.com
인쇄/우진테크

ⓒ 황석영 2010
ISBN 978-89-364-3376-5 03810